루쉰소설집

아Q정전 外

지은이_**루 쉰**魯迅

청조淸朝에 벼슬하던 사대부士大夫 집안에서 태어났으나 고향 소흥紹興을 떠나 남경南京으로 가서 신학문을 배웠다. 일본에서 의학을 공부하다가 중국인의 정신개조가 시급한 문제라 여기고, 문학으로 전향하여 중국현대문학계를 이끌었다. 1918년 중국 현대소설의 효시로 알려지고 있는 〈광인일기〉를 발표하였으며, 그의 대표작 〈아Q정전〉을 비롯하여 주옥같은 소설을 많이 썼다.

옮긴이_**박운석**朴雲錫

경상북도 의성군 춘산면에서 태어나, 서울대학교 문리과대학 중어중문학과를 졸업하고 동대학원에서 문학석사와 문학박사 학위를 받았다. 미국 워싱턴 대학과 홍콩중문대학에서 방문교수로 연구하였으며, 중국 남개대학에서 교환교수로 연구와 강의를 하였다. 현재 영남대 중국언어문화학부 교수로 있다. 주요 저서로 《마오뚠茅盾의 문학사상》《한국어 생활회화》 역서로 《중국현대시의 이해》《홍암》《중국문학의 현실주의와 반현실주의》등이 있다.

루쉰소설집 아Q정전 外

초판 인쇄 2008년 10월 6일 | **초판 발행** 2008년 10월 10일

지은이 루 쉰 지음 | **옮긴이** 박운석

펴낸이 우동기 | **펴낸곳** 영남대학교출판부 | **디자인** 국제애드

출판등록 1975년 9월 5일 경산 제16-1호 | **주소** 경북 경산시 대동 214-1
전화 053) 810-1801~3 | **FAX** 053) 810-4722 | **홈페이지** book.yu.ac.kr

ISBN 978-89-7581-362-7 93820

값은 표지 뒷면에 있습니다.
잘못 만들어진 책은 바꾸어 드립니다.

루쉰소설집

아Q정전 外

루 쉰魯迅 지음

박운석朴雲錫 옮김

열린시선

들어가는 말

◎ 루쉰(魯迅 1881~1936)은 중국문화혁명의 중심인물이다. 그는 중국 현대소설의 위대한 창시자이며, 위대한 민족문학가이자 사상가이다. 그러나 그가 중국문학의 강력한 중심인물이 된 것은 그가 죽은 후의 일로서 1940년 마오쩌둥毛澤東이 루쉰을 "중국문화혁명의 주장主將"이라 부르며 "그는 단지 위대한 문학인일 뿐아니라, 또한 위대한 사상가이자 혁명가였다."라고 규정한 데서 시작되었다. 이로부터 루쉰은 문학가–사상가–혁명가가 되었으며, 마오쩌둥주의의 문학적 상징이 되었다. 마오쩌뚱이 루쉰의 문장을 정치적으로 이용하여 중국을 통일하는데 많은 도움을 받은 셈이다. 만약 루쉰이 1936년 55세로 사망하지 않았다면 중국현대문학의 영웅이 되지 못하였을 것이다.

루쉰의 본명은 주수인周樹人이고 자는 예재豫才로 절강浙江성 소흥紹興의 어느 몰락해 가는 사대부 집안에서 태어났다. "루쉰"은 1918년《신청년》에 중국 최초의 현대소설《광인일기》를 실었을 때 처음으로 사용한 필명이다. 그는 어렸을 때 시詩, 서書, 경經, 전傳에 대한 교육을 받았으며 자라서는 그림책과, 소설 및 야사필기를 즐겨 읽어 중국의 역사와 문화에 대해 깊이 이해하고 있었다. 어린 시절 고향 들판의 청신한 기운을 마시며 성장하였고 농민의 고난도 알게 되었다. 또한 엄복嚴復이 번역한《자연진화론天演論》의 진화론에 영향을 많이 받았다.

1902년 일본에 유학하여 센다이의학전문학교仙台醫學專門學校에 들어가, 의사가 되어 중국의 병든 사람들의 고통을 치료해주려고 하였다. 1906년 초 학교에서 러·일전쟁의 슬라이드 필름을 보다가 러시아의 간첩이란 혐의로 동족이 일본군에게 학살당하는 장면을 보게 되었다. 학살을 당하는 사람이나 둘러서서 우두커니 보고만 있는 동족이나 모두 몸은 건장하였다. 거기서 루쉰은 정신이 허약한 국민은 아무리 몸이 건장하더라도 참살당하거나, 동족이 참살당하는 장면에서도 구경꾼이 될 뿐이라는 사실을 깨닫게 되었다. 시급한 것은 의학이 아니라 정신精神의 개조改造임을 통감한 그는 의학공부를 포기하고 문학을 하기로 작심하고, 문학으로써 국민들의 병든 정신을 치료하고자 하였다.

루쉰은 아Q라는 인물을 통해서 중국민족의 병폐인 노예근성을 기탄없이 지적하였다. 〈아Q정전〉이 발표되었던 당시, 독자들은 자기 자신을 모델로 하여 묘사한 것이 아닌가 하는 느낌에 사로잡혀 모두들 몸서리를 쳤다고 한다. 사실 아Q와 같이 '정신승리법'으로 자기 자신을 기만하는 인물은 중국 농촌뿐만 아니라 당시 중국사회의 어느 곳에서나 볼 수 있었으며 세계의 모든 국가에 살고 있었던 것이다. 그럼 현대에는 '아Q' 와 같은 인물이 완전히 사라졌는가? 아니다. 대한민국에도 아직 많은 아Q가 살아 숨 쉬고 있을 것이다.

루쉰의 소설작품은 34편 밖에 되지 않는다. 그리고 〈아Q정전〉만 중편이고 모두 단편소설이다. 그러나 루쉰의 소설은 세계 모든 나라의 언어로 번역되어 있으며 우리나라에도 30여종의 번역서가 출판되었다. 루쉰의 소설 가운데 이 책에 소개한 작품들은 내가 생각하기에 작품성이 뛰어나 보이는 작품을 골라 번역하였다.

루쉰의 작품은 대부분 어려워서 읽으면 재미도 없고 작가가 말하고자 하는 바를 이해하기가 쉽지 않다. 그러나 중국현대사를 알고 읽으면 문장 한 줄 한 줄의 의미를 파악할 수 있어서, 읽으면 읽을수록 그 깊은 맛을 느낄 수 있다.

루쉰의 문장이 다른 중국현대 작가에 비하여 전고도 많고 고문의 인용도 많아서 해독이 어려운 편이다. 번역을 바르게 하여 독자들에게 작품의 본래 의미를 정확히 전달하려고 최선을 다하였으나 오역이 있을 것으로 생각된다. 독자들의 거침없는 질정(叱正)과 토론을 기대한다.

2008년 9월 無所住人 씀

차례

일러두기

1. 이 책의 텍스트는 1981년 인민문학출판사가 간행한《루쉰전집魯迅全集》을 기준으로 하였다.

2. 작품선정은 역자가 루쉰의 작품 가운데 작품성이 뛰어나다고 생각되는 것을 골라서 발표된 순서로 게재하였다.

3. 번역은 직역을 원칙으로 하였으며, 의미전달을 위하여 다소 의역을 하였다.

4. 처음 나오는 고유명사는 우리말 음을 쓰고 한자漢字를 달았다. 의미전달을 원활히 하기 위하여 중국어 음을 쓰기도 하였다.

5. 주석은 소설 내용의 이해를 돕기 위하여 필요하다고 생각되는 것을 최소한으로 달아 놓았다.

6. 아Q정전에 있는 삽도는 〈阿Q正传(上海书店出版社)〉에 있는 풍자개豐子愷의 그림을 골라 넣었다.

루쉰소설집

아Q정전 外

광인일기

◎ 모某씨 형제, 지금 그 이름은 말할 수 없지만 모두 내 지난날 중학교 때의 좋은 친구였다. 헤어진 지가 여러 해 되어 소식이 점점 뜸해졌다. 얼마 전에 우연히 그 형제 가운데 하나가 중병을 앓고 있다는 얘기를 들었다. 마침 고향에 가던 참이라, 길을 일부러 돌아가면서 까지 해서 겨우 그 중 한 명인 형을 만났는데 아우가 아팠다고 했다. 그는 먼 길을 오느라 수고했으나 동생은 벌써 병이 다 나아 모지某地에 대기발령을 받아 갔다고 말하고는 웃으며 일기장 두 권을 꺼내어 보여 주면서 당시의 병세를 알 수 있을 거라며, "옛 친구에게 주어도 괜찮겠지"라고 하였다. 가지고 돌아와 한번 읽어 보고는 그 병이 대체로 '피해망상증'의 일종임을 알 수 있었다. 말이 매우 뒤죽박죽 두서도 없었으며 황당한 것이 많았다. 날짜는 적혀 있지 않았으나 먹빛과 글자 모양이 똑같지 않은 것으로 보아 그것이 단 번에 쓰인 것이 아님을 알 수 있

었다. 중간 중간에 맥락을 갖춘 곳도 있기에 이를 발췌하여 한 편으로 만들어 의학도의 연구 자료로 제공하고자 한다. 일기 가운데 말이 잘못된 곳도 있었으나 한 자도 고치지 않았다. 다만 인명은 모두 시골 사람들이고 세상에 알려지지도 않아서 아무 상관도 없겠지만 그래도 모두 바꿨다. 책 이름은 본인이 나은 뒤에 붙인 것이라 굳이 바꾸지 않았다.

7년[1] 4월 2일 씀.

제1장

오늘 밤은 달빛이 너무 좋다. 달빛을 보지 못한 지 이미 30여 년이 되었는데, 오늘 보니 기분이 정말 상쾌하다.

지금까지 30여 년 동안 전혀 제 정신이 아니었음을 이제야 알겠다. 그러나 아주 조심해야 한다. 그렇지 않으면 저 짜오趙 씨 집 개가 무엇 때문에 나를 노려보는 것일까? 내가 두려워하는 건 다 이유가 있다.

제2장

오늘은 달빛이 전혀 없다. 이것은 좋지 못한 징조임을 나는 알았다. 아침 일찍 조심해서 집을 나서는데 짜오꿰이趙貴 영감의 눈빛이 이상하였다. 나를 두려워하는 것 같기도 하였고 나를 해치려

1 민국民國 7년, 즉 1918년 ; 1912년 중화민국 정부 수립 후 7년.

하는 것 같기도 하였다. 그 밖에도 머리를 맞대고 나에 대해 귓속말하는 자들이 7, 8명 있었는데 내가 볼까 두려워하였다. 거리에 있는 사람들이 모두 이와 같았다. 그 가운데서도 가장 험상궂은 자가 입을 크게 벌리고 나를 보며 웃고 있었다. 나는 머리끝에서 발끝까지 소름이 끼쳤고, 그들은 이미 준비가 다 된 것을 알았다.

그러나 나는 두렵지 않아서 태연히 길을 걸어갔다. 앞쪽에 있던 한 무리의 아이들도 역시 나를 두고 수군거렸다. 눈빛도 짜오꿰이 영감과 같았고 얼굴빛도 푸르뎅뎅하였다. 나는 내가 아이들에게 무슨 원한이 있길래 아이들조차 이러는 것일까를 생각하였다. 견딜 수가 없어 "말해 봐!" 라고 크게 소리치니 곧장 달아나 버렸다.

짜오꿰이 영감이 내게 무슨 원한이 있으며 길 가는 사람이 내게 무슨 원한이 있을까 하고 생각해 보니, 다만 20년 전에 꾸우지우古久 선생의 낡아 빠진 장부[2]를 짓밟아 꾸우지우 선생의 기분을 상하게 한 일이 있을 뿐이었다. 짜오꿰이 영감이 꾸우지우 선생을 모르지만 틀림없이 소문을 듣고서 내 소행에 분개하고 있는 것이며, 또 길 가는 사람들이 내게 원한을 갖기로 약속했을 것이다. 그러나 아이들은 왜 그럴까? 그때는 아이들이 태어나지도 않았을 터인데 어찌해서 오늘날 나를 두려워하는 것 같기도 하고, 나를 해치려는 것 같기도 한 괴상한 눈빛으로 나를 노려보는 것인가. 이것이 정말 나

2 꾸우지우古久 선생의 낡아 빠진 장부란 중국 봉건통치의 오랜 역사를 비유한 말.

를 두렵게 하고, 이상하게 하며, 슬프게 만든다.

이것은 제 어미나 애비가 가르쳐 준 것임을 나는 나중에 알았다.

제3장

밤에는 늘 잠을 잘 수가 없다. 모든 일은 반드시 연구해 보아야만 분명히 알 수 있다.

그들—그 중에는 현지사(縣知事)에게 큰 벌을 받은 놈도 있고, 양반 나리에게 따귀를 얻어맞은 놈도 있고, 관리에게 마누라를 빼앗긴 놈도 있고, 아비 어미가 빚쟁이에게 시달리다 죽은 놈도 있는데, 당시 그놈들의 낯빛이 어제처럼 그렇게 무섭고 흉악하지는 않았다.

가장 이상한 것은 어제 길에서 보았던 그 여자다. 자기 자식을 때리면서 "이놈아! 네 놈을 몇 번 물어뜯어야 속이 시원하겠냐!"라고 말하며 눈은 오히려 내 쪽을 보고 있었다. 나는 섬뜩함을 감출 수 없었다. 그러자 푸르뎅뎅한 얼굴에 이를 드러낸 사람들 모두가 크게 웃기 시작했다. 츠언라오우陳老五[3]가 급히 달려와 억지로 나를 끌고 집으로 데려갔다.

끌려서 집으로 돌아오자 집안사람들은 모두 나를 일부러 모르는 체 하고 있었다. 그들의 눈빛도 다른 사람들과 완전히 똑같았다. 서재로 들어서자 마치 닭이나 오리를 가두듯이 밖에서 빗장을 걸

3 츠언陳은 성이고 라오老는 애칭이며 노인이란 뜻이 아니다. 우五는 형제 순서에 따른 호칭이다.

어 버렸다. 이 일로 나는 그들의 속셈을 더욱더 알 수 없게 되었다.

며칠 전에 랑쯔狼子 마을의 소작인이 찾아와 흉년이라고 불평을 하면서 형에게 자기 마을에 아주 악한 자가 마을 사람들에게 맞아 죽었는데, 몇몇 사람들이 담력이 세진다며 죽은 자의 심장과 간을 파내어 기름에 볶아 먹었다는 이야기를 하였다. 내가 한 마디 참견을 하였더니 소작인과 형이 힐끗힐끗 내 쪽을 바라보았다. 그들의 눈초리가 거리에 있는 무리들의 눈초리와 완전히 같다는 것을 오늘에야 비로소 알았다.

생각만해도 머리끝에서 발끝까지 오싹해진다.

그들이 사람을 먹을 수 있다면 나를 잡아먹지 않는다는 보장도 없다.

그래, 그 여자가 "네 놈을 몇 번 물어뜯겠다"고 한 말과 푸르뎅뎅한 얼굴에 이를 드러낸 자들의 웃음, 그리고 며칠 전 소작인의 이야기는 틀림없이 암호이다. 내가 보기에는 그들의 말 속에는 온통 독으로 가득 차 있고 웃음 속에는 모두 칼이 있고, 하얀 이는 모두 뾰족뾰족하게 나란히 박혀 있는데 그것은 바로 사람을 잡아먹는 도구인 것이다.

나 자신은 나쁜 사람이 아니라고 생각하지만 꾸우古 씨 집의 장부를 밟은 뒤로는 그렇게 말하기가 어렵게 되었다. 그들은 다른 마음을 먹고 있는 것 같은데 나로서는 알수가 없다. 더구나 그들은 사이가 틀어지면 곧 상대방을 나쁜 놈이라고 한다. 형이 나에게 논문[4] 쓰는 법을 가르쳐 주었을 때 어떠한 좋은 사람이라도 몇 마디 비방을 하면 점수를 많이 주었고, 악한 사람을 변호하면 "기상천외

하고 아주 독창적이다" 고 하며 칭찬해 주었던 것을 아직도 기억하고 있다. 그들의 심사가 도대체 어떠한지 내가 알 도리가 없다. 하물며 잡아먹으려고 하는 때이니.

모든 일은 반드시 연구해 보아야만 분명히 알 수 있다. 예로부터 끊임없이 사람을 먹었다는 것을 나 또한 알고 있지만 그다지 확실하지는 않다. 역사를 들추어 조사해 보았으나 이 역사에는 연대가 없었고 어느 페이지나 '인의도덕仁義道德' 따위의 글자만이 삐뚤삐뚤 적혀 있었다. 어차피 잠을 설칠 수밖에 없었기에 나는 밤중까지 자세히 살펴보았다. 그러자 글자와 글자 사이에서 글자가 나타나기 시작하더니 책에는 온통 '사람을 잡아먹다吃人' 는 글자로 가득 차 있었다.

책에는 이렇게 많은 글자가 쓰여 있고, 소작인은 그렇게 많은 말을 하면서도, 히죽히죽 웃으며 이상한 눈으로 나를 흘겨보았다.

나도 사람이니 그들이 나를 잡아먹고 싶어진 것이리라!

제4장

아침에 잠깐 정좌를 하였다. 츠언라오우陳老五가 밥을 가지고 왔는데 나물 한 접시와 익힌 생선 한 접시가 놓여 있었다. 그 생선의 희고 뻣뻣한 눈과 크게 벌리고 있는 입 모양이 사람을 먹고 싶어 하는 자들과 똑같았다. 몇 젓가락 먹었으나 미끈미끈한 것이 생선인지 사람인지 알 수가 없었는데, 곧 뱃속의 것을 몽땅 토해 버

4 관리등용시험에 책론策論이 있었는데 학술논문과 정치논문(역사적 인물을 평하는 것도 포함)이 주어졌다. 사람의 의표를 찌르는 논법이 좋다고 되어 있다.

렸다.

"라오우老五, 내가 갑갑해 견딜 수 없어 정원을 거닐고 싶다고 형에게 말해 줘"라고 나는 말했다. 라오우는 대답도 하지 않고 가버리더니 조금 뒤에 와서 문을 열어 주었다.

나는 조금도 움직이지 않고 그들이 나를 어떻게 할 것인지를 골똘히 생각했다. 그들이 틀림없이 나를 가만히 놔두지 않으리라는 것은 알고 있었다. 그럼 그렇지! 형이 늙은이 한 명을 데리고 천천히 들어왔다. 그는 기분 나쁜 눈빛을 가득 지니고 있었다. 내가 알아채는 것이 두려운지 아래쪽만 내려다보고 있었으나 안경 너머로 힐끗힐끗 나를 쳐다보았다. 형이 "오늘은 아주 좋은 것 같구나" 하였고, 나는 "그래요"라고 대답하였다. 형이 "오늘은 허何 선생님을 모셔서 진찰하도록 했다"고 하여 나는 "좋아요"라고 말하였지만, 이 늙은이는 망나니가 사람으로 변장한 것임을 너무도 잘 알고 있었다.

맥을 짚어본다는 핑계로 살점을 살펴보려는 게 틀림없다. 그 공으로 고기 한 점쯤 얻어먹겠지. 나는 두렵지 않았다. 사람을 먹지 않았지만 오히려 간만은 그들보다 컸다. 두 주먹을 내밀고 그가 어떻게 하는지를 보고 있었다. 늙은이는 앉아서 눈을 감고 한동안 쓰다듬더니 잠시 멍하니 앉아 있었다. 그러고는 기분 나쁜 눈을 치켜뜨고는 "너무 걱정할 것 없습니다. 조용히 며칠 요양하면 좋아질 것입니다"라고 하였다.

걱정할 것 없으니 조용히 요양을 하라고! 요양해서 살찌면 그들은 그만큼 더 많이 먹을 수 있겠지. 그러나 내게는 좋은 게 무엇이며 뭐가 "좋아질 것입니다"라고 한 것일까? 그들 패거리는 사람을 잡아먹고 싶어 하면서도 우물쭈물하며 체면만 생각하고 과감히 손을 쓰지 못하고 있으니 정말 우습기 짝이 없다. 나는 참을 수가 없어 큰소리로 웃어 버렸더니 기분이 무척 좋아졌다. 이 웃음 속에는 용기와 정기가 넘치고 있음을 스스로 느낄 수 있었다. 늙은이와 형은 안색이 변하며 나의 용기와 정기에 압도되어 버렸다.

하지만 그럴수록 그들은 내가 갖고 있는 용기를 조금이라도 얻기 위해 나를 잡아 먹으려 했다. 늙은이가 방을 나간 지 얼마 되지 않아 작은 소리로 형에게 "빨리 먹어야 돼요!"[5]라고 말했다. 형은 고개를 끄덕였다. 처음부터 형도 그랬던가! 이 대발견은 뜻밖인 것 같았으나 역시 짐작은 하고 있었던 것이다. 한패가 되어 나를 잡아먹으려는 사람이 바로 나의 형이다!

사람을 잡아먹는 자가 우리 형이다!

나는 사람을 먹는 사람의 동생이다!

나 자신이 잡아먹히더라도 나는 여전히 사람을 잡아먹는 사람의 동생이다!

제5장

이 며칠 동안은 한 걸음 물러나서 생각해 보았다. 가령 그 늙은이가 망나니였는데 변장한 것이 아니고 진짜 의사라 하더라도 사

5 의사가 약을 빨리 복용하라는 말인데, 주인공은 자기를 빨리 잡아먹으라는 말로 알아들었다.

람을 잡아먹는 사람인 것은 분명하다. 그들의 스승인 리스쩐李時珍이 지은 《본초 무엇本草什麽[6]》이라는 책에는 사람 고기를 삶아 먹을 수 있다고 분명히 쓰여 있는데도 그가 "나는 사람을 먹지 않습니다"고 말할 수 있겠는가?

우리 집 큰형에게는 원망이 추호도 없다. 그가 나에게 책을 가르쳐 줄 때 "자식을 바꾸어 먹는"[7] 일은 있을 수 있다고 자기 입으로 말하였고, 또 한 번은 우연히 어느 악한 사람을 논했을 때 그놈은 죽여야 할 뿐만 아니라 "살을 먹고 가죽을 깔고 자야食肉寢皮"[8] 한다고 말한 적이 있다. 그때 나는 아직 나이가 어렸기 때문에 가슴이 하루 종일 두근두근했었다. 며칠 전 랑쯔狼子 마을의 소작인이 와서 심장과 간을 먹은 이야기를 했을 때도 형은 전혀 이상하게 여기지 않고 계속 고개를 끄덕이기만 하였다. 이것만 보아도 옛날과 마찬가지로 마음이 잔인한 것을 알 수 있다. '자식을 바꾸어 먹는' 일이 있을 수 있다면 무엇이라도 잡아먹을 수 있을 것이다. 나는 옛날에는 형의 설교를 그저 무심히 대충 듣고 흘려버렸는데, 지금에야 형이 설교할 때 입가에 사람 기름을 칠하고 있었을 뿐만 아

6 명대明代 학자 이시진(李時珍, 1518-1593)의 저서 《본초강목本草綱目》 52권은 30년에 걸친 각고의 결정이며, 한방약 연구의 교과서. 옥玉·돌石·풀草·나무木·새鳥·짐승獸에 걸친 약품 1,882종을 수록하고 있다. 인육人肉이 약용으로 사용된다는 것은 당대唐代에 진장기陳藏器가 편찬한 《본초습유本草拾遺》에 나온다.

7 《좌전左傳》 애공哀公 8년(BC 487)에 초楚나라의 군대가 송宋나라의 도읍을 포위했을 때 송나라 사람들이 극도의 식량난에 빠져 서로 자식을 바꾸어 먹었다는 기록이 있다.

8 《좌전左傳》 양공襄公 21년(BC 553)의 기록. 진晋의 주작州綽이 제齊의 장공莊公에게 했던 말로서, 상대를 극도로 미워하거나 능멸할 때 사용한다.

니라 마음속은 온통 사람을 먹고 싶은 욕망으로 가득 차 있었음을 알겠다.

제6장

캄캄하여 낮인지 밤인지 모르겠다. 짜오 씨네 개가 다시 짖기 시작했다.

사자 같은 음흉한 마음, 토끼의 나약함, 여우의 교활함, …….

제7장

나는 그들의 술책을 알았다. 제 손으로는 죽일 수 없고 또 재앙이 두려워 감히 그렇게 할 수도 없었다. 그래서 모두들 연락을 취하여 그물을 쳐두고는 나 스스로 죽게 하려고 못살게 구는 것이다. 그렇다. 며칠 전 거리에서 본 사내나 계집의 낌새를 보나 요즈음 형의 작태를 보나 십중팔구는 충분히 알 수 있는 것이다. 가장 좋은 것은 허리띠를 풀어 대들보에 걸고 목을 매어 죽어 버리는 것이겠지. 그러면 그들은 살인이라는 죄명 없이도 소원을 성취하여 기뻐 껑충껑충 뛰면서 "와아, 와아" 하는 환성을 지르며 좋아할 것이다. 그렇지 않고 내가 괴로워하며 고민하다가 죽게 되면 살은 좀 빠지겠지만 그런 대로 만족해 할 것이다.

그들은 죽은 고기밖에 먹을 줄 모른다. ─어떤 책에선가 하이에나[9]라는 동물은 눈빛과 모양이 매우 추악하다고 한 것을 보았다.

9 하이에나hyena : 사자나 호랑이 같은 맹수 뒤를 따라다니며 그들이 먹다 남긴 동물이나 사람의 시체를 먹고 사는 동물. 짖는 소리는 악마의 웃음소리에 비유된다.

언제나 죽은 고기를 먹고 아무리 굵은 뼈라도 바삭바삭 깨물어 삼켜 버린다고 하니 생각만 하여도 무섭다. 하이에나는 늑대 족속이고 늑대는 개과이다. 며칠 전에 짜오 씨 집 개가 나를 흘끔흘끔 본 것은 그놈 역시 한패여서 일찍이 연락이 닿아 있었기 때문임을 알겠다. 늙은이가 눈을 내리뜨고 땅을 보고 있었지만 어찌 나를 속일 수가 있었겠는가.

가장 불쌍한 건 우리 형이다. 형 또한 사람인데 어찌 전혀 무섭지 않겠으며, 또 한패거리가 되어 나를 잡아먹을 수 있겠는가? 이런 일에 익숙해져서 나쁘다고 생각지도 않는 것인가? 아니면 양심을 잃어버려서 나쁜지 잘 알면서도 저지르는 것일까?

나는 사람을 먹는 사람을 저주하면서 먼저 형부터 저주하리라. 사람을 먹는 사람을 회개시키는 데서도 먼저 형부터 손을 쓰리라.

제8장

사실 이런 도리道理는 그들도 지금쯤은 알고 있어야 하는데…….

갑자기 한 사람이 왔다. 나이가 고작해야 스무 살 정도이고 얼굴 모습은 확실치가 않은데 얼굴 가득 웃음을 지으며 나에게 고개를 끄덕였다. 그의 웃음 역시 진짜 웃음이 아닌 것 같았다. 나는 "사람을 먹는 일이 옳단 말인가"라고 그에게 물었다. 그는 여전히 웃으며 "흉년도 아닌데 어떻게 사람을 먹겠습니까?"라고 하였다. 나는 그도 한패여서 사람을 먹고 싶어 한다는 것을 바로 깨달았다. 그래서 나는 용기백배하여 계속 추궁하였다.

"옳단 말이지?"

"그런 걸 물어 무엇 하시려고요. 정말…… 농담도 잘 하시네요……. 오늘 날씨 참 좋습니다."

날씨도 좋고 달도 매우 밝았다. 그러나 나는 "옳단 말이지?"라고 그에게 물었다.

그는 그렇다고 생각지는 않는 것 같았다. 애매모호하게 "아니……"라고 대답했다.

"그렇지 않다고? 그렇다면 그들은 왜 사람을 잡아먹는가!"

"없었던 일입니다……."

"없었던 일이라고? 랑쯔 마을에서는 지금도 먹고 있으며 책에도 붉고 선명하게 온통 쓰여 있는데!"

그의 얼굴빛이 무쇠처럼 파랗게 변했다. 눈을 둥그렇게 뜨고는 "그야 있을지도, 옛날부터 그랬었으……"라고 하였다.

"옛날부터 그랬다면 옳단 말이지?"

"나는 당신과 그런 얘기를 하고 싶지 않습니다. 아무튼 그렇게 말하면 안 됩니다. 말하는 것이 모두 잘못됐습니다."

나는 벌떡 일어나 눈을 크게 떠 보았으나 그 자는 보이지 않았다. 온몸이 땀에 흥건히 젖어 있었다. 그는 우리 형보다 나이가 훨씬 적으면서도 벌써 한패가 되어 있었다. 이것은 틀림없이 애비와 어미가 가르쳐 주었을 것이다. 아마 자기 자식에게도 이미 가르쳐 주었을지 모른다. 그러니까 조그만 아이들까지도 나를 흉측스런 눈으로 바라보는 것이다.

제9장

자신은 남을 먹고 싶어 하면서도 다른 사람에게는 먹히지 않으려고 지극히 의심스러운 눈빛으로 서로를 훔쳐보는 것이다……

이런 생각을 버리고서 마음 놓고 일을 하고 길을 가고 밥을 먹고 잠을 자면 얼마나 마음이 편할까. 이것은 겨우 하나의 문지방, 하나의 고비를 넘기는 것이다. 그러나 그들은 부자 · 형제 · 부부 · 친구 · 사제師弟 · 원수 그리고 서로 알지도 못하는 사람까지 모두 한패가 되어 서로 격려하고 서로 견제하며 죽어도 이 한 걸음을 뛰어넘으려 하지 않는다.

제10장

이른 아침에 형을 만나러 갔다. 형은 방문 밖에 서서 하늘을 보고 있었다. 나는 형 뒤로 돌아가 방문을 막아서며 아주 조용하고 온화하게 말을 건넸다.

"형님, 드릴 말씀이 있습니다."

"말해 보렴." 형은 금방 돌아보며 고개를 끄덕였다.

"몇 마디 되지 않는데도 잘 말씀드릴 수가 없네요. 형님, 아마 아주 옛날의 야만인들은 모두 사람을 약간은 먹었겠지요. 그런데 나중에 생각이 달라졌기 때문에 어떤 사람은 사람을 잡아먹지 않게 되었고, 오로지 착해지려고 노력해서 사람이 되고 또 참다운 인간이 되었습니다. 그런데 어떤 사람은 여전히 사람을 잡아먹었고—벌레와도 같이, 어떤 사람은 물고기가 되고, 새가 되고, 원숭이가 되고, 마침내는 사람이 되었습니다. 어떤 자는 착해지려고 노력하지 않았기 때문에 아직도 벌레로 그냥 있습니다. 사람을 먹는 사람은 사람을 먹지 않는 사람에 견주면 얼마나 부끄럽겠습니까? 아마 벌레가 원숭이에 견주어 훨씬 더 부끄러울 겁니다."

"역아易牙[10]가 자기 아들을 삶아 걸주桀紂[11]에게 먹인 이야기는 여전히 옛날 일입니다. 반고盤古가 천지를 개벽한 이래로 줄곧 사람을 먹어오다가 역아의 아들에 이르렀고, 역아의 아들부터 계속 먹어오다가 쉬시린徐錫林[12]에 이르렀고, 쉬시린부터 계속 먹어오다가 랑쯔 마을에서 붙잡힌 사내에 이르렀습니다. 이것은 누구나 다 아는 사실입니다. 지난 해 읍내에서 죄수가 처형되었을 때 폐병을 앓는 사람이(처형된 죄수의) 선혈에 만두를 찍어 먹기도 했습니다."

"그들이 나를 잡아먹으려 하는데, 형님 혼자서는 원래 그렇게 생각하지 않았지요. 그러나 왜 한패에 끼시는 겁니까. 사람을 먹는 자들은 아무 일도 못해냅니다. 그들은 나를 잡어먹을 것이고 또 형님도 잡아먹을 것이며 나중에는 한패끼리도 서로 먹을 겁니다. 다만 한걸음만 방향을 바꾸고 지금 곧 마음을 고치기만 한다면 사람들 모두 태평해질 겁니다. 비록 옛날부터 그랬다 하더라도 우리는

10 춘추시대春秋時代 제齊나라 요리사. 환공桓公이 아직 어린 아이 고기를 먹어보지 못했다는 말을 듣고 자기 아들을 삶아 바쳤다고 한다. 《관자管子》 소칭편小稱篇에 나온다.

11 하夏나라 걸왕桀王과 은殷나라 주왕紂王, 중국의 대표적인 폭군으로 알려져 있다. 역아易牙가 아들을 바쳤다는 것이 주 10)에 있듯이 걸桀·주紂와는 아무 관계가 없는데 일부러 혼동시키고자 쓴 것 같다.

12 청말清末의 혁명가 서석린徐錫麟을 가리킨다. 그는 루쉰의 고향 선배로서 1907년 안휘安徽 순무사巡撫使 은명恩銘을 암살하려다 그 자리에서 체포되어 곧 처형되었다. 은명恩銘의 호위대는 그의 내장을 꺼내어 볶아 먹었다고 한다.

오늘부터라도 아주 착해지려고 열심히 노력하여, 그렇게 할 수 없다고 말해야 합니다. 형님, 나는 형님이 말할 수 있다고 생각합니다. 며칠 전에 소작인이 소작료를 줄여 달라고 했을 때 형님은 그렇게 할 수 없다고 말했지 않습니까."

처음에 형은 단지 냉소만 머금고 있었으나 잠시 후 눈빛이 험악해지기 시작하였고, 그들의 내막을 폭로하자 곧 얼굴이 새파래졌다.

대문 밖에 많은 사람이 서 있었는데 짜오꿰이 영감과 그의 개도 끼여 있었다. 그들은 두리번거리며 조심스레 안으로 들어왔다. 어떤 이는 보자기를 둘러쓴 것처럼 얼굴을 알아볼 수가 없었고, 어떤 사람은 히죽히죽 웃으며 여전히 창백한 얼굴에 이를 드러내고 있었다. 나는 그들 모두가 사람을 잡아먹는 사람임을 알고 있었다. 그러나 그들의 생각이 서로 일치하지 않는다는 것도 알고 있었다. 옛날부터 그랬으니까 먹는 것이 당연하다고 생각하는 자가 있고, 먹어서는 안 된다는 것을 알면서도 여전히 먹고 싶어 하지만 남들이 내막을 폭로할까 두려워하는 자가 있는 것이다. 그래서 나의 말을 듣고 발끈 화가 났지만 겉으로는 빙긋이 조소를 띠고 있는 것이다.

이때 형이 갑자기 험악한 얼굴을 하며 호통을 쳤다.

"모두 나가! 미치광이가 뭐 보기 좋다고!"

그때 나는 또다시 그들의 묘한 꾀를 알아차렸다. 그들은 마음을 고치기는커녕 진작부터 함정을 파 놓고 있었던 것이다. 미치광이라는 명목을 마련해 두고 나에게 뒤집어 씌운 것이다. 이렇게 하면 앞으로 잡아먹어도 아무 문제가 없을 뿐만 아니라 그 가운데에는 동정해 줄 사람도 있을 것이다. 여러 명이 한 사람의 악한을 먹었다고 하는 소작인의 이야기도 바로 이 수법이다. 이것이 그들의 상투적인 수법이다.

츠언라오우陳老五도 화가 나서 달려왔다. 그러나 어떻게 내 입을 막을 수 있겠는가. 나는 계속해서 그들에게 말했다.

"너희들 마음을 고칠 수 있으니 진심으로 회개하라! 앞으로 사람을 잡아먹는 사람은 이 세상에서 살아갈 수 없게 된다는 것을 알아라."

"너희들이 회개하지 않으면 너희 자신도 잡아먹혀 버린다. 아무리 많은 자식을 낳는다 하더라도 모두 참된 인간에게 멸망당하고 만다. 사냥꾼이 늑대를 잡아 없애는 것과 마찬가지로! 벌레를 잡아버리는 것과 마찬가지로!"

츠언라오우가 그 많은 사람들을 모두 내쫓아 버렸다. 형도 어디로 가버렸는지 모르겠다. 츠언라오우가 나를 달래며 방으로 데리고 갔다. 방 안은 완전히 깜깜하였다. 대들보와 서까래가 머리 위에서 흔들렸다. 잠시 흔들흔들 거리더니 갑자기 커져서 내 몸 위를 덮쳤다.

너무 무거워 꼼짝도 할 수가 없었다. 그의 뜻은 나를 죽이려는 것이다. 그러나 나는 그놈의 무게가 가짜라는 것을 알아차리고 곧 발버둥 치며 빠져 나왔다. 온몸이 땀에 흠뻑 젖어 있었다. 그래도 나는 호통을 쳐 주었다.

"너희들도 바로 마음을 고쳐라. 진심으로 회개하라! 앞으로 사람을 잡아먹는 사람은 살아갈 수 없게 된다는 것을 너희들은 알아야 한다.…….”

제11장

해도 뜨지 않았고 문도 열리지 않았으며 매일 두 끼의 밥만[13] 들어왔다.

젓가락을 들다 형님 생각이 났다. 누이동생이 죽은 까닭도 완전히 형님 때문이었음을 알았다. 그때 누이동생은 겨우 다섯 살이었는데, 귀엽고 애처로운 모습이 지금도 눈에 선하다. 어머니는 늘 울었지만 형은 어머니에게 울지 말라고 했다. 아마 자기가 먹었기 때문에 너무 울면 다소 마음이 언짢을 수밖에 없었을 것이다. 만약 다시 마음이 언짢아진다면…….

누이동생은 형에게 잡아먹혔는데 어머니가 그걸 아는지 모르는지 나는 알 수 없다.

어머니도 아마 알고 계셨으리라. 그러나 울고 있을 때 아무 말씀 없으셨던 것은 아마도 마땅한 일이라고 생각했던 탓이겠지. 내가 네댓 살 때 문 앞에 앉아 바람을 쐬고 있으려니까, 형이 와서 “부모가 병이 들면 자식 된 자는 마땅히 자기 살을 한 조각 잘라 푹 삶아서 부모에게 드리는 것이 훌륭한 사람이다”[14]라고 말했던 것

13 중국에는 원래 통상적으로 아침과 저녁에 두 번의 식사를 한다. 낮에는 띠엔신點心이라 하여 간식 정도의 가벼운 음식을 먹었다. 요즈음은 세 번의 식사를 한다.

14 옛날 중국에서는 부모가 병이 들었을 때 자식이 자기 살을 베어서 부모가 먹도록 하면 병이 낫는다는 미신이 있었다. 옛날의 효자전孝子傳에 그 기록이 있다. 인육人肉이 약이 된다는 속신俗信을 바탕으로 옛날부터 효의 모범행위가 되었다.

을 나는 기억한다. 그때 어머니도 나쁘다고 말하지는 않았다. 한 조각을 먹을 수 있다면 물론 통째로도 먹을 수 있을 것이다. 그러나 그때의 우는 모습을 지금 생각해 보아도 마음이 아프니 그것은 정말로 이상한 일이다!

제12장

상상할 수도 없었다.

사천 년 동안 수시로 사람을 잡아먹어 온 곳에서 나 역시 오랫동안 살아왔음을 오늘에야 겨우 알게 되었다. 형이 집안 살림을 맡자 마침 누이동생이 죽었는데, 형이 음식에 섞어서 나에게도 몰래 먹이지 않았다고 할 수는 없다.

나도 모르는 사이에 누이동생의 고깃점을 먹지 않았다고 할 수도 없는 것이다. 이제 또한 나의 차례가 되었으니…….

사천 년이나 사람을 잡아먹는 역사를 가진 우리는 참다운 인간을 만나기 어렵다는 것을 처음에는 몰랐으나 이제야 분명히 알았다!

제13장

사람을 먹어보지 못한 아이가 혹시 아직 있을까?

아이들을 구하라, 구하라…….

1918 년 4월

쿵이지孔乙己

◎ 노진魯鎭의 술집구조는 다른 고장과는 다르다. 기역(ㄱ)자 모양의 큰 스탠드가 길을 향해 있고, 스탠드 안쪽에는 언제든지 술을 데울 수 있도록 더운 물이 준비되어 있다. 낮이나 저녁 무렵 일을 마친 노동자들이 언제나 동전 4문文을 내고—이것은 이십 몇 년 전의 일이고, 지금은 한 잔에 10문文 가까이로 올랐을 게다—술 한 사발을 청하여 스탠드 밖에 기대선 채 따끈히 데운 술을 들이키며 쉬곤 했다. 1문 정도를 더 쓰면 소금물로 삶은 죽순이나 회향두茴香豆 한 접시 정도를 주문하여 안주로 할 수도 있다. 10문이 넘는 돈이라면 고기요리까지 한 접시 살 수 있었지만, 이곳에 오는 손님들은 대부분 짧은 옷을 입은 막벌이꾼이라 그런 호사스러운 짓은 누릴 수가 없었다.

단지 장삼長衫을 입은 손님들만이 가게 안쪽의 방안으로 거들먹거리며 들어가 술과 고기를 주문하여 편안히 앉아 마실 수가 있었다.

나는 열두 살 때부터 마을 어귀에 있는 함형咸亨주점에서 사환 노릇을 했다. 주인은 내 꼴이 너무 멍청하게 생겨서 장삼을 입은 고객 시중은 들지 못할 것 같으니 밖에서 심부름이나 하라고 말했다. 밖의 짧은 옷을 입은 손님들은 말 상대하기는 수월했지만 이러쿵저러쿵 군소리가 많고, 이유 없이 귀찮게 구는 사람도 적지 않았다.

그들은 곧잘 술독에서 황주黃酒를 퍼내는 것을 자기 눈으로 확인하고, 술병 밑바닥에 물이 있나 없나를 살피고 또 술병을 더운 물에 담그는 것까지 자기 눈으로 확인한 후에야 겨우 안심 했다. 이렇게 엄중한 감시 속에서는 술에 물을 타기란 매우 어려웠다. 그렇게 며칠이 지나자 주인은 다시 내게 이 일도 해 낼 수 없다고 말했다.

다행히도 나를 추천해준 사람과 친분이 두터워 나를 내쫓지는 않았지만 대신 술을 데우는 변변치 못한 일만 맡겨 주었다.

나는 그 후로 하루 종일 스탠드 안에 서서 내 일만을 하게 되었다. 별다른 실수는 없었지만 너무 단조롭고 지루했다. 주인은 험상궂은 사람이었고 손님들도 성깔이 좋지 않아서 기를 펴고 살 만한 분위기는 아니었다. 오직 쿵이지孔乙己가 가게에 왔을 때만은 몇 번 웃을 수 있었기 때문에 지금도 잘 기억하고 있다.

쿵이지는 서서 술을 마시는 사람들 중에서 유일하게 장삼을 입은 사람이었다. 그는 키가 훤칠하게 크고 창백한 얼굴 이었으며 얼굴 주름 사이에는 상처자국이 떠나지 않았고 마구 흐트러진 희끗희끗한 수염을 하고 있었다. 입은 옷이 비록 장삼이긴 하나 더럽고

너덜너덜하여 십 몇 년 동안 꿰매기는커녕 세탁도 한 일이 없는 것 같았다. 그가 다른 사람들에게 하는 말은 알쏭달쏭한 문어文語를 주로 사용하였다.

그의 성이 쿵孔이었으므로 사람들은 붓글씨 책에 있는 '상대인 공을기上大人孔乙己[1]'라는 알쏭달쏭한 문구 중에서 별명을 따 가지고, 그를 쿵이지孔乙己라고 불렀다.

쿵이지가 가게에 나타나기만 하면 술을 마시던 손님들은 모두 그를 보고 웃었으며 어떤 사람은,

"쿵이지, 자네 얼굴에 또 새 상처가 늘었군."

하고 소리치기도 했다.

쿵이지는 대답도 하지 않고 스탠드 안쪽에다 대고 크게 말했다.

"따끈한 술 두 사발, 회향두 한 접시하구."

그는 1문 짜리 아홉 개를 늘어놓았다. 사람들은 또 일부러 큰 소리를 지르며 말했다.

"자네 또 남의 물건을 훔친 게로군."

쿵이지는 눈을 부릅뜨면서 대답했다.

"왜 또 터무니없이 남의 명예를 더럽히려 하지?……"

"명예라고? 내가 엊그제 이 눈으로 똑똑히 보았는데. 자네가 허何씨 댁의 책을 훔치다 들켜 거꾸로 매달려 맞고 있었는 걸!"

1 上大人孔乙己 ; 어린이들이 한자를 배울 때 붉은 색 글자로 인쇄된 글씨 연습용 종이가 묘홍지描紅紙이다. 세 글자가 한 구로 되어있는 당唐이전부터 전해 내려온 어린이용 쉬운 글자 연습 책이다. 그 첫머리에 "上大人孔乙己化三千七十士爾小生八九子佳作仁可知禮也"라고 쓰여 있는데, 공을기孔乙己의 이름은 여기서 유래되었다.

쿵이지는 금방 얼굴이 새빨갛게 달아오르더니 이마에 퍼런 힘줄을 세우면서 열심히 변명을 하였다.

"책을 훔치는 건 도둑질이라고 할 수 없지……. 책을 훔치는 건!……독서인讀書人이 하는 일이야. 어떻게 훔쳤다고 말할 수 있어?"

그리고 알아듣기 어려운 말을 하는데, '군자는 가난해도 버티어 나간다(군자고궁君子固窮)[2]' 느니, 무슨 '……가 아니리오?' 등의 문구들을 중얼거려서, 모두들 껄껄대고 웃도록 만들어 가게 안팎에 유쾌한 분위기가 가득 차게 되었다.

사람들이 뒤에서 수군대는 말에 의하면 쿵이지는 원래 글을 배운 적이 있었다고 한다. 그러나 끝내는 공부를 계속하지 못하고 또 살아가는 방법도 몰랐기 때문에 갈수록 가난해져서 구걸할 지경에까지 몰락해버린 것이라고 하였다.

다행히 붓글씨는 잘 썼기 때문에 남에게 대신 책을 베껴주고 겨우 입에 풀칠이나 했다.

그러나 유감스럽게도 그에게는 술 마시기만 좋아하고 일하기를 싫어하는 나쁜 버릇이 있었다. 앉아서 일한 지 며칠이 못가서 사람과 책 · 종이 · 붓 · 벼루까지 모두 행방불명이 되어버리곤 하였다.

그런 일이 몇 번 거듭되자 그에게 책을 베껴달라고 부탁하는 사람도 없어져 버렸다. 그래서 쿵이지는 할 수 없이 도둑질을 하지

2《논어論語 위령공衛靈公》"군자는 궁하더라도 버티어 나가지만, 소인은 궁하면 아무 짓이나 다하느니라.(군자고궁君子固窮, 소인궁사남의小人窮斯濫矣)"

않을 수가 없게 된 것이다. 하지만 그의 품행은 우리 가게의 다른 어떤 사람들보다도 훨씬 훌륭했는데, 즉 이때 까지 한 번도 외상을 미룬 적이 없었다.

이따금 현금이 없어 얼마동안 칠판에 이름이 적히는 일은 있었지만, 반드시 한 달을 넘기지 않고 깨끗이 갚아서 칠판 위에 적힌 쿵이지란 이름을 지워버리는 것이었다.

쿵이지가 술을 반 사발 쯤 마시고, 새빨개졌던 얼굴빛이 점차 제 얼굴로 돌아가자 옆 사람이 또 물었다.

"쿵이지, 자네 정말 글을 아나?"

쿵이지는 이렇게 묻는 사람의 얼굴을 빤히 쳐다보면서 변명하기조차 귀찮다는 표정을 지었다. 그들은 계속해서 물었다.

"그렇다면 자네는 어째서 반쪽짜리 수재秀才도 따내지 못했지?"

그러면 쿵이지는 곧바로 당혹스럽고 불안한 표정을 짓고는, 얼굴에 잿빛을 드리우며 입속으로 무어라고 중얼거리는데, 이번엔 온통 문어文語 투성이라 조금도 알아들을 수가 없었다. 그럴 때면 모두들 껄껄대며 웃었고 가게 안팎에 유쾌한 분위기가 가득 차는 것이었다.

이런 때에는 나도 따라 웃을 수 있었으며, 주인도 결코 나무라지 않았다. 오히려 주인까지도 쿵이지를 보면 항상 그런 말을 걸어 사람을 웃기는 것이었다. 쿵이지는 스스로 그들과는 이야기상대가 되지 않는다고 여기고는 아이들에게만 말을 걸었다.

한 번은 그가 내게 물었다.

"너 글을 배운 일이 있니?"

내가 고개를 약간 끄덕이자,

“글을 배웠다고!…… 그럼 내 너를 시험해 보겠다. 회향두의 ‘회’ 자는 어떻게 쓰지?”

하고 물었다. 나는 거지나 다름없는 사람이 날 시험한다고 생각하니 참을 수 없어 고개를 돌리고 상대하지 않았다,

쿵이지는 한참 있더니, 매우 간절하게 말했다.

“쓸 줄 모르나 보지?…… 내 가르쳐 주마. 이런 글자는 외어둬야 한다. 앞으로 가게주인이 되면 장부를 쓸 때 필요한 테니.”

나는 속으로 나와 주인의 계급은 아직 까마득할 뿐만 아니라, 우리 주인은 회향두를 장부에 올려본 적이 없다는 생각을 하고는 우습기도 하고 또 귀찮아서 건성으로 대답을 했다.

“누가 당신더러 가르쳐 달랬어요? 초두 밑에 온다간다고 하는 회자 아닙니까?”

쿵이지는 몹시 유쾌한 듯, 두 손가락의 긴 손톱으로 스탠드를 두들기면서 고개를 끄덕였다.

“그래, 그래 맞았다!…… 그 회回자 쓰는 법이 네 가지[3]가 있는데 너 알고 있니?”

나는 더욱 참을 수 없어 입을 삐죽 내밀고 멀리 가버렸다. 쿵이지는 막 손톱에 술을 적셔서 스탠드에 글자를 쓰려던 참이었는데, 내가 전혀 열을 올리지 않자 후후 한숨을 내쉬며 몹시 유감스럽다는 듯한 표정을 지었다.

3 회回자를 쓰는 방법은 통상 세 가지回,囘,囬 이나, 거의 쓰지 않는 글자“𡇒”가《강희자전》에 있다.

어떤 때는 이웃의 아이들까지 웃음소리를 듣고 다투어 달려와서 쿵이지를 둘러싸는 것이었다. 그러면 회향두를 한 아이에 한 개씩 나누어 준다. 아이들은 회향두를 먹고 나서도 접시만 바라볼 뿐 돌아가려 하지 않았다.

쿵이지는 당황해서 다섯 손가락을 펴서 접시를 가리고는 허리를 굽히면서 말했다.

"이제 없어! 난 이제 별로 남은 게 없다구!"

그는 몸을 똑바로 세워 다시 회향두를 흘긋 보고는 고개를 저으며 혼자 말했다.

"많지 않도다. 많지 않도다. 많은가? 많지 않도다."[4]

그러면 아이들은 모두 웃으며 흩어져 가는 것이었다.

쿵이지는 이처럼 사람들을 유쾌하게 해주었다. 하지만 그가 없어도 다른 사람들은 별 일 없이 지냈다.

추석을 2 · 3일 앞 둔 어느 날, 천천히 장부를 결산하고 있던 주인이 칠판을 내리면서 문득 말했다.

"쿵이지가 오랫동안 오지 않았었군! 아직 19문이나 외상이 남았는데!"

나도 비로소 그가 꽤 오래 오지 않았다는 것을 알게 되었다.

술을 마시던 손님 한 사람이 주인의 말을 받았다.

"그 자가 어떻게 옵니까? 다리가 부러졌는데……."

주인이 깜짝 놀라 되물었다.

4 《논어論語 자한子罕》; 군자는 많은가? 많지 않을 것이다.(군자다호재? 부다야(君子多乎哉? 不多也.))여기서는 논어의 내용과 상관없이 쓰였다.

"그래요?"

"또 도둑질을 했어요. 이번에는 정신이 나갔지. 정거인丁擧人[5] 댁에 물건을 훔치러 들어가다니! 그 집의 물건을 그자가 감히 훔쳐 낼 수 있을 것 같아요?"

"그래서 어떻게 되었어요?"

"어찌 되었냐고요? 우선 사죄서를 쓰고 그 다음엔 얻어맞았지요. 오밤중까지 얻어맞아 다리까지 부러졌답니다."

"그래서요?"

"그래서 다리가 부러졌다니까!"

"다리가 부러져서 어떻게 됐소?"

"어찌 되었는지…… 그걸 누가 압니까? 아마 죽었을 거요."

주인도 그 이상은 묻지 않고 다시 천천히 셈을 계속했다.

추석이 지나자 가을바람이 하루하루 차가와져 초겨울 날씨로 변해갔다. 나는 하루종일 화롯가에 있었지만 그래도 솜옷을 입어야 했다.

어느 날 오후, 손님이 한 사람도 없어, 눈을 감은 채 편안히 앉아 있었는데, 갑자기 "술 한 잔 데워줘"하는 소리가 들렸다. 몹시 낮았지만 귀에 익은 음성이었다. 하지만 보이는 사람은 아무도 없었다. 그래서 일어나 밖을 내다보니, 바로 그 쿵이지가 스탠드 밑에서 문턱을 향해 앉아 있었다. 그의 얼굴은 거무죽죽하고 야위어 이미 꼴이 말이 아니었다.

5 거인擧人 ; 삼년에 한 번씩 각 성省에서 치르는 제1차 과거시험인 향시鄕試에 합격한 사람.

너덜너덜한 겹옷을 입고, 책상다리를 한 채 그 아래엔 거적을 깔고 있었는데, 그것을 새끼줄로 매달고 있었다. 나를 보자 그는 또 말했다.

"술 한 사발 데워줘."

주인이 머리를 내밀고 말했다.

"쿵이지인가? 자네 아직 19문이 남았어!"

쿵이지는 쓸쓸한 표정으로 고개를 들며 말했다.

"그건…… 이 다음에 갚겠소! 오늘은 현금이오. 술은 좋은 걸로 주시오."

주인은 늘 그랬듯이 웃으면서 그에게 말했다.

"쿵이지, 자네 또 도둑질을 했지!"

하지만 그도 이번에는 별로 변명하지 않고 그저 한 마디만 했다.

"놀리지 마시오!"

"놀리다니? 도둑질을 하지 않았다면 왜 다리가 부러졌지?"

쿵이지는 낮은 소리로 말했다.

"넘어졌소. 너, 넘어져서……"

그의 눈빛은 더 이상 말하지 말라고 주인에게 애원하는 듯했다. 그때는 이미 몇 사람이 모여서 주인과 함께 웃고 있었다. 나는 술을 데워 들고 나가 문지방 위에 놓았다. 그가 해어진 옷 주머니에서 동전 네 개를 꺼내어 내 손에 얹어주었다. 그의 손은 온통 흙투성이었다. 그는 그 손으로 짚고 기어온 것이었다. 잠시 후 그는 술을 다 마시고, 웃으며 지껄이고 있는 사람들 사이를 엉금엉금 기어서 느릿느릿 돌아갔다.

그 뒤로 다시 오랫동안 쿵이지를 보지 못했다. 연말이 되자 주인은 칠판을 내리면서 말했다.

“쿵이지 아직 19문이 남아 있어!”

“그 다음 해 단오절이 되자 또 말했다.

“쿵이지 아직 19문이 남아 있군.”

하지만 그 해 추석에는 아무 말이 없었다. 연말이 되어서도 다시 그의 모습을 본 사람은 아무도 없었다.

그 후 지금까지 나는 그를 한 번도 보지 못했다. 쿵이지는 아마 틀림없이 죽었을 것이다.

1919년 3월

약藥

1

◎ 가을날 새벽달은 졌으나 아직 해가 뜨지 않아 깜깜한 하늘만이 남아 있다. 밤에만 나와 어슬렁거리는 야행성 동물 이외에는 모두 다 잠자리에 들어 있을 무렵이다.

화라오수안華老栓은 급히 일어나 앉아 성냥을 그어 온통 기름투성이인 등잔에 불을 켰다. 그러자 창백한 빛이 조그마한 찻집 안에 퍼졌다.

"샤오수안小栓 아버지, 지금 가시려고요?"

늙은 여인의 목소리였다. 안에 있는 작은 방에서는 한바탕 기침하는 소리가 들렸다.

"음."

라오수안은 옷에 단추를 끼우면서 대답하더니 손을 내밀며 말했다.

"그거 이리 주오."

화따마華大媽는 베개 밑을 한참동안 더듬더니 한 꾸러미의 돈을 꺼내어 라오수안에게 건네주었다. 라오수안은 떨리는 손으로 돈 꾸러미를 주머니에 집어넣고, 두어 번 지그시 눌러보고는 등롱에 불을 켜고 등잔불은 불어서 끈 다음 방으로 들어갔다.

안방에서는 괴로운 숨소리가 나더니 이어 한동안 기침소리가 들렸다. 라오수안은 기침소리가 가라앉자 나지막한 소리로 말했다.

"샤오수안小栓…… 일어나지 마라.…… 가게는? 엄마가 볼 거야."

아들에게서 더 이상 대꾸가 없자, 라오수안은 아들이 편히 잠든 거라 생각하고 집을 나서 거리로 향했다.

거리는 온통 어둠에 싸인 채 아무것도 보이지 않았고, 다만 한 줄기 희끄무레한 길만이 보일 뿐이었다. 등불은 그의 앞뒤로 왔다 갔다 하는 두 다리를 비추고 있었다. 때때로 개 몇 마리와 마주치긴 했지만 한 마리도 짖진 않았다.

날씨는 집안에서보다도 훨씬 추웠다. 그러나 라오수안에게는 도리어 상쾌하게 느껴졌으며, 마치 그가 별안간 소년으로 변하여 신통력을 얻고 사람에게 생명을 부여할 재능이라도 생긴 것처럼 내딛는 발걸음은 더욱 의기양양했다. 길은 갈수록 더욱 환해지고, 하늘도 점차 밝아졌다.

정신없이 걸어가던 라오수안은 저 멀리 정丁자 모양의 거리가 환하게 가로 놓여 있는 것을 보고 흠칫 놀랐다. 그는 몇 발자국 뒷걸음질 치더니, 아직 문을 열지 않은 어느 가게를 찾아서 그 집 처마 밑으로 숨어들어 문에 기대섰다. 한참을 그러고 있자니 몸이 서늘해오는 것 같았다.

"여어, 영감."

"기쁘겠군……."

라오수안은 또 한 번 놀랐다. 눈을 크게 뜨고 자세히 보니 몇몇 사람들이 그의 눈앞을 지나쳐 갔다. 그 중의 한 사람이 고개를 돌려 그를 보았다. 모습은 잘 알 수 없었다. 그러나 뭔가 몹시 오랫동안 굶주렸던 사람이 먹이를 발견했을 때처럼, 눈에는 무엇인가를 가로채려는 광채가 번득이고 있었다.

라오수안이 등롱을 보니 불은 이미 꺼져 있었다. 주머니를 눌러 보았다. 두둑한 것이 별 탈 없이 그대로 있었다.

고개를 들어 양쪽을 둘러보니, 괴이해 보이는 수많은 사람들이 두세 사람씩 짝을 지어 귀신처럼 그 근처를 서성대고 있었다.

하지만 눈을 바로 뜨고 자세히 보니 별로 이상한 것은 볼 수 없었다.

이윽고 다시 몇몇 병정들이 저쪽에서 움직이는 것이 보였다. 제복의 가슴과 등 쪽에 희고 큰 둥근 표식이 멀리서도 또렷이 보였다. 바로 눈앞을 지나갈 때는 그 제복의 검붉은 테 줄까지 분간할 수 있었다. 한바탕 발걸음 소리가 요란하게 울리더니 순식간에 한 무리의 사람들이 서로 밀치며 지나갔다.

두세 명씩 서성대던 사람들도 눈 깜짝할 사이에 한데 어울려 조수처럼 앞으로 몰려갔는데 정丁자 삼거리에 이르자 멈춰 서서 반원형으로 빙 둘러섰다.

라오수안도 그 쪽으로 눈을 돌렸다. 하지만 무리를 이룬 사람들의 등만 보일 뿐이었다. 모두들 목을 길게 빼고 있었는데, 그 모양은 마치 수많은 오리 떼가 보이지 않은 손에 목이 잡혀 매달려 있는 듯했다. 잠시 조용했다. 이윽고 무슨 소리가 나는듯하더니 다시 술렁이기 시작했다. 꽝하는 소리가 나더니 모두들 후퇴하여 라오수안이 서있는 곳까지 흩어져 왔는데, 그 바람에 그는 하마터면 밀려 넘어질 뻔하였다.

"이봐요. 돈과 물건을 바꿉시다."

온몸이 시커먼 사람이 라오수안 앞에 불쑥 나타났다. 그의 칼날 같은 눈초리에 라오수안은 질겁을 하여 몸이 반으로 오그라드는 듯했다.

그 사람은 커다란 한쪽 손을 그에게 내밀고, 또 한쪽 손에는 시뻘건 만두를 움켜지고 있었다. 거기에서는 시뻘건 것이 아직도 뚝뚝 떨어지고 있었다.

라오수안은 황망히 은화를 더듬어 꺼내 부들부들 떨면서 그에게 주려 했지만, 아무래도 그의 물건은 받을 수가 없었다.

"뭐가 무섭소? 왜 집지 않는 거요?"

그 사람은 조급하여져 버럭 소리를 질렀다.

라오수안은 그래도 망설여졌다.

그 시커먼 사람은 등롱을 낚아채더니 등롱의 갓 종이를 북 찢어 만두를 싸가지고 라오수안에게 안겨주고는 한쪽 손으로 은화를 움켜잡아 꾹 쥐어보고 돌아서 가버렸다. 그가 입속으로 웅얼거리는 소리가 들려왔다.

"늙은 것이……"

"그것으로 누구 병을 고치려는 거요?"

라오수안은 누군가가 이렇게 묻는 소리를 들은 듯했다. 그러나 그는 대답하지 않았다. 그의 정신은 지금 다만 이 만두 덩어리 위에만 집중되어 있었다. 마치 십대 독자인 갓난아이를 안고 있는 듯, 그 밖의 일에는 이미 아무런 관심도 없었다.

그는 지금 이 꾸러미 속에 든 새 생명을 자기 집에 옮겨 심어 숱한 행복을 거둬들이려고 하는 것이다.

해가 떠올랐다. 그의 눈앞에는 한 줄기 훤한 큰 길이 나타나, 그것은 그대로 그의 집 까지 이어져 있었다. 그의 뒤에서는 정丁자 거리 입구 근처에 걸려 있는 낡은 액자의「고헌정구古軒亭口」[1]라는 네 개의 거무죽죽한 황금빛 글자가 번쩍이고 있었다.

2

라오수안이 집에 돌아오자 가게는 이미 말쑥하게 정돈되어 있고, 한 줄 한 줄 늘어선 차 탁자는 반질반질 빛나고 있었다. 다만 샤오수안이 혼자 안쪽 탁자 앞에 앉아 밥을 먹고 있었는데, 굵은 땀방울이 이마에서 굴러 떨어지고, 등에 찰싹 달라붙은 겹옷 상의 아래 양쪽 어깨뼈가 튀어나와 여덟 팔八자를 그리고 있었다.

라오수안은 이 모양을 보자 눈살을 찌푸리지 않을 수가 없었다.

그의 아내가 부엌에서 급히 나왔는데, 눈을 크게 뜨고 입술은 조금 떨고 있었다.

1 고헌정구古軒亭口 ; 소흥紹興의 중심부, 관청거리 가까이에 헌정구라는 거리가 있었고 그 입구에 걸린 편액의 글자. 그 근처에 형장이 있었는데, 처형은 번화가에서 사람들이 보는 가운데 행하였다.

"구했어요?"

"구했소."

두 사람은 함께 아궁이 앞으로 가서 한참 의논하더니 화따마가 밖으로 나갔다가 얼마 후 한 장의 커다란 연 잎을 가지고 돌아와 탁자 위에 폈다. 라오수안도 등롱 갓 종이를 펼쳐서 그 시뻘건 만두를 연잎에 옮기고 다시 쌌다.

샤오수안이 식사를 끝내자 그의 어머니는 황급히 말했다.

"샤오수안 너 거기 앉아 있어라. 여기 오면 안 된다"

화따마가 아궁이 불을 고르게 지피자 라오수안은 녹색의 뭉치와 붉고 희게 얼룩진 종이와 부서진 등롱을 함께 아궁이 속에 밀어 넣었다.

검붉은 불꽃이 타오르자 가게 안에는 뭐라 형용할 수 없는 묘한 냄새로 가득 찼다.

"냄새가 좋은데! 새참으로 무엇을 잡수셨소?"

곱추 영감이 들어서며 물었다. 그는 거의 매일 찻집에서 날을 보냈다. 찾아오는 것은 제일 빨랐고 돌아가는 것은 제일 늦었다. 오늘도 바로 길가에 면한 벽 쪽 탁자 옆으로 어정어정 걸어와 앉으면서 이렇게 물었다. 하지만 아무도 대답하는 사람이 없었다.

"쌀죽을 쑤나?"

여전히 대답이 없었다.

라오수안은 총총히 나와서 그에게 차를 따라 주었다.

"샤오수안, 들어오너라!"

화따마는 샤오수안을 방으로 불러 들였다. 방 안에는 둥근 의

자가 하나 놓여 있었다. 샤오수안이 앉자 그의 어머니는 새까맣고 둥근 것을 담은 접시를 두 손으로 받쳐 들고 와서 조용히 말했다.

"먹어라. 병이 나을 게다."

샤오수안은 그 검은 물건을 집어 들고 한참 쳐다보았다. 마치 자기 목숨을 들고 있는 듯한, 뭐라 말할 수 없는 기묘한 느낌이었다. 살며시 조심하며 둘로 가르자, 거뭇거뭇 탄 만두 껍질 속에서 흰 김이 피어올랐다. 김이 사라지자 그것은 둘로 갈라진 밀가루 만두였다. 얼마 지나지 않아 전부 뱃속으로 넘겼는데, 무슨 맛이었는지 전혀 생각나지 않았다. 눈앞에는 단지 빈 접시가 한 개 남아 있을 뿐 그의 옆에는 한 쪽에 아버지, 다른 한 쪽에는 어머니가 서 있었다. 마치 그의 몸 안에 부어넣고, 또 무엇을 꺼내려는 듯한 두 사람의 눈초리에 그는 그만 가슴이 두근거려, 가슴을 누르며 다시 한바탕 기침을 했다.

"한숨 자거라. 곧 나아질 테니."

샤오수안은 어머니가 시키는 대로 기침을 하면서 드러누웠다. 화따마는 아이의 기침이 가라앉기를 기다려 누덕누덕 기운 겹이불을 살며시 덮어 주었다.

3

가게에는 손님들이 가득 들어와 앉아 있었다. 라오수안도 바빠졌다. 커다란 구리 주전자를 들고 연방 돌아가며 손님들에게 차를 따라 주었다. 양쪽 눈언저리에는 너무 피로한 듯 검은 테가 둘려져 있었다.

"라오수안, 몸이 불편한가? 병이라도 났나?"

흰 수염을 기른 사람이 물었다.

"아닙니다요."

"아니라고? 그렇겠지, 자네 싱글벙글하는 게 병자 같지는 않다고 생각했지……."

흰 수염장이는 이내 자기의 말을 취소했다.

"라오수안이야 좀 바쁜 것 뿐이고, 만약 저 사람 아들이……"

꼽추 영감의 말이 미처 끝나기도 전에, 별안간 인상이 험상궂은 사람이 뛰어 들어왔다. 검은 무명옷을 걸치고 단추도 끼우지 않은 채 폭이 넓은 검정 띠를 허리께에 아무렇게나 둘러 감고 있었다. 그는 입구에 들어서자마자 라오수안을 향해 소리쳤다.

"먹었소? 좋아졌겠지? 라오수안, 당신은 운이 좋은 거요! 운이 좋았단 말이오. 만일 내가 귀뜸해 주지 않았더라면……"

라오수안은 한 손에 주전자를 든 채 한손을 공손히 내리고 싱글벙글하며 듣고 있었다. 그 자리에 있던 사람들도 모두 조용히 경청하고 있었다. 화따마도 눈언저리에 검은 피로의 기색이 보였지만, 그래도 싱글거리며 다기茶器와 찻잎, 그리고 올리브 하나를 더하여 들고 왔다. 라오수안은 곧 찻잎을 넣고 끓는 물을 부었다.

"이번엔 틀림없소! 다른 것들과는 달라. 뜨거울 때 가져와서 뜨끈뜨끈한 채로 먹었을 테니."

인상이 험상궂은 사내는 연방 떠들어 댔다.

"정말이에요. 만약 캉따수康大叔께서 봐주지 않으셨다면 어떻게 이런……"

화따마도 몹시 감격하여 그에게 인사의 말을 했다.

"틀림없어요! 틀림없이 좋아질 거요. 그렇게 뜨거울 때 먹었으니, 그런 인간의 피를 묻힌 만두를 먹으면 무슨 폐병이든 틀림없이 완쾌됩니다."

화따마는 '폐병' 이라는 말을 듣자 얼굴빛이 조금 변하고 약간 언짢은 기색이었으나 이내 또 웃음을 지으며 조용조용히 그 자리를 물러났다.

그러나 캉따수는 전혀 눈치 채지 못하고 여전히 큰 소리로 떠들고 있었다. 안방에서 잠자던 소년은 깨어나 쿨럭이기 시작했다.

"자네 아들 샤오수안이 그렇게 좋은 기회를 만났었다니 그 병은 틀림없이 나을 걸세. 그래서 라오수안이 연방 싱글거리고 있었던 거로구먼."

흰 수염장이는 이렇게 말하면서 캉따수 앞으로 걸어가 나직한 소리로 물었다,

"캉따수…… 오늘 처치한 범인 중의 한사람이 샤夏씨 집안의 아들이라던데, 도대체 누구 집 아들이오? 어떻게 된 일인지 아시오?"

"누구 집 아들이라뇨? 그야 물론 샤씨네 넷째 며느리의 아들이죠. 그 병신 같은 놈!"

캉따수는 여러 사람이 모두 자기 말에 귀를 기울이고 있는 것을 보자, 더욱 신이 나서 볼따귀를 씰룩거리며 한층 큰소리로 지껄여댔다.

"그놈은 살기 싫어하는 놈이니 죽으면 그만이지만, 이번에 나는 국물도 한 방울 없었단 말야. 놈이 벗어놓은 옷마저 모두 감옥

을 지키던 빨건 눈의 아이阿義가 가져가 버렸지.…… 제일 운수가 좋았던 것은 아무래도 우리 라오수안 영감이고, 다음은 샤씨네 세째 아들이지. 눈처럼 하얀 은화를 스물 닷 냥이나 받아 고스란히 제 주머니에 집어넣고 한 푼도 내놓지 않았거든."

샤오수안은 두 손으로 가슴을 움켜지고, 연방 쿨럭이며 작은 방에서 느릿느릿 걸어 나왔다. 그는 부뚜막 아래에서 찬밥을 한 그릇 퍼 담고 끓는 물을 붓더니 앉아서 먹기 시작했다. 화따마가 그의 뒤를 쫓아와서 조용히 물었다.

"샤오수안, 좀 좋아졌니? 너 여전히 허기가 지는 게로구나."

"틀림없어! 꼭 나을 거야."

캉따수는 샤오수안을 흘긋 쳐다보고는 다시 여러 사람을 향해 말했다.

"샤씨네 셋째 아들은 정말 빈틈없는 놈이지. 만약 그 놈이 미리 고발하지 않았다면 그놈 역시 일가가 몰살당하고 재산도 통째로 빼앗겼을 거야. 지금은 어떤가? 은화를 받았으니! 그 죽은 놈도 얼간이 같은 놈이더군! 감옥에 들어가서도 간수들에게 모반을 선동했다니."

"허! 그놈 대단하군."

뒤쪽 탁자에 앉아있던 스무 살 남짓한 젊은이가 몹시 화가 난 듯한 표정으로 말했다.

"다들 알아 두시오. 빨건 눈의 아이阿義가 일의 전말을 자세히 조사하러 갔더니, 그놈이 이런저런 말을 걸면서, '이 청淸나라의 천하는 우리들 모두의 것이다' 라고 말하더라는 거야. 생각해 보시오. 그게 할 소리요? 빨건 눈의 아이도 그놈 집에 늙은 어미밖에 없다는 걸 알고 있었지만, 설마 그렇게까지 가난할 줄은 몰랐다고 합디다. 아무리 쥐어짜도 기름 한 방울 안 나오는 판에 잔뜩 화가 오르는데, 그놈이 이러쿵저러쿵 잔소리를 늘어놓았으니 호랑이 머리를 긁어놓은 꼴이지. 결국 아이阿義에게 볼 따귀를 두어 차례 얻어맞았다고 하더군!"

"아이는 주먹이 센데 두 대나 맞았으면 뻐근했겠는걸."

구석에 앉아있던 꼽추가 신이 나서 지껄였다.

"그 머저리 같은 놈이 맞으면서도 겁도 안 내고 도리어 가엾다, 가엾다, 그렇게 중얼거렸다더군요."

"그런 놈을 때린 것이 뭐가 가여운 거지?"

흰 수염장이가 말했다.

캉따수는 경멸하는 듯한 표정으로 비웃으면서 말했다.

"자네는 내 말을 어떻게 알아듣고 있는 거야. 그 놈 말은, 자기가 아니라 아이가 불쌍하다는 것인데!"

듣고 있던 사람들의 눈빛이 별안간 이해할 수 없다는 듯 멍청해지더니, 이야기도 뚝 끊어지고 말았다.

샤오수안은 이미 식사를 끝내고 있었는데 몸은 땀투성이가 되었고 머리에서는 김이 무럭무럭 올라오고 있었다.

"아이阿義가 가엾다니…… 미쳤지, 정말 미쳐버렸던 거야."

흰 수염장이는 별안간 깨달은 듯이 말했다.

"그래, 미쳤던 게지."

스무 살 남짓한 젊은이도 역시 깨달은 듯이 말했다.

가게 안의 손님들은 다시 활기를 띠고 담소하기 시작했다. 샤오수안은 그 왁자지껄한 소리에 섞여 연방 쿨럭이며 기침을 했다.

캉따수는 앞으로 다가와 그의 어깨를 두드리며 말했다.

"틀림없이 낫는다! 샤오수안!…… 그렇게 기침하면 안 돼. 꼭 나을 거야!"

"미쳤지."

꼽추 영감이 고개를 끄덕이며 말했다.

4

서쪽 성벽 밖의 땅은 원래 관유지官有地였다. 중간을 가로지른 꾸불꾸불한 오솔길은 지름길로 가려는 사람들의 발걸음으로 어느덧 길이 되어 자연스럽게 경계를 이루고 있었다. 그 길 왼쪽은 모두 사형이나 옥살이로 목숨을 잃은 사람들이 묻혀 있었으며, 오른쪽은 빈민들의 공동묘지가 되어 있었다. 양쪽 다 이미 무덤들이 가득 들어차, 마치 부자집 생일잔치 상에 만두를 쌓아놓은 듯 했다.

그 해 청명절淸明節은 유난히 추워 버들도 겨우 쌀 반 알갱이만한 새눈을 트고 있었다. 날이 밝은 지 얼마 안 되는데 화따마는 이미 오른쪽의 새 무덤에 웅크리고 앉아 네 접시의 반찬과 한 그릇의 밥을 늘어놓고 한 바탕 곡을 한 다음 지전紙錢을 태웠다. 그리고 멍하니 무엇을 기다리기라도 하는 것처럼 땅바닥에 앉아 있었다. 무엇을 기다리는지 그녀 자신도 몰랐다.

미풍이 불어와 그녀의 귀밑털을 흩날렸다. 분명히 작년보다 훨씬 백발이 늘어 있었다.

작은 길로 또 한 여인이 걸어왔다. 반백의 머리에 너덜너덜한 옷을 걸치고, 낡아빠진 붉은 옻칠을 한, 거의 망그러져가는 둥근 광주리를 들고 있었다. 그 광주리 밖으로 한 꾸러미의 지전을 늘어뜨리고 터벅터벅 걸어왔다.

이 때 문득 땅바닥에 주저앉은 화따마가 그녀를 바라보고 있음을 알자, 약간 망설이더니 핏기 없는 얼굴에 부끄러운 듯한 기색을 떠올렸다. 하지만 이내 기운을 차려 왼쪽에 있는 무덤 앞으로가 광주리를 내려놓았다.

그 무덤과 샤오수안의 무덤은 한 일 자로 나란히 들어섰고 그 사이에 작은 길이 가로질러 있었다.

화따마는 그녀가 네 접시의 찬과 밥 한 그릇을 차려놓고, 선채로 한참 곡을 하고 지전을 태우는 걸 보면서 속으로 생각했다.

"저 무덤도 역시 아들인 모양이군."

그 늙은 여인은 주위를 둘러보더니 별안간 수족을 떨고 비틀거리면서 몇 발짝 뒷걸음질을 쳤다. 눈을 크게 뜬 모양이 넋을 잃기라도 한 것 같았다.

화따마는 이 모양을 보고, 그녀가 상심한 나머지 미쳐버리는 게 아닌가 하고 걱정이 되었다. 더 참고 있을 수가 없어 벌떡 일어나 작은 길을 넘어가서 나지막한 소리로 그녀에게 말을 걸었다.

"이보세요, 아주머니, 그렇게 상심하면 안 돼요. 우리 같이 돌아가십시다."

그 여인은 고개를 끄덕였지만, 눈은 여전히 허공을 향해 크게 뜨고 있었다. 그리고 작은 소리로 더듬거리며 말했다.

"저것 보세요. 저게 뭐죠?"

화따마는 그녀가 가리키는 쪽을 바라보았다. 눈길이 앞에 있는 무덤에 머물렀다.

풀뿌리조차도 채 자리 잡지 못한 무덤에는 황토黃土 덩어리가 보기 흉하게 드러나 있었다. 그 위를 좀 더 자세히 살펴보던 화따마는 자기도 모르게 깜짝 놀랐다. 분명히 붉고 흰 꽃들이 그 무덤 꼭대기에 둥근 원을 그리며 피어 있었다.

그들 두 할머니의 눈은 이미 흐려져 있었지만 그 붉고 흰 꽃은 그래도 똑똑히 알아볼 수 있었다. 꽃이 많지는 않았지만 둥글게 원을 그려 나약한 대로 단정하게 피어 있었다.

화따마는 얼른 자기 아들의 무덤과 다른 무덤들을 둘러보았다. 거기에는 단지 추위를 겁내지 않는 몇 송이 흔해빠진 파랑 꽃들이 드문드문 피어있을 뿐이었다.

그녀는 마음속에 갑자기 어떤 아쉬움과 공허감이 퍼져가는 것을 느꼈다. 하지만 그 까닭은 캐고 싶지가 않았다.

그 늙은 여인은 다시 몇 발짝 다가서서 자세히 둘러보면서 혼잣말로 중얼거렸다.

"여기엔 뿌리가 없어, 저절로 피어난 것 같진 않은데! 하지만 이런 곳을 대체 누가 왔었을까? 아이들도 놀러오지 않는 곳인데!…… 일가친척들은 발을 끊은 지 오래되었지…… 대체 이게 어찌된 일일까?"

그녀는 한참동안 생각에 잠겨 있더니 별안간 눈물을 흘리며 큰 소리로 부르짖었다.

"위얼瑜兒아! 그놈들이 널 무고하게 죽인 거지. 너는 그것을 잊을 수가 없었고, 너무나 원통하고, 그래서 오늘은 특히 이상한 것을 보여 내게 알리려는 것이겠지?"

그녀가 주위를 둘러보니 한 마리의 까마귀가 잎사귀 하나 남아 있지 않은 나무에 앉아 있었다.

그녀는 다시 말을 계속했다.

"알겠다.…… 위얼아, 너를 모함한 놈들이 가엾구나. 그놈들은 이제 곧 보복을 받을 테니. 하느님은 모든 걸 다 알고 계시다. 너는 편안히 눈을 감으렴.…… 만약 정말 네가 여기에 있어서 내 목소리를 들을 수 있다면 저 까마귀를 네 무덤 위로 날게 하여 나에게 보여 다오."

미풍은 벌써부터 멈추어 있었다. 꼿꼿이 서 있는 시든 풀들은 마치 철사 같았다. 그 풀들이 떠는 소리는 공기 속에서 점점 가늘어지더니 끝내 사라져 버렸다. 주위는 온통 죽은 듯이 조용했다.

두 사람은 풀밭에 선 채 까마귀를 올려다보았다. 까마귀는 곧은 나뭇가지 사이에서 머리를 움츠리고 동상처럼 꿈쩍도 않고 앉아 있었다.

오랜 시간이 지나고, 무덤을 찾는 사람들의 수가 점차 늘어났다. 노인과 어린 아이들이 무덤 사이를 들락거렸다.

화따마는 어쩐지 무거운 짐을 내려놓은 듯한 기분이 들어 그만 돌아갈 생각으로,

"우리 이제 돌아가십시다."

하고 권했다.

늙은 여인은 후우 한숨을 내쉬고는, 되는 대로 밥과 반찬을 챙기더니 다시 한참을 망설였다. 그러나 끝내는 천천히 걷기 시작했다. 입속으로는 계속 혼잣말을 중얼거리고 있었다.

"이건 어찌……된 일일까?……"

두 사람이 미처 스무 발짝도 못 옮겼을 무렵에 별안간 등 뒤에서 "까악" 하는 큰 울음소리가 들렸다.

두 사람이 흠칫하여 돌아보니, 그 까마귀가 두 날개를 펴고, 몸을 쭉 편 채 곧바로 먼 하늘을 향해 쏜살같이 날아가고 있었다.

1919년 4월

작은 사건一件小事

◎ 내가 시골에서 북경北京으로 온지가 눈 깜짝할 사이에 6년이나 되었다. 그동안 보고 들은 이른바 국가의 대사大事라는 것도 무척 많았지만, 따지고 보면 내 가슴에 흔적을 남긴 것은 아무 것도 없었다. 만약 그 사건들이 내게 미친 영향에 대해서 말해보라고 한다면, 그것은 단지 내게 나쁜 성질만 늘게 하였을 뿐이다.…… 사실을 말하자면, 나는 하루하루 더욱 사람들을 경멸하게끔 되었던 것이다.

하지만 한 가지 사건만은 나에게 뜻 있는 것이었다. 나를 나쁜 성질로부터 구하여 주었기 때문에 나는 지금까지도 잊을 수 없다.

민국民國 6년[1] 겨울, 강한 북풍이 맹렬히 휘몰아치던

1 즉 1917년. 1911년 신해혁명으로 1912년 1월1일 중화민국中華民國이 탄생하였는데 국명이 그대로 기원이 되었다. 중화인민공화국에서는 서기를 쓰고 있으나 타이완에서는 민국을 기원으로 쓰고 있다. 당시 작가는 북경정부 교육부 관리로 있었다.

날, 나는 먹고살기 위하여 어쩔 수 없이 아침 일찍 길을 나서야 했다. 길에는 거의 오가는 사람이 없었다. 가까스로 한 대의 인력거를 잡아타고 S문[2]으로 가자고 했다. 잠시 후엔 북풍도 잠시 잠잠해지고, 길 위의 먼지도 이미 바람에 깨끗이 쓸려 한 줄기 새하얀 큰길만이 남아 있었다. 인력거꾼도 더욱 빨리 달려갔다.

막 S문 가까이 다가갔을 때, 별안간 한 사람이 인력거 손잡이에 걸려 비스듬히 옆으로 쓰러졌다. 쓰러진 사람은 여인이었는데, 희끗희끗한 머리에 옷은 몹시 남루했다. 그녀가 큰길 옆에서 갑자기 인력거 앞을 가로 질러 가려고 할 때, 인력거꾼은 재빨리 길을 비켰었다. 그러나 그녀의 너덜너덜한 조끼의 단추가 잠겨져있지 않아 바람에 불려 헤쳐지면서 그만 손잡이에 걸리고 말았던 것이다.

다행히 인력거꾼이 빨리 멈추었기에 망정이지, 그렇지 않았더라면 그녀는 거꾸로 나자빠져 머리가 깨지고 피를 흘릴 뻔하였다.

그녀가 땅에 엎어지자 인력거꾼은 곧 발을 멈추었다. 나는 이 노파가 심하게 다쳤다고는 생각지 않았다. 더구나 본 사람도 없는데, 일을 번거롭게 하는 인력거꾼이 매우 이상하게 여겨졌다. 만약 그가 멈춰 선채로 시비를 따지려든다면 그만큼 나의 길도 늦어지는 것이다. 나는 그에게 말했다.

"별 일 아니야! 어서 가세!"

하지만 인력거꾼은 전혀 들은 척도 하지 않고…… 혹 전혀 못 들었는지도 모르겠다.…… 인력거를 내려놓은 다음 그 노파의 어

2 북경 내성內城의 서남문인 선무문宣武門, 당시 작가는 선무문 밖에 있는 소흥회관紹興會館에서 살며 아침마다 선무문을 지나 교육부로 출근하였다.

깨를 부축하여 천천히 일으켜 세웠다.

"어떠세요?"

하고 그가 묻자, 그녀는

"넘어져 다쳤어요." 하고 대답했다.

나는 생각했다.

'다쳤을 리가 없어! 방금 넘어지는 걸 내가 봤는데. 엄살을 부리는 거야. 정말 밉살스러운 노파야. 인력거꾼도 그렇지, 쓸데없이 고생을 사서 하려는 건가? 제 갈 길이나 갈 것이지 원!'

인력거꾼은 그녀의 말을 듣자, 조금도 망설이지 않고 그 노파의 팔을 부축하여 한 발자국씩 앞으로 나아갔다. 내가 조금 이상히 여기며 앞을 바라보니, 거기엔 파출소가 있었다.

강풍이 지나가서인지, 거리에는 사람 하나 보이지 않았다. 인력거꾼은 그 노파를 부축하여 바로 그 파출소 문을 향해 걸어가고 있었다.

이때 갑자기 나는 일종의 기이한 감동을 받았다. 온몸에 먼지를 뒤집어쓴 그의 뒷모습이 일순간 몹시 커지더니, 한 발 짝 씩 발을 떼어놓을 때마다 그것은 점점 더 커져서, 마침내 올려다보지 않으면 안 될 만큼 확대되어갔다.

더구나 그것은 내게 점차로 일종의 위압으로 변하여, 심지어는 내 가죽털옷 속에 숨겨진 '소아小我'를 밀어내려는 것 같았다.

나의 근육이 모두 응결되어 멎은 듯했으며, 앉은 채 움직일 수도 없었고, 아무 생각조차 할 수 없었다. 나는 파출소 안에서 순경이 나오는 것을 보고 비로소 인력거에서 내렸다.

"다른 인력거를 잡으시지요. 저 사람은 이제 끌지 못하게 되었습니다."

하고 순경은 내게 다가서며 말했다.

난 아무 생각 없이 외투주머니에서 동전을 한 줌 꺼내어 순경에게 건네주며 말했다.

"인력거꾼에게 전해 주시오……."

바람은 완전히 멎었지만 길은 아직 조용했다. 나는 걸으면서 생각했다. 하지만 두려움으로 감히 내 자신에 대해 생각할 수 조차 없었다. 그 전의 일들은 접어두고라도, 그 한 줌의 동전이 무슨 뜻이 있는가? 나는 내 자신에게 대답할 수가 없었다.

이 일은 지금까지도 항시 내 머리에 떠오른다. 나는 그 일 때문에도 항상 고통을 참고 내 자신에 대해 생각하려고 노력한다. 요 몇 년 동안의 문치文治와 무력武力[3]이 나에게는 어린 시절에 읽었던 '공자가 말씀하시기를, 시詩에……'[4] 따위와 같이, 단 반 구절도 기억에 남아 있지 않다. 그러나 유독 이 작은 사건만은 항시 내 눈앞에 아른거리며, 어떤 때는 도리어 더욱 분명해져 나를 부끄럽게 하고, 나를 새롭게 분발시키고, 또한 나에게 용기와 희망을 북돋아 주는 것이다.

1920년 7월

3 문치文治와 무력武力 ; 이 글의 모두冒頭에 있는 〈국가의 대사〉를 가리킴. 신해혁명의 성공과 실패, 원세개袁世凱의 제정帝政, 일본의 산동 출병 등 대 사건이 잇따라 일어났다.

4 《논어論語》《시경詩經》등 유교 경전을 가리킴.

고향故鄕

◎ 혹독한 추위를 무릅쓰고 나는 2천 여리[1]나 떨어진 먼 곳에서 20 여 년 동안 떠나있던 고향으로 돌아왔다.

때는 마침 한겨울이었다. 고향이 가까워질수록 날씨가 잔뜩 찌푸렸고 차가운 바람이 선창 안으로 불어 닥쳐 윙윙 소리를 냈다. 뜸蓬[2] 사이로 밖을 내다보니 검푸른 하늘 아래 여기 저기 몇 개의 쓸쓸하고 황폐한 마을이 생기를 잃은 채 가로누워 있었다. 내 가슴엔 울컥 슬픔이 솟아올랐다.

'아! 이것이 내가 20년 동안 늘 기억하고 있던 고향이란 말인가?'

내가 기억하는 고향은 전혀 이렇지 않았다. 내 고향은

1 중국의 1 리里는 일정하지 않다. 당시는 약 600m, 북경에서 절강浙江성 소흥까지의 거리 약 1,200Km, 현재는 1리를 500m로 통일하였다.

2 봉蓬 : 억새와 같은 풀로 엮어서 배 위와 옆을 덮은 것.

훨씬 더 좋았다. 그러나 그 아름다움을 가슴에 그리며 그 좋은 점을 말해보려 하면 그 모습은 순식간에 지워지고, 하고자 했던 말도 없어져 버린다. 그 옛날의 고향도 아마 이랬을지 모른다. 그래서 난 스스로 위로하며 이렇게 생각하는 것이다. 고향은 원래부터 이랬던 것이다. 진보도 없는 대신에 내가 느낀 것과 같은 쓸쓸함도 없는 것이다. 단지 달라진 것은 내 자신의 심경일 뿐이다. 왜냐하면 나의 이번 귀향은 결코 즐거운 것이 아니기 때문이다.

이번 나의 귀향은 실은 고향과 작별하기 위해서 온 것이다.

우리 가족들이 오랫동안 같이 모여 살던 옛집은 이미 남에게 넘겨주기로 이야기 되었고, 양도기한은 금년 연말까지였다. 그래서 아무래도 정월 초하룻날 이전에 정들었던 옛집에 이별을 고하고, 정들었던 고향을 멀리 떠나 내가 생계를 꾸리고 있는 타향으로 이사를 해야만 했다.

다음날 아침 일찍, 나는 우리 집 대문 앞에 이르렀다.

기와지붕 위에는 잡초가 무성하고, 시들어 부러진 줄기들이 바람에 떨고 있었다.

그것은 어쩔 수 없이 이 집의 주인이 바뀌어야 하는 원인을 말해 주는 듯했다.

함께 살던 친척들은 거의 모두 이사를 하여서 몹시 조용했다. 내가 우리 집 모퉁이에 이르렀을 때 어머니께서 이미 마중을 나와 계셨고, 뒤따라 여덟 살 난 조카 홍얼宏兒도 뛰어나왔다.

어머니께서는 무척 기뻐하셨지만 여러 가지로 착잡한 심경을 감추고 계신 듯했다. 내게 앉아서 쉬며 차나 마시자고 하시면서,

이사에 관한 말씀을 선뜻 꺼내지 못하셨다. 훙얼도 나를 처음 대면하는 것이라 멀리서 이쪽을 향해 서서 바라보고만 있었다.

하지만 우리는 마침내 이사에 관한 이야기를 시작했다. 나는 저쪽 들어 갈 집 계약은 이미 끝났고 약간의 가구도 사두었으니 이제 집안에 있는 나무그릇들을 모조리 팔아 가지고 몇 가지를 새로 장만해야겠다고 말씀드렸다.

어머니께서도 찬성하시면서 짐 정리도 대강 끝났고, 운반하기 불편한 나무그릇들도 절반쯤 팔아 버렸는데, 단지 돈을 받지 못하고 있을 뿐이라고 말씀하셨다.

"하루 이틀 쉬면서 떠나기 전에 친척 어른들을 한번 찾아뵙고 인사를 드려라."

어머님은 이렇게 말씀하셨다.

"네."

"그리고 룬투閏土 애긴데 말이다. 그 애가 너를 꼭 한번 만나고 싶은 모양인지, 집에 올 때마다 언제나 네 소식을 묻더라. 네가 집에 도착할 날짜를 대강 알려 줬으니 아마 곧 찾아올 거야."

그때 내 머릿속에는 퍼뜩 한 폭의 신기한 그림이 떠올랐다. 진한 남빛 하늘에 황금빛 보름달이 걸려 있고, 그 아래는 끝없이 파란 수박밭이 펼쳐진 바닷가의 모래사장인데, 그 가운데서 은 목걸이를 목에 걸고 있는 열 두어 살쯤 되는 소년이 손에 쇠 작살을 들고서 한 마리의 차猹[3]를 힘을 다해 찌른다. 그러나 그 놈은 날쌔게

3 오소리나 너구리 종류일 것이다. 소흥지방의 방언으로 원래 음만 있고 글자는 없었다. 루쉰이 만든 글자이다.

몸을 틀어 도리어 소년의 가랑이 밑으로 빠져 도망쳐 버린다.

그 소년이 바로 룬투였다.

내가 그를 알게 된 것은 겨우 열 몇 살밖에 안 되던 무렵으로, 지금으로부터 30여 년 전의 일이다. 그땐 아버님께서도 살아계셨고 집안 형편도 좋아서 나는 말하자면 작은 도련님이었다.

그 해는 우리 집에서 조상의 큰 제사를 치러야 할 차례였다. 그 제사는 30 몇 년 만에 겨우 한번 돌아오는 것이어서 아주 정중하게 지냈다.

정월에 조상에게 제사지낼 때에는 차려놓은 물건도 많고 제기祭器에도 정성을 들였다. 또한 참배하러 오는 사람이 많아서 제기를 도둑맞지 않도록 주의할 필요가 있었다.

그 때 우리 집엔 망월忙月(우리 고향에서는 고용인을 세 가지로 나눈다. 일 년 내내 일정한 집에 고용되어 일하는 사람을 장년長年이라 부르고, 날짜를 정해서 남의 집에 고용되어 일하는 사람을 단공短工이라 부른다. 자기 농사를 지으면서 정월이나 명절 때, 또는 소작료를 받아들일 때만 일정한 집에 가서 일하는 사람을 망월忙月이라 한다)이 꼭 한 사람 있을 뿐이었는데 어찌나 바빴던지 그 망월은 자기 아들 룬투에게 제기를 지키도록 하면 좋겠다고 아버님께 말했다.

아버님은 승낙하셨다. 나도 대단히 기뻤다. 난 일찍이 이 룬투라는 이름을 들은 일이 있었고 그 애가 나와 거의 같은 또래인데 윤달閏月에, 그것도 오행五行 중에서 토土가 빠진 날짜에 태어났다고 해서, 그 애 아버지가 이름을 룬투閏土라고 지었다는 것도 알고 있었기 때문이었다. 그 애는 또 새 덫으로 새를 잘 잡는 다는 것도 알고 있었다.

그래서 나는 매일 새해가 오기만을 기다렸다. 새해가 되면 룬투도 올 테니까.

기다리고 기다리던 연말이 되었다. 하루는 어머님께서 룬투가 왔다고 일러주셨다. 나는 날아가듯 뛰어가서 보았다.

그 애는 마침 부엌에 있었다. 불그스름한 둥근 얼굴에 조그마한 털모자를 쓰고 목에는 반짝반짝 빛나는 은 목걸이를 걸고 있었다. 이것은 그 애 아버지의 아들에 대한 사랑을 말해주고 있었다. 그 애가 죽을까봐 부처님께 불공을 드리고 목걸이로 그 애를 지키도록 한 것이다. 그 애는 사람 앞에서는 몹시 부끄럼을 탔는데 내게만은 그렇지 않았고, 옆에 아무도 없을 때면 내게 이야기를 걸어왔다. 그래서 한나절도 못되어 우리는 곧 친해졌다.

우리가 그때 무슨 이야기를 했는지는 모르겠다. 단지 기억하고 있는 것은 룬투가 성에 들어온 후에 지금까지 못 보던 것들을 많이 구경했다고 몹시 기뻐하던 일 뿐이다.

이튿날 나는 그 애에게 새를 잡아달라고 졸랐다. 그러자 그 애가 대답하였다.

"그건 안 돼. 큰 눈이 와야 해. 우리 모래사장에 눈이 오면, 우리는 눈을 쓸어 빈터를 만들어 놓고, 짤막한 막대기로 대나무 소쿠리를 버티어 놓고 나락을 뿌려 놓았다가 새가 와서 쪼아 먹을 때, 막대기에 잡아맨 줄을 멀리서 잡아당기기만 하면 그 새는 소쿠리 안에 갇혀 도망칠 수 없게 되는 거야. 무엇이든 잡을 수 있어. 볏새든, 뿔 새든, 산비둘기든 파란 새이든……."

그래서 이번에는 눈이 내리기를 몹시 기다렸다.

룬투는 또 내게 말했다.

"지금은 너무 춥고, 여름에 우리 고장으로 놀러와. 우리는 낮엔 해변에 가서 조개껍데기를 줍는데, 붉은 것, 푸른 것, 뭣이든 다 있어. 귀신 쫓는 조개도 있고, 부처님 손 조개도 있단다. 밤엔 아버지하고 수박을 지키러 가니, 너도 갈 수 있어."

"도둑을 지키러 가는 거야?"

"아냐! 지나던 사람이 목이 말라서 수박 한 개쯤 따 먹는 일 따위는 우리 동네에서는 도둑질로 치지 않아. 지켜야 하는 것은 오소리, 고슴도치, 그리고 차猹야. 달밤에 우적우적 소리가 나면 그건 차가 수박을 깨물어 먹는 거야. 그러면 쇠 작살을 들고 살그머니 다가가서……."

그 때는 이 차라는 것이 어떤 짐승인지 전혀 몰랐다. 지금도 그렇지만 그저 어쩐지 조그만 개 같은 모양을 한 영악스러운 동물이려니 하는 느낌이 들었다.

"그 놈이 물지 않아?"

"쇠 작살이 있잖아. 다가가서 차를 발견하면 곧 찔러야 해. 이 짐승은 매우 영리해서 사람 쪽으로 오히려 달려들어선 가랑이 밑으로 빠져 달아나 버리거든. 그 놈의 털은 기름처럼 매끄러우니까……."

그때까지 나는 세상에 이렇게도 신기한 일이 많은 줄은 몰랐다. 바닷가에는 오색의 갖가지 조개껍데기가 있고, 또 수박에 그렇게 위험한 내력이 있다는 것을 몰랐다. 그때까지 나는 과일가게에서 파는 수박밖에 몰랐었다.

"우리 모래사장엔 말이야, 밀물이 밀려들면 날치들이 펄떡펄떡 뛰어오른단다. 청개구리처럼 두 다리가 달린 놈이 말이지……."

아아, 룬투의 가슴속엔 나의 보통친구들이 모르는 신기한 일들이 무진장 간직되어 있는 것이다. 룬투가 바닷가에 있을 때, 그 애들은 모두 아무 것도 모르는 채 나처럼 마당을 둘러친 높은 담장 위의 네모진 하늘만 바라보고 있는 것이었다.

안타깝게도 정월은 다 지나가 버리고 룬투는 집으로 돌아가야만 했다. 나는 어쩔 줄을 모르고 큰 소리로 엉엉 울었다. 그 애도 부엌에 숨어서 울 뿐 돌아가려 하지 않았다. 하지만 결국엔 그 애 아버지에게 끌려가버리고 말았다.

그 애는 후에 조개껍데기 한 꾸러미와 아름다운 새 깃 몇 개를 자기 아버지에게 부탁하여 내게 보내주었다. 나도 두어 번 선물을 보낸 적이 있었지만 그 뒤로는 다시 만나지 못했다.

이제 또 다시 어머님한테 그 애의 이야기를 듣자, 어렸을 때의 기억이 별안간 번개 불처럼 되살아나 나의 아름다운 고향을 찾은 것만 같았다. 나는 어머니께 물었다.

"그것 참 반갑군요! 룬투는 어떻게 지내나요?……"

"그 애 말이냐? 역시 살기가 힘든 모양이더라."

어머니는 그렇게 말씀하시며 밖을 보시더니 다시 말씀하셨다.

"또 저 사람들이 왔구나. 나무그릇을 사러 왔다면서 멋대로 물건을 가져가니 잠깐 나가 봐야지."

어머니는 일어서서 나가셨다. 문 밖에서는 몇몇 여자들의 말소리가 들렸다. 나는 홍얼을 가까이 불러다가 글씨를 쓸 줄 아느냐, 또 다른 고장에 가보고 싶으냐는 등을 물어 보았다.

"우리 기차를 타고 가는 거예요?"

"암, 기차를 타고 가지."

"배는요?"

"먼저 배를 타야 해. 그리고……."

"어쩜! 이렇게 컸네! 수염도 이렇게 길었구나!"라고 갑자기 날카로운 소리로 누가 말하였다.

내가 깜짝 놀라서 급히 고개를 들어보니, 광대뼈가 튀어나오고 입술이 얇은 50전후의 여자가 내 앞에 서 있었다. 두 손을 허리에 짚고 치마도 입지 않은 채 다리를 벌리고 있는 모습은 그야말로 제도기의 두 발 벌린 컴퍼스와 조금도 다름이 없었다.

나는 놀라 어안이 벙벙했다.

"날 모르겠어? 안아준 일도 있는데!"

나는 더욱더 어안이 벙벙할 뿐이었다. 다행히 어머니께서 들어오셔서 옆에서 이렇게 말씀하셨다.

"저 애는 오랫동안 외지에 나가 있었기 때문에 까맣게 잊어버렸을 거야."

하시며 나를 보고,

"너 생각이 날 텐데. 이이는 우리 집 건너편에 비스듬히 마주보고 있던 양楊씨 집 둘째 아주머니시다. 왜 그 두부가게를 하던……."

아, 생각이 났다. 내가 어렸을 때, 우리 집 건너편의 두부가게에서 거의 하루 종일 앉아있던 양씨 집 둘째 아주머니, 사람들은 모두 그녀를 보고 '두부 집 서시'[4]라고 불렀다. 하지만 그 때는 얼굴에 분칠을 하고 광대뼈도 이렇게 튀어나오지 않았으며 입술도 이렇게 얇지는 않았다. 더구나 종일 앉아 있었던 탓에 이런 컴퍼스 같은 자세를 본 적이 없었다.

이 여자 덕분에 두부가게가 번창한다고 당시 사람들은 말했었다. 하지만 나는 그때 어려서 어떤 감정을 느끼지 못했기 때문에 완전히 잊어버렸던 것 같다.

그러나 이 컴퍼스는 몹시 비위에 거슬렸던지 경멸하는 듯한 표정으로 마치 나폴레옹을 모르는 프랑스인이나, 워싱턴을 모르는 미국인을 비웃기라도 하듯 냉소하며 말했다.

"잊었어? 정말 귀한 사람은 눈이 높아서……."

나는 너무도 미안해서 일어서며 이렇게 말했다.

"아 그것은 저……저가……."

"그럼 내 자네에게 말하지. 신迅이 자네는 부자가 됐고, 또 이렇게 무거운 걸 운반하기도 거추장스러울 테니, 이런 잡동사니를 뭣에 쓰겠나. 내게 주지 그래. 우리 같은 가난뱅이에겐 쓸모가 있을 테니."

"난 부자가 아닙니다. 난 이걸 팔아서 그 돈으로……."

"아 아니! 관원官員까지 되고도 부자가 아니라고? 자네는 지금 소실이 셋이나 되고, 밖에 나가려면 여덟 사람이 떠메는 큰 교자를

4 서시西施는 춘추 시대 월越나라 미인. 노신의 고향 소흥紹興은 월나라 수도이었던 회계會稽이다.

타면서도 부자가 아니라고? 호호, 날 속이지는 못 해."

이제 무슨 말을 해도 소용없다는 것을 깨달은 나는 입을 다물고 묵묵히 서 있었다.

"흥 ! 부자가 될수록 지갑 끈을 죄고, 또 죌수록 더욱더 부자가 된다더니 정말."

컴퍼스는 화가 나서 돌아서더니 투덜대면서 천천히 밖으로 걸어 나갔다. 나가면서 슬쩍 어머니의 장갑을 바지춤에 쑤셔 넣고 가 버렸다.

그 후엔 또 이웃의 친척들이 나를 찾아왔다. 나는 그들을 응대하는 한편, 틈틈이 짐을 챙겼다. 그렇게 사나흘이 지났다.

몹시 춥던 어느 날 오후, 점심을 먹고 차를 마시며 앉아 있는데 사람이 들어오는 인기척이 나 돌아다보았다. 나는 그를 보자마자 그만 매우 놀라서 황급히 몸을 일으켜 맞으러 나갔다.

들어온 사람은 바로 룬투였다. 보자마자 그가 룬투임을 알았지만, 그러나 내가 기억하고 있던 그 룬투는 아니었다.

키는 배나 커졌고, 옛날의 불그스름하던 둥근 얼굴은 누렇고 윤기 없이 변했으며, 깊은 주름이 잡혀 있었다. 눈도 그의 아버지와 마찬가지로 언저리가 온통 벌겋게 부어올라 있었다. 바닷가에서 농사를 짓는 사람은 하루 종일 불어오는 바닷바람 때문에 대개 이렇다는 것을 나도 알고 있었다. 그는 너덜너덜한 털모자를 쓰고 얇은 솜옷을 입었을 뿐, 초라한 모습으로 추위에 온몸을 부들부들 떨고 있었다. 손에는 종이 봉지 하나와 기다란 담뱃대를 들고 있었는데, 그 손도 내 마음속에 남아있던 통통하고 혈색이 좋은 손은 아니었다. 거칠고 울퉁불퉁한 데다 금이 가고 터져서 마치 소나무 껍데기 같았다.

이때 나는 너무 흥분하여 어떻게 말해야 좋을지 몰랐다. 단지,

"아, 룬투 형, 왔어?……."

라고 말했을 뿐이었다.

계속해서 하고 싶은 많은 말들이 꿰어놓은 구슬같이 연달아 떠올랐다. 뿔 새며, 날치며, 조개껍질, 차……, 그러나 어쩐지 무언가에 가로막힌 듯한 느낌이 들고, 그 말들은 머릿속만 빙빙 돌뿐, 입 밖으로 나오지 않았다.

그는 멈추어 섰다. 기쁨과 처량함이 섞인 표정이 얼굴에 역력히 드러났다. 입술을 움직이긴 했지만 그도 역시 아무 말도 못했다.

마침내 그는 별안간 공손한 태도를 취하더니 분명히 이렇게 말했다.

"영감님! "

나는 오싹 소름이 돋는 듯 했다. 우리 둘 사이가 슬프게도 두터운 장벽으로 막혀져 있다는 것을 알고 나는 말도 나오지 않았다.

그는 뒤를 돌아다보며,

"쉐이성水生! 영감님께 인사드려라."

그리고는 등 뒤에 숨어있던 아이를 앞으로 끌어냈다. 그 아이야말로 바로 20년 전의 룬투였다. 단지 안색이 좀 나쁘고 야위었으며 목에 은 목걸이가 없을 뿐이었다.

"이놈이 다섯째 아이입니다. 아직 세상구경을 못해서 부끄럼만 타고……."

어머니와 훙얼이 말소리를 들은 모양인지 2층에서 내려왔다.

"노마님, 보내주신 편지는 벌써 받았습니다. 정말 어찌나 기뻤는지, 영감님께서 돌아오신다는 것을 알고……."

룬투는 이렇게 말했다.

"아니, 왜 이렇게 서먹서먹하게 구나. 자네들 옛날에는 너나하고 부르지 않았나? 옛날같이 신迅이라 하게."

어머니는 기쁜 듯이 말씀하셨다.

"노마님도 무슨 말씀을…… 그런 법이 어디 있습니까. 그땐 어린아이여서 아무 것도 모르고……."

하면서 룬투는 또 쉐이성에게 이리로 와 인사를 드리라고 했지만, 아이는 부끄러워서 저의 아버지 등 뒤에 바싹 붙어 있었다.

"그 애가 쉐이성인가? 다섯째지? 낯선 사람뿐이니 부끄러워하는 것도 이상한 일이 아니야. 훙얼아, 저리 데리고 가 놀다 오너라."

하고 어머니가 말씀하셨다.

훙얼은 이 말을 듣고 쉐이성에게 손짓을 하자, 쉐이성은 가벼운 걸음으로 훙얼과 함께 밖으로 나갔다.

어머니는 룬투에게 자리에 앉으라고 권하셨다. 그는 한참을 망설이다가 겨우 자리에 앉았는데, 긴 담뱃대를 탁자 옆에 기대 세워 놓고 종이봉지를 내밀면서 말했다.

"겨울이라 변변한 게 없습니다. 이건 푸른 콩을 말린 것인데, 얼마 안 되지만 저희 집에서 말린 것입니다. 영감님께서 맛보시라고……."

내가 그의 생활 형편을 묻자, 그는 머리를 흔들 뿐이었다.

"말이 아닙니다. 여섯째 아이까지도 거들고 있지만, 그래도 먹고 살 수가 없어요. 세상이 뒤숭숭하고, …… 일정한 규칙도 없이 마구 돈만 걷어 가고…… 게다가 작황은 나빠만 가요. 농사를 지어서 팔러 가면 세금만 몇 번이고 바쳐야 하구, 본전만 까먹고 들어가죠. 그렇다고 팔지 않자니 썩어버릴 뿐이구요……."

그는 머리를 흔들 뿐이었다.

얼굴에는 숱한 주름살이 새겨져 있었지만, 마치 석상처럼 전혀 움직이지 않았다. 느끼는 건 괴로움뿐인데 그것을 표현하려 해도 표현할 수가 없는 듯 잠시 입을 다물고 있더니, 이윽고 담뱃대를 집어 들고 묵묵히 담배를 피웠다.

어머니가 물어보니 그는 집안 일이 바빠서 내일 돌아간다고 했다. 또 점심도 먹지 않았다고 하여 부엌에 가서 손수 밥을 데워먹도록 일렀다.

그가 나간 뒤, 어머니와 나는 탄식을 하며 그의 살림 형편에 대해서 이야기했다. 많은 아이들, 흉작, 가혹한 세금, 군인, 도적, 관리, 선비들, 그런 것들이 한데 어울려 그를 괴롭히고 그를 마치 장승처럼 만들어 버린 것이다. 어머니는 내게 가져가지 않아도 될 물건은 모두 그에게 주어서 그가 갖고 싶은 걸 손수 고르게 하자고 말씀하셨다.

오후에 그는 몇 가지 물건을 골랐다. 기다란 탁자 두 개, 의자 네 개, 향로와 촛대 한 벌, 저울 한 개였다. 그는 또 재(우리 고향에서는 밥을 지을 때 짚을 때는데, 그 재는 모래사장의 비료가 된다)를 전부 달라고 했다. 우리가 떠날 때에 배로 나르겠다는 것이었다.

밤에 우리는 또 잡담을 했는데, 별로 중요하지도 않은 이야기들뿐이었다. 다음날 아침 일찍 그는 쉐이성을 데리고 갔다.

그로부터 아흐레가 지나 우리가 떠날 날이 되었다. 룬투는 아침 일찍 와 있었다. 쉐이성은 데려오지 않고 대신 다섯 살짜리 여자애를 데리고 와서 배를 지키게 했다.

우리는 하루 종일 몹시 바빴기 때문에 이야기를 나눌 여가도 없었다. 손님도 많았고, 전송하러 온 사람, 물건을 가지러 온 사람, 전송도 할 겸 물건도 가져갈 겸해서 온 사람 등 가지각색이었다. 저녁 때 우리가 배에 오를 무렵에는 집에 있던 크고 작은 온갖 잡동사니들이 이미 빗자루로 쓴 듯이 깨끗이 없어져 버렸다.

우리가 탄 배는 앞으로 나아갔다. 양편 강기슭의 푸른 산들은 황혼에 검푸른 빛깔로 물들며 하나하나 배 뒤쪽으로 사라져갔다.

훙얼은 나와 함께 선창에 몸을 의지하고 바깥의 모호한 풍경을 바라보고 있었는데, 그 애가 별안간 이렇게 물었다.

"큰아버지! 우린 언제 돌아오지요?"

"돌아와? 너는 어째서 가기도 전에 돌아올 생각부터 하니?"

"하지만, 쉐이성이 자기네 집으로 놀러오라고 했는데……."

훙얼은 크고 검은 눈을 똑바로 뜨고 멍하니 생각에 잠겨 들었다.

나와 어머니는 지쳐서 멍해 있었는데, 훙얼의 말에 다시 룬투의 이야기를 하기 시작했다. 어머니 말씀에 의하면 그 '두부 집 서시'라는 양씨 집 둘째 아주머니는 우리 집이 이삿짐을 챙기면서부터 매일같이 찾아왔는데, 엊그제 그녀는 잿더미 속에서 접시와 그릇을 열 몇 개나 찾아내고, 이리저리 따져본 결과 룬투가 재를 나를 때에 함께 가져가려고 숨겨둔 것이라고 단정했다고 한다.

양씨집 아주머니는 이 발견을 큰 공이라도 세운 것처럼 자랑하며 '구기살狗氣殺'(이것은 우리고장에서 양계에 쓰는 도구이다. 나무 판 위에 창살을 치고 그 속에 모이를 담아 둔다. 닭은 목을 길게 뻗어 모이를 쪼아 먹을 수 있지만 개는 그럴 수가 없어서 그저 바라보며 부러워할 뿐이다)을 집어 들고 쏜살같이 달아났는데 어떻게 그녀가 뒤축이 높고 작은 전족纏足[5]으로 그렇게 빨리 달아나는지 모르겠더라고 어머니는 말씀하셨다.

옛집은 점차 내게서 멀어져 갔다. 고향의 산천도 점차 내게서 멀리 떨어져 갔다. 하지만 나는 아무런 미련도 느끼지 않았다. 단지 보이지 않는 높은 담에 둘러싸여 외톨이가 되고 몹시 풀이 죽어 있는 나 자신을 발견할 뿐이었다.

저 수박밭 위에 은 목걸이를 한 작은 영웅의 영상은 무척 또렷했었는데, 지금은 그것조차도 갑자기 모호해지며 나를 매우 슬프게 만들었다.

어머니와 훙얼은 잠이 들었다.

나도 자리에 드러누웠다. 배 밑바닥에 철썩철썩 부딪히는 물소리를 들으며, 난 나의 길을 가고 있다는 것을 깨달았다. 생각해보면 룬투와도 이미 딴 길을 가고 있는 것이다.

하지만 우리의 어린애들 마음은 아직 하나로 이어져 있다. 훙얼은 바로 쉐이성을 생각하고 있지 않은가? 난 그 애들이 또다시

5 중국은 당唐 나라 말엽부터 여자는 어려서부터 발을 헝겊으로 싸매어 조그맣게 활 모양으로 만들었다. 중화민국 초기까지 계속 되었으나 오늘날은 완전히 자취를 감추었다.

나와 다른 사람들처럼 단절이 생겨나지 않기를 바란다.

하지만 그렇다고 하여 서로의 마음을 잇기 위해서, 모두 나처럼 괴롭게 이곳저곳을 떠돌아다니는 생활을 보내기는 결코 바라지 않는다. 또 그들이 모두 룬투처럼 괴롭고 마비된 생활을 하기를 원하지 않으며, 또한 다른 사람들처럼 괴로워하면서 방종한 생활을 보내는 것도 역시 바라는 바가 아니다. 그들은 마땅히 새로운 생활을 가져야 한다. 우리가 아직 경험해 본 일이 없는 생활을!

희망이라는 것을 생각한 나는 갑자기 무서워졌다. 룬투가 향로와 촛대를 갖고 싶어했을 때, 그도 역시 우상을 숭배하는 인간이며 그것이 항상 머리에서 떠나지 못하는 게로구나 하고, 나는 속으로 그를 비웃었다. 그러나 지금 내가 말하는 희망 역시 내가 만들어낸 우상이 아닌가? 단지 그의 소망이 현실적인 것이라면, 나의 소망은 막연하고 아득할 뿐이다.

몽롱한 나의 눈앞에 바닷가의 파란 모래사장이 떠올라 왔다. 짙은 남빛 하늘엔 황금빛 보름달이 걸려 있었다.

나는 생각했다. 희망이란 것은 본래 있다고도 할 수 없고, 없다고도 할 수 없다. 그것은 마치 땅 위의 길과 같은 것이다. 본래 땅 위에는 길이 없었다. 걸어가는 사람이 많아지면 그게 곧 길이 되는 것이다.

1921년 1월

아큐정전阿Q正傳

제1장 — 머리말

◎ 내가 아Q에게 정전正傳을 지어 주려고 한 것은 이미 한두 해가 된 것이 아니다. 그러나 쓰려고 하면서도 돌이켜 생각하고 망설이게 된 것은 내가 '입언立言'[1]의 인간이 아님을 잘 알기 때문이다. 왜냐하면 옛날부터 불후의 문장은 모름지기 불후의 인물을 전해 왔고, 그래서 사람은 글로써 전해지고 글은 사람에 의해 전해지는데 결국 누가 누구를 전하는 것인지 점점 애매해지는데도, 결국 아Q를 전하기로 결정지으니 마치 귀신에게 홀린 것 같다.

그러나 금방 썩어 없어질 이 글을 쓰려고 막상 붓을 드니 당장 여러 가지 어려움을 느끼게 된다. 첫째는 글의 제

1 옛날 중국에서 말한 소위 '삼불후三不朽 ; 立德, 立功, 立言' 중의 하나로, 후세에 남을 만한 훌륭한 말이나 이론을 세우다.

목이다. 공자 말씀에 '이름이 바르지 못하면 말이 순리롭지 못하다'[2]고 하였다. 이는 원래 지극히 주의해야 할 말이다. 전기의 제목은 매우 많다. 열전列傳, 자전自傳, 내전內傳[3], 외전外傳, 별전別傳, 가전家傳, 소전小傳…… 하지만 애석하게도 모두가 다 적합지 않다. '열전' 이라 하자니 이 글이 결코 수많은 대인물들과 함께 정사[4] 속에 끼일 것이 아니고, '자전' 이라 하자니 내가 또한 바로 아Q가 아니다. '외전' 이라 쓰자니 '내전' 이 어디 있는가? 혹 '내전' 이라 이름을 쓰려 해도 아Q 또한 신선이 아니다. '별전' 은 어떨까 하나 아Q는 사실 대총통의 명령이 국사관에 내려져 '본전' 을 지으라고 한 적이 없다. — 비록 영국 정사에 『도박사 열전』[5]이 없는데도 문호 디킨즈가 『도박사 열전』을 지은 적이 있지만, 그러나 문호라면 괜찮아도 나 따위는 안 될 일이다. — 그 다음 '가전' 은, 내가 아Q와 한집안인지 아닌지 모르기도 하고 아직

2 《논어論語 자로子路》 "명부정즉언불순名不正則言不順"

3 신선神仙에 관한 전기傳記. 「한무내전漢武內傳」이라 하여 한무제漢武帝와 신선神仙과의 관계를 쓴 책에서 유래된 말이다.

4 정사正史 ; 『사기史記』에서부터 『명사明史』에 이르는 소위 『이십사사二十四史』를 말한다. 그 형식은 대체로 정해져 있어 제왕帝王의 전기는 본기本紀, 제후諸侯의 전기는 세가世家, 걸출한 인물의 전기는 열전列傳이라 한다.

5 원 제목은 〈Rodney Stone〉이라 하며, 영국의 소설가 코넌 도일(Conan Doyle, 1850-1930)의 작품. 루쉰이 디킨즈(Dickens, 1812-1870)의 작품으로 착각하였다.

껏 그의 자손이 부탁한 적도 없다. 혹은 '소전'이라 하자니 아Q에게 달리 '대전'이 있는 것도 아니다. 요컨대 이 글은 바로 '본전'이겠으나 나의 문장을 생각할 때 문체가 천박해서 '수레를 끌고 다니며 음료수를 파는 무리들'의 말이라 감히 '본전'이라 할 수가 없고, 3교敎 9류流[6]에도 끼지 못하는 소설가들이 흔히 쓰는 '군소리는 그만두고 말을 정전으로 돌리면'이라고 하는 상투어에서 '정전'이란 두 글자를 뽑아 제목으로 삼았는데, 옛날 사람이 편찬한 『서법정전書法正傳』[7]의 '정전'과 글자에 있어 혼동될 수도 있지만 그것까지는 고려할 수가 없다.

둘째는 전기를 쓰는 통례로, 첫머리에 대체 '누구, 자는 무엇, 어느 고장 사람이다'라고 써야 하는데, 나는 아Q의 성이 무엇인지 전혀 모른다. 언젠가 한번 그가 성이 짜오趙인듯 싶었지만 그 이튿날은 곧 모호해지고 말았다. 그것은 짜오 대감의 아들이 수재秀才[8]에 급제했을 때 징소리를 둥둥 울리며 마을로 소식을 알려오자, 아Q는 마침 황주 두 사발을 마시고 이내 손발을 덩실거리며 이것은 그에게도 큰 영광인데, 왜냐하면 그와 짜오 대감은 본래 한집안이

6 삼교 ; 유교儒敎 도교道敎 불교佛敎 구류九流 ; 유가儒家 도가道家 음양가陰陽家 법가法家 명가名家 묵가墨家 종횡가縱橫家 잡가雜家 농가農家

7 청淸 풍무馮武가 쓴 서예書藝에 관한 책 이름. 서법書法을 정확하게 전수傳授하는 책이란 뜻.

8 청조淸朝의 과거제도科擧制度에는 과거科擧에 응시하려면 먼저 수재秀才 자격을 따야 한다. 이 수재秀才는 현縣이나 부府에서 행하는 예비시험豫備試驗에 합격한 사람 중 중앙中央에서 파견한 학정學正의 시험에 다시 합격한 사람으로서, 이들은 현학縣學의 생도로 편입되어 3년마다 북경北京 및 각 성에서 실시되는 향시鄕試 준비를 한다. 이 향시鄕試에 합격한 사람은 거인擧人이라고 한다.

며 자세히 항렬을 따져 보면 그가 수재보다 3대나 위가 된다고 말하였다. 그때 몇몇 곁에서 듣고 있던 사람들은 의외로 숙연해져서 다소 존경의 빛을 보였다. 그러나 이튿날 지보地保[9]가 아Q를 불러다 짜오 대감 집으로 데려갈 줄을 어찌 알았겠는가. 대감은 보자마자 얼굴을 온통 붉히고 호통을 쳤다.

9 100호戶의 장長. 청대淸代에 10호戶를 패牌라 하고 10패牌를 보保라 하여 그 보保의 장長을 지갑地甲 또는 보정保正 이나 지보地保라고도 불렀다. 곳에 따라서는 총갑總甲 또는 지방地方 등으로 불리어졌다. 민국民國 이후에 있은 보장保長에 해당된다. 이 지보地保의 주요 직책은 원래 범죄犯罪의 고발告發, 인구人口의 이동移動 등을 현아縣衙에 보고하는 것이었으나, 대개 그 고장의 건달들 중에서 선발되고 파락호 같은 기질이 농후했으며 지방유지地方有志에게 빌붙어 일반 대중을 억압하는 앞잡이 노릇 하기가 일쑤였다. 이 소설에서도 조趙씨 일가가 지보地保를 통해 아Q를 부당不當하게 대함으로써 그 존재가 어떤 것인가를 엿볼 수 있다.

"아Q, 너 이 어리석은 놈아! 내가 네 놈과 한집안이라고 했다지?"

아Q는 대꾸하지 않았다.

짜오 대감은 볼수록 화가 더욱 치솟아 몇 걸음 다가서며 말했다.

"네 놈이 감히 함부로 지껄이다니! 내가 어떻게 너 같은 놈하고 한집안이냐? 네 놈 성이 짜오냐?"

아Q는 입을 열지 않고 뒤로 물러나려 했다. 짜오 대감은 달려들어 그의 뺨을 한 대 후려쳤다.

"네 놈 성이 어찌 짜오가 될 수 있니! 네 놈이 어디에 짜오씨가 될 자격이 있니!"

아Q는 자기 성이 틀림없이 짜오라고 항변하지 않고 단지 손으로 왼쪽 뺨을 어루만지면서 지보地保와 함께 물러나왔다. 밖에서 다시 한바탕 지보의 꾸지람을 듣고 지보에게 200문의 술값을 주어 사죄했다. 아는 사람들은 누구나 아Q가 너무나 터무니없이 굴어서 스스로 매를 자초했으며 그는 아마도 성이 짜오가 아닐 것이고 비록 진짜로 성이 짜오일지라도 짜오 대감이 여기 있는 이상 그렇게 함부로 말을 하는 게 아니라고들 하였다. 이후 다시는 그의 성씨를 들먹이는 사람이 없었다. 그래서 나는 끝내 아Q가 도대체 성이 무엇인지를 알지 못하고 있다.

셋째는 내가 아Q의 이름을 어떻게 쓰는 건지 모르는 것이다. 그가 살아 있을 때 사람들은 다 그를 아Quei라 불렀으나, 죽은 다음에는 아무도 아Q를 들먹이는 사람이 없으니, 어떻게 '기록으로 남기는' 일이 있을 수 있겠는가. 만약 '기록으로 남긴다'는 점을 따진다면 이 글이 맨 처음이라 할 수 있으므로 먼저 이 첫 번째 난관에 부닥친 것이다. 나는 아Quei가 글자로 아꿰이阿桂인지 아니면 아꿰이阿貴인지를 곰곰이 생각해 보았다. 만약 그의 호를 월정月亭이라 부르거나 또는 8월에 생일을 지낸 적이 있었다면 그건 틀림없이 아꿰이阿桂[10]일 것이다. 그러나 그는 호가 없고－어쩌면 호가 있었는데 다만 아무도 그것을 몰랐던지－또 생일에 초대장을 돌린 적도 없으니 아꿰이阿桂라고 쓰는 것은 독단이다. 또 만약 그에게 아후阿富라고 부른 형님이나 아우가 있다면 그건 틀림없이 아꿰이阿貴일 것이다. 그러나 그는 홀홀 단신이니 아꿰이阿貴라고 쓰는 것도 근거가 없다. 그 밖에 Quei로 발음되는 색다른 글자들은 더욱 맞을 수가 없다. 전에 나는 짜오 대감의 아들 무재茂才[11] 선생에게 물어 본 적도 있는데, 그렇게 박식하신 분도 결국 까마득히 모르고 오직 결론을 내려 하는 말이 바로 천뚜슈陳獨秀가 『신청년新青年』을 발간하여 서양문자[12]를 제창했기 때문에, 국수國粹가 멸망하여 조

10 아꿰이阿桂 : '꿰이桂'는 '꿰이貴'와 동음同音. 만약에 호號를 '월정月亭'이라 했거나 중추절仲秋節(추석秋夕)이 들어있는 음력 8월에 생일을 지낸 적이 있다면, 고래古來로 달에는 계수桂樹나무가 있다고 전해오고 월면月面의 그림자 부분을 계수나무라 하여 흔히 달을 가리켜 '계륜桂輪' 또는 '계백桂魄'이라 하기 때문에, 주인공의 이름을 '아꿰이阿桂'라고 단정 할 수 있을 것이라는 말이다. 원래 중국中國에서는 명名·자字·호號 또는 별명別名을 붙일 때 관계있는 글자를 쓰는 것이 통례이다. '아阿'는 중국中國의 남부지방에서 특히 아이들 이름 위에 붙이는 접두사接頭辭로 흔히 쓰인다.

11 수재秀才를 말한다. 후한後漢 때 광무제光武帝의 이름이 유수劉秀여서 이를 피휘避諱하여 수재秀才라 하지 못하고 '무재茂才'라고 했는데, 이 때문에 후세에도 간혹 수재秀才를 무재茂才라고 하였다. 여기서 일부러 '무재茂才'란 말을 쓴 것은, 일반 사람들이 잘 모르고 게다가 별로 대단치도 않은 전고典故를 사용하고서 혼자서 득의양양해 하는 복고復古 취미를 가진 사람들의 교만함을 풍자한 것이다.

12 《신청년新青年》에 여러 차례 에스페란토에 관한 문장文章이 실리고, 한자漢字를 폐지하고 로마자字로 고쳐 쓰는 문제를 논의한 적이 있는데, 당시 수구파 학자들

사하거나 고증할 길이 없게 되었다고 말할 줄이야 누가 생각이나 했겠는가. 나의 마지막 수단은 어느 한 고향 사람에게 부탁해서 아Q의 범죄조서를 조사해 달라는 것이었는데, 8개월 후에야 겨우 회신이 왔지만 조서에는 아Q의 발음과 비슷한 사람이 전혀 없더라는 것이었다. 나는 정말로 없는 것인지 아니면 조사를 안 해본 것인지 알 수는 없지만, 더 이상 다른 방법도 없게 되었다. 주음자모注音字母[13]가 아직 통용되지 않는 것 같아 '서양문자'를 사용할 수밖에 없었고, 영국에서 유행하는 표기방법에 따라 그를 아Quei라 하고 약칭해서 아Q라고 썼다. 이것이 『신청년』에 맹종하는 것 같아 스스로도 매우 미안하게 여기나 무재茂才공도 모르는데, 나에게 무슨 좋은 방도가 있겠는가.

넷째는 아Q의 본적이다. 만약 그의 성이 짜오라면 요즈음 고을의 명망이 있는 가문이기 좋아하는 오랜 관례에 따라 『군명백가성郡名百家姓』[14]의 주해대로 '농서隴西 천수天水 사람이다'라고 할 수 있으나, 유감스럽게도 이 성이 믿을 만한 것이 못 되며, 따라서 그의 출신지도 결정할 수가 없다. 그가 비록 웨이쫭未莊에서 오래 살기는 했지만 또한 자주 딴 곳에서 기거했으므로 웨이쫭 사람이라

은 '이것으로 국수國粹는 멸망할 것이다.'라고 하며 반대하였다.

13 한자漢字의 표음表音기호. 1918년에 교육부敎育部가 공포公布함으로써 전국에 실시되어 국어운동國語運動 등에 중요한 역할을 했다. 자모수字母數는 〔ㄅ b〕〔ㄆ p〕〔ㄇ m〕〔ㄈ f〕등 자음子音 21자字 모음母音 16자字 모두 37자字를 확정해서 오늘에 이르렀다.

14 옛날 서당의 교과서에 《백가성百家姓》이라는 것이 있었다. 《군명백가성郡名百家姓》은 각기 성姓위에 군명郡命을 써서 그 성의 기원이 고대의 어느 지방에서 나온 것인가를 표시한 것.

고 할 수도 없고, 설사 '웨이쫭 사람이다' 라고 하더라도 여전히 역사 서술 방법에 어긋나는 것이다.

내가 조금이나마 스스로 위안을 삼는 것은 다른 한 글자 '아阿'는 아주 정확해서 억지로 끌어다 붙였다거나 빌려다 쓴 흠이 절대로 없어 박학다식한 사람에게 질정을 받을 수도 있다는 것이다. 그 나머지 것들에 대해서는 학문이 얕은 사람이 깊이 파고 들어갈 수 있는 것이 아니어서, 오직 '역사벽歷史癖과 고증벽考證癖' 이 있는 후스즈胡適之 선생의 문인들이 장차 혹시라도 많은 새 단서들을 찾아낼 수 있을까 하고 바랄 따름이나, 나의 이 『아Q정전』이 그때가 되면 벌써 없어졌을지도 모른다.

이상을 서문이라 할 수 있겠다.

제2장 — 승리의 기록

아Q는 성명이나 출신지가 분명하지 못할 뿐만 아니라 지금까지의 '행적'도 분명치 않다. 왜냐하면 웨이쫭 사람들은 아Q에 대해 오직 그에게 일을 거들어 달라거나 그를 놀려 댔을 따름이지, 지금까지 아무도 그의 '행적'에 관심을 갖지 않았기 때문이다. 또한 아Q 자신도 말하지 않았고, 다만 다른 사람과 말다툼할 때 간혹 눈을 부릅뜨고 말했다.

"우리가 예전에는 너보다 훨씬 더 잘 살았어! 네깐 놈이 뭐야!"

아Q는 집이 없어 웨이쫭의 토곡사土穀祠[15]에서 살고, 일정한 직업도 없이 단지 남의 집 날품팔이를 하며 보리를 베라면 보리를 베고, 방아를 찧으라면 방아를 찧고, 배를 저으라면 배를 저었다. 일이 좀 오래 걸릴 때는 그가 어쩌다가 임시 주인집에서 묵기도 했지만, 일이 끝나면 곧 떠났다. 그러므로 사람들이 바쁠 때는 역시 아Q를 생각해 내나 생각나는 것은 날품팔이꾼이지 결코 '행적'은 아니었고, 한가해지면 아Q 그 사람마저도 잊어버리니 '행적'은 더욱 말할 필요도 없다. 오직 한번 어떤 늙은이가 "아Q는 정말 일을 잘하는군!" 하고 칭찬했었다. 이때 아Q는 웃통을 벗은 채 빈둥거리면서 말라빠진 초라한 모습으로 바로 그 앞에 서 있었는데, 다른 사람들은 이 말이 진심인지 아니면 비꼬는 것인지 짐작이 가지 않았으나 아Q는 매우 좋아했다.

15 토지土地의 신神과 오곡五穀의 신神에게 제사지내는 사당. 어느 마을이나 다 있는 것으로, '토지묘土地廟'라고도 부른다.

아Q는 또 자존심이 매우 강해서 웨이짱의 주민은 모두 그의 안중에 없었고, 심지어 두 '문동文童'[16]에 대해서까지도 한번 웃어 줄 가치조차 없다는 태도였다. 무릇 문동이란 장차 수재가 될지도 모르는 사람인 것이며, 짜오趙 대감과 치엔錢 대감이 주민의 존경을 크게 받는 까닭도 돈이 있다는 것 이외에 다 문동의 아버지이기 때문이다. 그런데도 아Q만은 정신적으로 각별한 존경을 나타내지 않고, '내 아들은 훨씬 더 잘 살거야!' 하고 생각했다. 게다가 몇 차례 성城에 들어간 적이 있어 아Q는 더 자부심이 강했으나, 그는 또한 성안 사람들을 무척 경멸하였다. 예를 들어 3자 길이에 3치 폭의 널판으로 만든 걸상을 웨이짱에서 '창떵長凳'이라고 부르고 그도 역시 '창떵'이라고 부르는데 성안 사람들은 '탸오떵條凳'이라고 부르는 것이 그의 생각에는 잘못된 것이고 우스운 것이었다. 기름에 도미를 튀길 때 웨이짱에서는 모두들 반 치 길이의 파를 얹는데 성안에서는 가늘게 썬 파를 얹는 것, 이 역시 그릇된 것이고 우스운 것이라고 생각했다. 하지만 웨이짱 사람들은 정말 세상을 모르는 우스운 시골뜨기들인지라 그들은 성안의 생선 튀김을 본 적이 없었다.

아Q는 '예전에 잘살았고' 식견이 높으며 '정말 일을 잘 하므로' 본래 거의 '완벽한 사람'이겠으나, 애석하게도 그는 신체상 약간의 결점이 있다. 가장 그를 괴롭히는 것은 그의 머리에 언제 생

16 수재秀才 준비생. 과거시대科擧時代에 수재秀才가 되기 위하여 현縣이나 부府의 학교에 입학하려고 시험공부하고 있는 학생을 보통 '유동儒童'이라 하는데, '문동文童' 또는 '동생童生'이라고도 불리었다. 수재秀才가 되지 못하면 아무리 나이가 많아도 이렇게 불렀다.

겼는지 모르는 여러 군데의 부스럼 자국이다. 비록 자기 몸에 나 있기는 하지만, 아Q의 생각에 자랑거리는 못 된다고 여기는 것 같았다. 왜냐하면 그가 부스럼이라는 '라이癩' 라든가 그 발음 '라이賴' 와 비슷한 일체의 소리를 꺼려하고 뒤에는 이를 더욱 넓혀 '빛난다' 는 말도 꺼리고 '밝다' 는 말도 꺼렸으나 나중에는 '등불', '촛불' 이란 말까지도 꺼리게 되었기 때문이다. 일단 꺼리는 것을 범하기만 하면 고의건 아니건 아Q는 머리 흉터가 온통 빨개지도록 화를 내어, 상대를 어림쳐 보고 말이 서툰 사람이면 욕을 퍼붓고 기운이 약한 사람이면 때렸는데, 어찌된 일인지 언제나 아Q가 손해를 보았다. 그래서 그는 점차 방침을 바꾸어 대개 성난 눈으로 흘겨보기로 하였다.

아Q가 흘겨보기 주의를 채택한 이후 웨이쫭의 건달들이 더욱 즐겨 놀려 댈 줄을 누가 알았으랴. 만나기만 하면 그들은 깜짝 놀란 척 하면서 말했다.

"야, 밝아졌다."

아Q는 으레 화를 냈고, 성난 눈으로 흘겨보았다.

"아, 손전등이 여기 있었군!" 그들은 전혀 두려워하지 않았다.

아Q는 할 수 없이 달리 보복할 말을 생각해 내야만 했다.

"네 놈은 상대가 안 돼……" 이때 그의 머리에 있는 것이 마치 일종의 고상하고 영광스런 부스럼 자국은 아닌 것 같았으나, 위에서 말했듯이 아Q는 식견이 있는지라 즉각 방침에 어긋난다는 것을 알고 더 이상 말을 하지 않았다.

건달들은 그래도 그치지 않고 계속 그를 약 올리기만 하고 결국은 때리기까지 하였다. 아Q는 겉으로는 져서, 남에게 누런 변발을 잡힌 채 담 벽에 너 댓 번 소리 나게 머리를 부딪쳤다. 그러자 건달들은 비로소 만족하여 가버리고, 아Q는 잠시 서서 '내가 결국 아들놈한테 얻어맞은 셈이군. 요즘 세상은 정말 돼먹지 않았어……' 하고 생각했다. 그리고 역시 마음속으로 만족하고 승리해서 가버렸다.

아Q는 속으로 생각했던 것을 나중에 하나하나 다 말하기 때문에, 아Q를 놀리는 사람들은 거의 전부가 그에게 이 일종의 정신적 승리법이 있다는 것을 알고, 이후에는 그의 누런 변발을 잡아챌 적마다 사람들은 그에게 미리 말했다.

"아Q, 이건 아들이 애비를 때리는 게 아니라 사람이 짐승을 때리는 거야. 스스로 말해 봐. 사람이 짐승을 때린다고!"

"버러지를 때린다. 됐어? 나는 버러지야 – 그래도 안 놓아줘?"

그러나 비록 버러지라 해도 건달들은 놓아 주지 않고 여전히 근처 어딘가에다 대여섯 번 소리 나게 머리를 부딪고서야 비로소 만족하여 가버리고, 그는 아Q가 이번에야말로 혼이 났으려니 하고 생각하는 것이었다. 하지만 10초도 못 가서 아Q 역시 마음속으로 만족하고 승리해서 가버리고, 그는 자기가 자신을 경멸할 수 있는 첫 번째 사람이라고 생각했는데, '자신을 경멸 한다' 는 것을 빼버리고 보면 나머지는 '첫 번째' 이다. 장원壯元[17]도 '첫 번째' 가 아니겠는가? "네깐 놈이 도대체 뭐야!"

17 과거科擧시험에 수석으로 급제한 사람. 전국 수백만 가운데 3년마다 단 한 사람만 이 뽑히는 최고의 명예.

아Q는 이런 등등의 묘한 방법으로 원한의 적을 이긴 후 유쾌하게 술집으로 달려가 몇 사발 술을 마시고 다른 사람들과 한바탕 말다툼을 하여 또 승리를 거두고는 유쾌하게 토곡사로 돌아가 머리를 처박고 잠들어 버린다. 만약 돈이 있으면 그는 곧 노름판[18]으로 간다. 사람들이 한 무더기 땅바닥에 쪼그리고 앉아 있는데 아Q가 얼굴에 온통 땀을 흘리며 그 사이에 끼어 앉아 소리는 제일 크게 질렀다.

"칭룽青龍에 사백이다.!"

"자~엽니~다!" 노름판 주인도 역시 얼굴에 온통 땀을 흘리며 상자 뚜껑을 열고, 노래하듯 외쳐 댄다. "톈먼天門이다~쟈오角는 텄고~! 런人하고 촨탕穿堂은 아무도 안 섰고~! 아Q의 동전은 이리 가져와~!"

"촨탕에 백 – 백오십이다!"

아Q의 돈은 이러한 노래 속에 얼굴이 땀투성이인 다른 사람의 허리춤으로 점점 들어간다. 그는 결국 사람들 무더기에서 밀려나, 뒤쪽에 서서 남의 패에 마음 졸이다가 노름판이 끝난 뒤에 아쉬운 마음으로 토곡사로 돌아오고, 이튿날은 눈이 부은 채 일을 나간다.

그러나 정말 '세상만사 새옹지마塞翁之馬'라고 한 말처럼, 아Q는 불행히도 한 번 돈을 땄으나 오히려 실패한 거나 다름없었다. 그것은 웨이좡의 마을 제삿날 밤이었다. 그날 밤 예전처럼 창극이

18 검은 그릇 속에 주사위를 넣고 덮어, 그 수를 맞혀 승부를 정하는 도박. 뒤에 나오는 칭룽青龍 톈먼天門 쟈오角 런人 촨탕穿堂 등은 이 도박의 술어로, 건 돈을 놓는 장소의 이름이다.

열렸고, 무대 왼편에는 여전히 노름판들이 벌어졌다. 창극의 징소리 · 북소리가 아Q의 귀에는 마치 10리 밖에서 울리는 듯하고, 그에게는 다만 노름판 주인의 노래 소리만 들렸으며, 그는 돈을 따고 또 따서 동전이 10전짜리 은화로 바뀌고 10전짜리 은화가 1원짜리 은화로 바뀌어 은화가 첩첩이 쌓였다. 그는 대단히 신바람이 났다.

"텐먼에 2원!"

그는 누가 누구하고 왜 싸우기 시작했는지 알지 못했다. 욕하는 소리, 때리는 소리, 발자국 소리, 한바탕 정신없이 치고 박고 나서, 그가 겨우 기어 일어나 보니 노름판은 보이지 않고 사람들도 보이지 않으며, 몸은 여러 군데가 아픈 것 같고 몇 차례 주먹과 발길로 얻어맞은듯 하였으며, 몇몇 사람이 의아한 눈으로 그를 보고 있었다. 그가 넋 잃은 사람처럼 멍청해져 토곡사로 걸어 들어와 정신을 차렸을 때, 그의 한 무더기 은화가 없어졌다는 것을 알았다. 마을 제사 때 벌어지는 노름판은 대부분 본고장 사람들이 아니니 어디 가서 찾아본단 말인가?

하얗게 번쩍번쩍하던 1원짜리 은화 더미! 더욱이 그의 것이었는데 지금은 보이지 않다니! 아들놈이 가져가 버린 것이라 해도 역시 불쾌했고, 자신이 버러지라고 해도 기분이 좋지 않았다. 그는 이번에 비로소 실패의 쓰라림을 약간 느꼈다.

그러나 그는 즉각 패배를 승리로 바꾸었다. 그가 오른손을 들어 힘껏 자기 뺨을 두 번 후려치자 얼얼하게 아파왔다. 때리고 나니 곧 마음이 가라앉고, 마치 때린 것은 자기이고 맞은 것은 다른 자기인 것 같았으며, 조금 지나자 자기가 남을 때린 것 같아 – 비록 아직 좀 얼얼했지만—마음속으로 만족하고 승리감에 젖어 누워 버렸다.

그는 잠이 들었다.

제3장 — 승리의 기록(속)

아Q는 늘 승리했지만 짜오 대감에게 뺨을 얻어맞고 나서야 비로소 유명해졌다.

그는 지보에게 200문의 술값을 치르고 화가 나서 드러누워 '요즈음 세상은 너무 말이 아니야. 아들 녀석이 애비를 치다니……' 하고 생각했다. 그러고는 짜오 대감의 위풍당당한 모습과 그것이 이제는 자기 아들이 되었다는 생각이 미치자, 점점 득의만만하여서 일어나 「소고상상분小孤孀上墳」[19]을 부르면서 술집으로 갔다. 이때 그는 짜오 대감이 남보다 한 등급 높다고 생각되었다.

이상하게도 이후로 과연 모든 사람들이 각별히 그를 존경하는 것 같았다. 이것이 아Q로서는 혹 자기가 짜오 대감의 아버지이기 때문이라고 생각되었을지도 모르나, 실상은 그렇지가 않았다. 웨이쫭의 통례로 설사 아치阿七가 아빠阿八를 때렸다든가 리쓰李四가 짱싼張三[20]을 때린 것은 이제까지 문제가 되지 않았으며, 반드시 짜오 대감과 같이 이름 있는 사람과 관련되어야만 비로소 그들의 입에 오르는 것이었다. 한번 입에 오르면 때린 사람이 유명하므로 맞은 사람도 덕분에 유명해진다. 잘못이 아Q에게 있다는 것은 말할 필요도 없다.

19 소흥지방紹興地方에서 유행하던 지방극地方劇 이름, 뜻은 「젊은 과부 성묘 가다」이고, 일명 '소상분小上墳'이라고도 한다. 과부寡婦란 말을 남방南方에서는 고상孤孀이라고도 한다.

20 아치阿七 아빠阿八 리쓰李四 짱싼張三 ; 어중이 떠중이라는 뜻. 장삼이사張三李四는 숙어

이유가 무언가 하면, 짜오 대감은 잘못할 리가 없기 때문이다. 그러나 그가 잘못했는데도 어째서 사람들은 그를 각별히 존경하는 것 같은가? 이는 설명하기 매우 어렵지만 잘 따져 보면, 아마 아Q가 짜오 대감의 한집안이라고 말해서 비록 얻어맞기는 했어도 사람들은 역시 약간은 진짜일지도 몰라 어쨌든 조금 존경해 두는 것이 안전하리라고 생각해서일 것이다. 그렇지 않다면 공자묘孔子廟에 바친 제물처럼, 돼지나 양 같은 짐승이지만 성인聖人[21]이 먼저 수저를 댄 이상 선유先儒[22]들이 감히 함부로 건드리지 못하는 것과 같은 것이다.

그 후 아Q는 여러 해 동안 득의만만했다.

어느 해 봄 그는 거나하게 취해 길을 가다가 담장 밑 양지바른 데에서 왕털보가 웃통을 벗고 이를 잡고 있는 것을 보고 그도 갑자기 몸이 근질근질하였다. 왕털보는 부스럼장이 털보라고 불렸으나, 아Q는 부스럼은 빼고 그를 무척 경멸하였다. 아Q의 생각으로는 부스럼은 이상할 것이 없고 다만 이 구레나룻 수염만이 정말 너무나 이상해서 꼴사납게 보인다는 것이었다. 그는 옆에 가서 앉았다. 만약 다른 건달들이었다면 아Q가 감히 마음 놓고 옆에 앉지 못했을 것이다. 그러나 이 왕털보 옆이라면 그가 무슨 두려움이 있겠는가? 솔직히 말해서 그가 앉아 준 것만으로도 그를 영광되게 한 것이다.

아Q도 겹으로 된 떨어진 상의를 벗어 뒤집어서 찾아보았지만

21 공자孔子를 가리킴

22 선배 유학자들이며 공자 숭배자들. 물론 조소적嘲笑的으로 한 말이다.

갓 빨아서인지 아니면 대충 뒤져서인지 한참 만에 겨우 서너 마리를 잡았을 뿐이었다. 그가 보니 왕털보는 한 마리, 두 마리, 또 세 마리, 이렇게 입에다 넣고는 쪽 쪽 소리를 내고 있었다.

아Q는 처음에 실망이 되다가 나중에는 화가 났다. 못생긴 털보조차도 저렇게 많이 잡는데 자기는 도리어 이렇게 적으니 얼마나 체통 안서는 일인가! 그는 큰 것을 한두 마리 찾아 내고 싶었지만 끝내 잡지 못하고 겨우 중치를 한 마리 잡아 분하다는 듯이 두툼한 입술 속에 밀어 넣고 힘껏 깨물었으나 찍 하는 소리가 왕털보의 소리보다 못하였다.

그는 부스럼 자국이 하나하나 새빨개졌다. 옷을 땅바닥에 팽개치고 침을 탁 뱉으며 말하였다.

"이 털버러지야!"

"부스럼장이 개새끼, 너 누구한테 욕 하냐?" 왕털보는 멸시하듯 눈을 치켜뜨고 말했다.

아Q는 근래에 비교적 남의 존경을 받아 스스로도 더 거만을 떨었지만, 그러나 툭하면 치는 그 건달들을 만나면 역시 겁을 먹었다. 하지만 이번은 매우 용감했다. 이 따위 온 얼굴에 털투성이를 한 것이 함부로 지껄이다니?

"누구라고 묻는 바로 네 놈이지!" 그는 일어서서 두 손을 허리에 올려놓았다.

"너 뼈다귀가 근질근질하냐?" 왕털보도 일어서서 옷을 걸치면서 말했다.

아Q는 그가 도망가려는 줄로 알고 갑자기 달려들어 주먹을 한

대 휘둘렀다. 주먹이 미처 몸까지 가 닿기도 전에 이미 그에게 꼭 잡혀 버렸고, 한번 잡아채자 아Q가 비틀거리며 쓰러져 이내 왕털보에게 또 변발을 움켜잡히고, 담장 쪽으로 끌려가 전처럼 머리가 담 벽에 부딪히려고 하였다.

"군자는 말로 하지 손을 쓰지는 않는 거야!" 아Q는 머리를 비틀며 말했다.

왕털보는 군자가 아니라선지 전혀 개의치 않고 연속해서 다섯 번 부딪치고는 힘껏 밀어붙여 아Q가 여섯 자 남짓 멀리 나가떨어지자 비로소 만족해서 가 버렸다.

아Q의 기억에 이것은 아마 난생 처음 당하는 굴욕이었다. 왕털보는 구레나룻 수염이 난 결점 때문에 이제까지 그에게 놀림을 당해 왔을 뿐 그를 놀린 적이 없고 더욱이 손찌검은 말할 나위도 없었기 때문이다. 그런데 그가 이제 결국 손찌검을 하다니, 정말 뜻밖의 일이다. 설마 세간의 소문처럼 황제가 이미 과거를 없애 버려[23] 수재나 거인擧人이 필요 없게 되었기 때문에 짜오씨 집 위풍이 떨어졌다고 자기까지 무시하는 것은 아니겠지?

아Q는 어떻게 해야 할 바를 모르고 서 있었다.

멀리서 한 사람이 다가왔다. 그의 적수가 또 나타났다. 아 역시 아Q가 가장 미워하는 사람으로, 바로 치엔錢대감의 큰아들이었다. 그는 이전에 성안에 있는 서양학당에 들어갔었고, 무슨 까닭에선지 다시 일본으로 가더니 반년 후에 그가 집에 돌아왔을 때는 다리도 곧아지고 변발도 보이지 않았으며, 그의 어머니는 열 몇 차례나 크게 울고 그의 아내는 세 번이나 우물에 뛰어들었다.[24] 나중에 그의 어머니는 가는 곳마다 이렇게 말했다.

"그 변발은 나쁜 사람이 술을 먹여서 잘라간 거래요. 원래 큰 벼슬을 할 수가 있었는데 이젠 머리 자라기를 기다릴 수밖에 없어요." 그러나 아Q는 믿으려 하지 않고 일부러 그를 '가짜 양놈' 이

23 청말淸末 광서光緖 31년(1904)에 1 천 년 이상 행하여 오던 과거제도科擧制度를 폐지하였다.

24 당시의 중국인中國人들에게는 변발辮髮이 없는 사람은 사람이 아닌 개 · 돼지나 다름없는 것이었다. 이런 개 · 돼지 같은 남자의 아내라는 것도 역시 견딜 수 없는 부끄러움이었다. 때문에 우물에 빠져 자살하려고 하였던 것이다. 뿐만 아니라 남의 아내와 밀통密通한 남자는 벌로 변발辮髮을 잘라버리는 풍습이 있었기 때문에, 간부姦夫의 아내로 보이는 것이 부끄러워서 저지른 행위이기도 했을 것이다.

라고 부르고 '외국과 내통하는 사람' 이라고 불렀으며, 그를 만나면 반드시 속으로 몰래 저주했던 것이다.

아Q가 특히 '증오하고 통탄하는' 것은 그의 변발이다. 변발이 가짜[25]이어서는 사람 될 자격이 없는 것이고, 그의 아내가 네 번째 우물에 뛰어들지 않은 것으로 보아 역시 좋은 여자는 아니라는 것이다.

이 '가짜 양놈' 이 다가왔다.

"대머리. 노새……" 아Q가 여태까지 원래 속으로만 욕하고 소리를 내지는 않았으나, 이번에는 마침 화가 났고 앙갚음을 하려던 참이어서 저도 모르게 작은 소리가 나와 버렸다.

뜻밖에 이 대머리는 누런 칠을 한 지팡이—즉 아Q가 말하는 곡상봉哭喪棒[26]—를 들고 성큼성큼 걸어왔다. 아Q는 그 순간 아마 얻어맞게 될 것이라는 것을 알고 얼른 전신의 근육을 움츠리고 어깨를 치올리고서 기다리자, 과연 딱 하는 소리가 정말로 자기 머리 위를 때린 것 같았다.

"나는 저 아이 말했는데!" 아Q는 근처에 있는 한 아이를 가리

25 변발 모양으로 만든 가발. 당시 외국에서 유학한 사람들 중에는 청조淸朝에 대한 혁명적인 태도를 분명히 하기 위해 변발을 잘라버린 사람이 많았다. 그러나 귀국 후에는 변발 없이 청조淸朝의 관리가 될 수 없었기 때문에 상해上海 근처에서 가발로 만든 변발 모자를 사서 둘러썼다. 노신魯迅의 소설小說 「두발 이야기頭髮的故事」를 보면 자세한 설명이 나온다.

26 상장喪杖. 부모가 죽었을 때 상주인 아들이 노제露祭를 지내면서 짚는 지팡이. 너무나 비통해 한 나머지 몸이 쇠약해져서 이 지팡이에 기대야만 겨우 몸을 지탱해 설 수 있다는 뜻을 나타내는 것으로, 보통의 지팡이보다 짧은 막대기에 길게 오린 종이를 둘둘 말아서 쓴다. 이것으로 맞으면 재수가 없다고 한다. 이를 남방南方에서는 '곡죽봉哭竹棒' 이라고도 하며, 보통은 '애장哀杖' 이라 한다.

키며 변명했다.

"딱! 따닥!"

아Q의 기억에 이것은 난생 두 번째로 당한 굴욕이었다. 다행히 딱딱 하는 소리가 나고 나서는 그에게 한 가지 일이 끝난 듯싶어 오히려 마음이 놓이고, 또한 '망각' 이라는 조상 전래의 보배도 효력을 발휘하여 그가 천천히 걸어 술집 문 앞에 닿을 무렵에는 벌써 웬만큼 기분이 좋아져 있었다.

그런데 맞은편에서 정수암靜修庵의 젊은 여승이 걸어왔다. 아Q는 평상시에도 그녀를 보면 꼭 욕을 해댔는데 더욱이 굴욕을 당한 뒤가 아닌가? 그는 그래서 기억이 되살아나고 또 적개심이 일어났다.

'내가 오늘 어째서 재수가 없는지 몰랐는데 바로 널 만나려고 그랬구나!' 하고 그는 생각했다.

그는 앞으로 마주 나가 큰 소리로 침을 탁 뱉었다.

"캬악, 퉷!"

젊은 여승은 거들떠보지도 않고 고개를 숙인 채 걸어만 갔다. 아Q는 여승 가까이 가서 불쑥 손을 내밀어 그녀의 방금 깎은 머리를 쓰다듬고는 히죽히죽 웃으며 말했다.

"까까머리야! 빨리 돌아가라. 중놈이 널 기다리고 있으니……"

"너 어째서 함부로 손발을 놀리느냐……" 여승은 얼굴이 온통 빨개져, 말하면서 빨리 걸어갔다.

술집 안에 있는 사람들이 큰 소리로 웃었다. 아Q는 자기의 공적이 인정받은 것을 보고 더욱더 신바람이 났다.

"중놈은 집적거려도 되고 나는 안 되나?" 그는 여승의 볼을 꼬

집었다.

술집 안에 있는 사람들이 큰 소리로 웃었다. 아Q는 더욱 득의만만하여 구경꾼들을 만족시켜 주기 위해서 다시 한 번 힘껏 비틀고는 손을 놓았다.

그는 이 한바탕 싸움으로 벌써 왕털보를 잊어버렸고 가짜 양놈도 잊어버려 오늘의 모든 '재수 없는 것' 들에 대해서 완전히 앙갚음을 한 것 같았다. 더욱이 이상하게도 온몸이 딱딱하고 얻어맞은 후에 더욱 마음이 가벼워지고 훨훨 날아갈 것 같았다.

"이 자손이 끊길 아Q놈아!"[27] 멀리서 젊은 여승의 울음 섞인 소리가 들려왔다.

"하하하!" 아Q는 아주 흡족하게 웃어댔다.

"하하하!" 술집 안에 있는 사람들도 아주 만족한 듯 웃었다.

27 후손이 끊긴다는 것은 곧 가문의 단절을 의미하므로 가장 극단적인 욕으로 간주된다.

제4장—사랑의 비극

어떤 사람이 말하였다. 승리자란 적이 호랑이 같고 매 같아야만 비로소 승리의 환희를 느끼고, 만약 양 같고 병아리 같으면 도리어 승리의 무료함을 느낀다. 또 어떤 승리자는 일체를 극복하고 난 후에 죽는 사람은 죽고 항복하는 사람은 항복하여, "이 몸은 진실로 황공 하옵고 죽을죄를 졌습니다." 하면, 그는 적도 없고 상대도 없고 친구도 없게 되어 오로지 자기만이 윗자리에 있어 혼자 외로이 처량하게 쓸쓸해져 도리어 승리의 비애를 느끼게 된다. 그러나 우리의 아Q는 이렇게 모자라지 않아 영원히 득의만만하였다. 이는 어쩌면 중국의 정신문명이 전 세계에서 으뜸[28]이라는 한 증거일지도 모른다.

보라, 그는 훨훨 마치 날아갈 것 같지 않은가!

하지만 이번의 승리는 그를 조금 이상하게 만들었다. 그는 반나절 이상이나 훨훨 날아 쏘다니다가 토곡사에 들어가 전 같으면 드러눕자 곧 코를 골았어야 했다. 그러나 이날 밤 그는 눈을 붙이기가 쉽지 않았고 자기 엄지손가락과 둘째손가락이 좀 이상하게 느껴졌다. 여느 때에 비해 약간 매끈거리는 것 같았다. 젊은 여승

28 청말淸末 열강列强은 군함과 대포를 이용하여 청조淸朝를 위협, 영토를 빼앗고 배상금을 요구하는 등 갖가지 굴욕적인 조약을 체결시키곤 했다. 이러한 외국의 침략을 받으면서도 당시 일부 관료 지식인들은 외국이 갖고 있는 것은 물질문명뿐이며 중국에는 세계에서 가장 뛰어난 정신문명이 있다고 자부했다. 이 정신문명이란 곧 봉건적인 유교문명儒教文明을 일컫는 것이며, 이 문제를 두고 당시 《신청년新青年》등이 중심이 되어 많은 논란을 폈다. 여기서 작자는 중국의 유교문명이 세계 제일이라고 자랑하는 지식인을 풍자한 것이다.

의 얼굴에 무언가 매끄러운 것이 그의 손가락에 묻어서 그러는 건지. 아니면 그의 손가락을 젊은 여승의 얼굴에 매끈매끈해지도록 문질러서 그런지?……

"자손이 끊길 아Q놈!"

아Q의 귀에 또 이 말이 들려왔다. 그는 생각했다. 그래, 여자가 있어야겠다. 자손이 끊기면 한 그릇 밥도 공양 받지 못할 테니…… 여자가 있어야겠다. 무릇 '불효에 세 가지가 있는데 자식 없는 것이 가장 큰 불효다'[29]하고 또 '약오若敖[30]씨의 귀신이 굶었다'고 했는데, 이것 역시 인생의 크나큰 비애이므로, 그의 그 생각은 실상 하나하나 다 성현의 말씀에 부합되는 것이었다. 다만 유감스러운 것은 나중에 그 '방심한 마음을 수습할 수가 없었다.'는 것이다.

'여자! 여자!' 그는 생각했다.

'…… 중놈이 집적대는 …… 여자, 여자! …… 여자!' 그는 거듭 생각했다.

우리는 이날 밤 아Q가 언제쯤 코를 골았는지 알 수가 없다. 그러나 아마 그는 이때부터 늘 손가락이 좀 매끈거림을 느꼈고, 그래

29 《맹자孟子 이루離婁》불효에 세 가지가 있는데, 그중 자식 없는 것이 가장 큰 불효不孝이다.

30 초楚나라 영윤令尹 자문子文 즉 약오씨若敖氏에게 자량子良이란 동생이 있었는데, 자량子良의 아들 월초越椒의 모습이 곰과 호랑이를 닮고 음성이 이리 소리와 같았다. 자문子文은 이것이 나중에 일족을 멸망케 할 인상人相이라 보고 자량子良에게 월초越椒를 죽이라고 하고, 만약 죽이지 않으면 훗날 집안이 멸망하고 제사를 받들어줄 자손이 끊길 것이라고 했다. 그러나 자량子良은 이 말을 듣지 않아, 자문子文은 죽을 때 일족을 모아놓고 월초越椒가 자라 득세하게 되면 재난을 피하기 위해 급히 이 나라를 떠나라고 했다. 만약 남아 있다가 죽게 되면 나중에 제사 지내 줄 사람이 없어지면 귀신도 굶어 죽을 것이라고 말했다.

서 그는 이때부터 항상 좀 들떠서 '여자 ……'를 생각하였다.

이 한 가지 일로 우리는 여자란 사람을 해치는 것임을 알 수 있

다. 중국의 남자는 거의 다 성현이 될 수 있었으나 애석하게도 모두 여자 때문에 망해 버렸다. 상商나라는 달기妲己[31]가 멸망시킨 것이고, 주周나라는 포사褒姒[32]가 망쳐 버린 것이며, 진秦나라는 ……

31 달기妲己는 은殷나라의 마지막 천자天子 주왕紂王의 왕비로서 주왕紂王은 그녀를 너무나 총애한 나머지 포악한 정치를 했기 때문에 나라를 망쳤다고 한다.

32 포사褒姒는 서주西周의 마지막 천자天子 유왕幽王의 왕비로서, 《사기史記 주본기周本紀》에 보면 유왕幽王이 포사褒姒의 환심을 사기 위해 누차 적이 침공해 왔다고 거짓말을 했기 때문에 제후諸侯들의 불신不信을 사 마침내 이적夷狄의 침입을 받고도 제후諸侯들의 도움을 받지 못하여 살해되고 멸망했다는 기록이 있다.

비록 역사에 밝혀진 글은 없지만 우리는 그것도 여자 때문이라고 가정해도 아마 아주 잘못되지는 않았을 것이다. 그리고 동탁董卓[33]은 확실히 초선貂蟬에게 살해되었다.

아Q도 본래는 바른 사람이다. 우리는 비록 그가 일찍이 어느 훌륭한 스승의 가르침을 받았는지는 모르지만, 그는 '남녀 간에 크게 경계할 점'에 대해서 일찍부터 지극히 엄격했고, 또한 이단異端－즉 젊은 여승이나 가짜 양놈 같은 무리－을 배척하는 정의감도 제법 가지고 있었다. 그의 학설은, 무릇 여승은 반드시 중과 사통하고, 여자가 혼자 밖에 나다니는 것은 필시 외간남자를 유인하려는 것이며, 남자와 여자가 이야기를 하고 있으면 어김없이 수상쩍은 일이 있다는 것이다. 그들을 응징하려고 그는 이따금 성난 눈으로 쏘아보고, 혹은 큰 소리로 '마음 찔리는' 말을 하기도 하고, 혹은 으슥한 곳이라면 뒤에서 작은 돌을 던지기도 하였다.

그가 '서른 살'에 가까워져서 마침내 젊은 여승에게 해를 입어 들뜰 줄 누가 알았는가. 이 들뜬 마음은 예교상禮敎上 있을 수 없는 것－그러기에 여자란 참으로 나쁜 것이다. 만약 젊은 여승의 얼굴이 매끈거리지 않았다면 아Q가 홀리지 않았을 것이고, 또 만약 젊은 여승의 얼굴이 천으로 가려져 있었더라면 아Q가 그토록 홀리지는 않았을 것이다. －그는 오륙 년 전 연극무대 아래 사람들 틈에서

33 한말漢末의 장군. 《삼국지三國志》에 왕윤王胤이라는 한漢의 대신大臣이 초선貂蟬이라는 미희美姬를 처음 여포呂布에게 주겠다고 약속을 하고서 동탁董卓에게 주었다. 그러고는 동탁이 억지로 빼앗은 것이라 하여 여포를 꼬드겼다. 그래서 여포가 동탁을 원망하고 죽였다. 소설 속의 이야기 이지만 중국의 봉건제를 옹호하는 사람들은 여자란 남자를 해하는 것으로 생각한다. 노신은 그것을 풍자하고 있다.

한 여자의 허벅지를 꼬집은 적이 있었으나, 한 겹의 바지가 있었기 때문에 이후에도 결코 들뜨지는 않았다. – 그러나 젊은 여승은 그렇지가 않으니, 이것으로도 이단의 악함을 충분히 알 수 있다.

'여자……' 아Q는 생각했다.

그는 '필시 외간남자를 유인하려는' 것이라고 생각되는 여자에 대해서는 언제나 유의해서 보았으나, 그녀들은 결코 그를 보고 웃지 않았다. 그는 자기와 이야기를 하는 여자에 대해서도 언제나 유의해서 들었지만, 무슨 수상쩍은 말을 결코 걸어오지 않았다. 아, 이 역시 여자들의 악한 일면이다. 그녀들은 모두 다 '얌전한 체' 하고자 하는 것이다.

이날 아Q는 짜오 대감 집에서 하루 종일 방아를 찧고 저녁을 먹고 나서 부엌에 앉아 담배를 피우고 있었다. 다른 집 같으면 저녁을 먹고 나면 돌아가도 되었지만, 짜오 대감 댁에서는 저녁밥이 일렀고 보통 때는 등불을 켜지 못하게 하고 저녁을 다 먹고 나면 이내 잠자게 마련이었지만, 어쩌다가 예외가 있었다. 그 하나는 짜오 나으리가 아직 수재에 합격하지 않았을 때 등불을 켜고 글 읽는 것을 허락한 것이었고, 그 다음은 바로 아Q가 날품으로 일을 할 때 등불을 켜고 방아 찧는 것을 허락한 것이었다. 이 예외 때문에 아Q는 방아를 찧기 전에 부엌에 앉아 담배를 피우고 있었다.

우吳 아줌마는 짜오 대감 집의 유일한 여자 종으로, 설거지를 마치고 의자에 앉아서 아Q와 한담을 했다.

"마나님이 이틀이나 진지를 안 드셨어요. 대감님이 첩을 하나 사들이려고 해서……"

‘여자……우 아줌마……이 젊은 과부……’ 아Q는 생각했다.

“우리 젊은 마나님은 팔월에 아기를 낳으셔요.……”

‘여자……’ 아Q는 생각했다.

아Q는 담뱃대를 놓고 일어섰다.

“우리 젊은 마님은……” 우 아줌마는 여전히 떠들어 댔다.

“나하고 당신하고 같이 잡시다. 같이 자요!” 아Q는 갑자기 다가가 그녀를 향해 무릎을 꿇었다.

한순간 정적이 흘렀다.

“어머나!” 우 아줌마는 한동안 어리둥절하였다가 갑자기 몸을 떨며 큰소리를 지르면서 밖으로 뛰어나갔다. 뛰면서 소리를 지르고 나중에는 울먹이는 듯했다.

아Q는 벽을 향해 멍하니 꿇어 앉아 있다가 두 손으로 빈 의자를 짚고 천천히 일어서서는 좀 잘못됐다고 느끼는 것 같았다. 그는 이때 확실히 불안했다. 허둥지둥 담뱃대를 바지춤에 꽂고 방아를 찧으러 가려고 했다. 퍽 하는 소리와 함께 머리에 굵직한 것으로 한 대 얻어맞고 급히 몸을 돌려 보니 수재가 큼직한 대 몽둥이를 들고 앞에 서 있었다.

“못된 놈……너 이놈……”

큼직한 대 몽둥이가 그를 향하여 내려쳐졌다. 아Q가 두 손으로 머리를 감싸자 딱 하면서 바로 손가락 마디를 때려서, 이번에는 몹시 아팠다. 그는 부엌문을 뛰어나오다가 등을 또 한 번 얻어맞은 것 같았다.

“배은망덕한 녀석” 수재는 뒤에서 표준말로 이렇게 욕했다. 아

Q는 방앗간으로 뛰어 들어가 혼자서 있자니 여전히 손가락이 아프고 '배은망덕한 녀석' 이라고 한 말이 떠올랐다. 이런 말은 웨이짱의 시골뜨기들은 여태까지 사용하지 않았고 오직 관청 출입하는 지체 높은 사람들만이 사용하는 것이어서 유달리 두렵고 인상도 각별히 깊었다. 그러나 이때 그의 '여자……' 라는 생각도 사라져 버렸다. 더욱이 욕을 먹고 나니 마치 한 가지 일이 이미 끝난 것 같아 도리어 홀가분하여 이내 방아 찧기를 시작했다. 한동안 찧고 나자 그는 더워서 일손을 멈추고 옷을 벗었다.

옷을 벗었을 때 그는 밖에서 떠들썩하는 소리를 들었다. 아Q는 천성적으로 떠들썩한 구경거리를 좋아해서 곧 소리 나는 곳을 찾아 나갔다. 소리 나는 곳을 찾다 보니 짜오 대감네 안뜰까지 들어갔다. 어둑어둑할 무렵이기는 했지만 많은 사람의 모습을 분별할 수 있었다. 이틀이나 밥을 먹으려 하지 않은 짜오씨 댁 마나님까지 그 안에 끼어 있고, 이웃집의 쪼우치鄒七[34] 댁이랑 진짜 일가인 짜오빠이엔趙白眼, 짜오스천趙司晨도 있었다.

젊은 마님이 마침 우 아줌마를 잡아끌고 하인방에서 나오며 말을 했다.

"밖으로 나오게.…… 제 방에 숨어서 엉뚱한 생각하지 말고……"

"자네 행실이 바르다는 걸 누가 모르나…… 절대로 소견이 좁은 짓해서는 안 되네." 쪼우치 댁도 옆에서 말을 거들었다.

우 아줌마는 그저 울면서 간간이 말을 하나 분명히 알아들을 수

34 추鄒씨 집 일곱째 아들의 아내를 가리킨다.

없었다.

아Q는 생각했다. '흥, 재미있군. 이 젊은 과부가 무슨 쓸데없는 짓을 저질렀을까?' 그는 물어 보고 싶어 짜오쓰천 곁으로 다가갔다. 이때 그는 갑자기 짜오 대감이 그를 향해 쫓아오고 더욱이 손에 큼직한 몽둥이를 들고 있는 것을 보았다. 그는 이 큼직한 대 몽둥이를 보자 자기가 아까 얻어맞은 것과 이 소동이 관련 있는 것 같은 생각이 얼른 들었다. 그는 몸을 날려 달아나 방앗간으로 도망치려 하였으나 뜻밖에 이 대 몽둥이가 그의 길을 가로 막았다. 그래서 그는 다시 몸을 돌려 달아나 저도 모르게 뒷문으로 빠져 나와 눈 깜짝할 사이에 이미 토곡사에 와 있었다.

아Q가 한참 앉아 있으니 피부에 소름이 끼치고 한기를 느꼈다. 봄이지만 밤에는 아직도 추웠기 때문에 웃통을 벗고 있기에는 아직 무리였다. 그는 베적삼을 짜오씨 집에 두고 온 것을 생각했으나, 가지러 가자니 또 수재의 대 몽둥이가 몹시 두려웠다. 그러고 있는데 지보地保가 들어왔다.

"아Q, 너 임마! 짜오씨 집 하인까지 희롱했다지, 이 역적 같은 놈아. 덕분에 난 밤에 잠도 못 자고 이 망할 놈아!……"

이렇게 이러쿵저러쿵 한바탕 훈계를 했으나 아Q는 아무 말이 없었다. 결국 밤이라서 지보에게 술값을 곱으로 4백문을 주어야 했지만, 아Q는 마침 현금이 없어 털모자를 저당 잡히고, 또한 다섯 가지 조항의 약정을 하였다.

1. 내일 붉은 초–무게 한 근짜리–한 쌍과 향 한 봉지를 가지고 짜오씨 댁에 가 사죄한다.

2. 짜오씨 댁에서 도사를 불러 목매달아 죽은 귀신을 쫓는 굿을 하는데, 비용을 아Q가 부담한다.

3. 아Q는 앞으로 짜오씨 댁 출입을 금한다.

4. 우 아줌마에게 차후에라도 만약 뜻하지 않은 일이 생기면 아Q가 책임을 진다.

5. 아Q는 품삯과 베적삼을 찾으러 가지 못한다.

아Q는 물론 그러겠다고 하였으나 유감스럽게도 돈이 없었다. 다행히 이미 봄이 되어 솜이불이 없어도 되므로 2천문에 저당 잡혀 약조를 이행했다. 웃통을 벗은 채 머리를 조아려 사죄한 후에도 뜻밖에 몇 문이 남았으니 그는 털모자를 찾지도 않고 몽땅 술을 마셔 버렸다. 그런데 짜오씨 집에서도 향을 피우지도 초를 켜지도 않았다. 마나님이 불공드릴 때 쓸 수 있도록 남겨 두었기 때문이다. 그 헤진 베적삼은 대부분을 젊은 마님이 팔월에 낳을 아이의 기저귀를 만들었고, 그 나머지 조각들은 우 아줌마의 신발 밑창을 만들었다.

제5장 — 생계 문제

아Q는 사죄의 절차를 마치고 전처럼 토곡사로 돌아왔는데 해가 지자 점점 세상이 좀 이상하게 느껴졌다. 그는 곰곰이 생각해 보고서야 마침내 그 원인이 대략 자기가 벌거벗고 있기 때문이란 것을 깨닫게 되었다. 그는 떨어진 겹옷이 아직도 남아 있다는 것을 기억하고 그것을 몸에 걸치고는 쓰러져 누웠다. 다시 눈을 떴을 때 태양이 벌써 서쪽 담장 위를 비추고 있었다. 그는 몸을 일으켜 앉으면서 투덜거렸다.

"빌어먹을……"

그는 일어나자 여전히 거리를 쏘다녔다. 웃통을 벗었을 때처럼 살갗을 에는 듯한 아픔은 없었지만 점점 세상이 이상야릇하다는 느낌이 들었다. 이날부터 웨이좡의 여자들은 갑작스레 부끄럼을 타게 되었는지, 그녀들은 아Q를 보기만 하면 저마다 문 안으로 숨었다. 심지어 쉰 살 가까운 쪼우치鄒七 아줌마조차도 다른 사람들을 따라 허겁지겁 숨을 뿐만 아니라 열한 살 난 딸까지 불러들였다. 아Q는 매우 기이하게 여기며 속으로 생각했다.

'이것들이 갑자기 아가씨 흉내를 배웠나, 이 화냥년들이……'

그러나 그가 더욱 세상이 이상해졌다고 느낀 것은 여러 날 이후의 일이었다. 첫째는 술집에서 외상을 주려고 하지 않았고, 둘째는 토곡사를 관리하는 늙은이가 쓸데없는 말을 하여 그를 내 쫓으려는 것 같았으며, 셋째는 몇 날이나 되었는지 뚜렷이 기억할 수 없지만 분명히 여러 날 동안 아무도 그에게 날품을 부탁하러 오지 않았다. 술집에서 외상을 안 주는 것은 참으면 그만이고, 늙은이가 그를 내쫓으려 해봤자 한바탕 투덜대고 나면 그뿐이지만, 아무도 그에게 날품을 부탁하러 오지 않은 것만은 아Q의 배를 곯게 하였다. 이거야말로 확실히 하나의 아주 '빌어먹을' 일이었다.

아Q는 참을 수가 없어서 단골집들을 찾아가 물어 볼 수밖에 없었다. ―짜오씨 댁만은 출입이 금지되어 있었지만. ―그러나 사태는 달라져 있었다. 반드시 남자가 나와서 몹시 귀찮다는 태도로 마치 거지에게 대답하듯 손을 내저으며 말했다.

"없어. 없어! 나가!"

아Q는 그럴수록 더 이상하게 느껴졌다. 그가 생각하기에, 이들 집에서는 여태까지 도와 줄 일이 없는 적이 없었고, 이제 와서 갑자기 일이 없어졌을 리가 없는데, 여기에는 필시 곡절이 있을 것임에 틀림없었다. 그는 주의해서 알아보고야 비로소 그들은 일이 있으면 모두 샤오Don[35]에게 시키고 있음을 알았다. 이 샤오D는 가난뱅이 놈으로 말라빠지고 힘도 없어 아Q의 눈에는 왕털보 보다도 못한 놈인데 뜻밖에도 이 녀석이 그의 밥줄을 끊어 놓을 줄이야. 그래서 아Q의 이번 분노는 여느 때와 달라 분통이 터져 걸어갈 때 별안간 손을 치켜들고서 노래를 불렀다.

"내 손에 쇠 채찍 잡고 네 놈을 치리라!……"

며칠 뒤 그는 마침내 치엔錢씨 댁 문간 담장 앞에서 샤오D와 마주쳤다.

'원수는 멀리서도 한눈에 알아본다' 아Q는 즉시 마주 다가서고 샤오D도 우뚝 섰다.

"짐승 같은 놈!" 아Q는 성난 눈으로 보면서 입가에 거품을 튀기며 말했다.

"난 버러지야. 됐지?……" 샤오D가 말했다.

이런 겸손은 도리어 아Q를 더욱 화나게 했지만, 그의 손에 쇠 채찍이 없어 그냥 덤벼들어 샤오D의 변발을 잡고 끌어당겼다. 샤오D는 한 손으로 자기 변발 밑동을 움켜쥐고 한 손으로는 아Q의 변발을 잡아당겨, 아Q도 이내 비어 있는 한쪽 손으로 자기 변발 밑동을 움켜쥐었다. 예전의 아Q로 치면 샤오D는 원래 상대도 안 되

35 Don은 '同' 자字의 표음表音. 노신魯迅의 출생지인 소흥지방紹興地方에서는 '同'을 Don이라 발음하고, 작자는 《차개정잡문且介亭雜文》에 실린 〈《희》주간 편집자에게 보내는 편지(寄《戲》周刊編者的信)〉에서 '小D' 는 '小同' 으로, 자라면 아Q와 같은 인간이 된다는 뜻을 가진 것이라고 설명했다.

는 것이었지만, 그가 요즈음에는 배를 곯아 샤오D와 마찬가지로 마르고 약해져서, 힘이 백중한 상태를 이루어 네 개의 손이 두 개의 머리를 잡아당기고 모두 허리를 구부려 치엔씨 집의 흰 벽에 하나의 남빛 무지개를 그려 냈다. 그러길 반시간이나 되도록 오래 끌었다.

"됐다. 됐어!" 구경꾼들이 말했다. 아마도 말리려는 것 같았다.

"좋아. 좋아!" 구경꾼들이 말했다. 말리는 건지 칭찬하는 건지 아니면 부채질하는 건지 알 수가 없었다.

그러나 그들은 듣지 않았다. 아Q가 세 발짝 밀고 나가면 샤오D가 세 발짝 물러나 둘 다 서 있고, 샤오D가 세 발짝 밀고 나가면 아Q가 세 발짝 물러나 둘 다 서 있었다. 대략 반시간쯤 웨이쫭에는 자명종이 드물어 말하기 어렵지만 어쩌면 20분쯤 되어 그들의 머리에 김이 솟아오르고 이마에는 땀이 흘러내렸다. 아Q의 손이 느슨해지자 같은 순간에 샤오D의 손도 느슨해지고, 동시에 몸을 세우고 똑같이 물러나 사람들 틈을 비집고 나갔다.

"두고 보자. 이 빌어먹을 놈……" 아Q가 고개를 돌려 말했다.

"개새끼, 두고 보자……" 샤오D도 고개를 돌려 말했다.

이 한바탕 '용호龍虎의 싸움'[36]은 승패가 없는 것 같았고, 구경꾼들은 만족했는지 알 수 없으나 아무런 말도 하지 않았다. 그러나 여전히 아무도 아Q에게 날품을 부탁하러 오지 않았다.

36 소흥지방紹興地方에서 유행하던 지방극地方劇의 제목. 여기서는 아Q와 샤오D의 싸움을 풍자해서 한 말이다. 각 지방마다 '희戲' 또는 '극劇'이란 이름으로 창唱을 주조로 한 전통적인 연극이 있는데, 이에 비해 대사臺詞가 많은 현대극現代劇은 '화극話劇'라 한다.

따뜻하고 미풍이 산들산들 불어 제법 여름 기분이 드는 날이었는데도 아Q는 추위를 느꼈다. 그러나 이것은 견딜 만했는데 제일 견딜 수 없는 것은 배고픈 것이었다. 솜이불 · 털모자 · 베적삼은 벌써 없어졌고, 그 다음으로 솜옷도 팔아 버렸다. 이젠 바지만 남아 도저히 벗을 수가 없고, 떨어진 겹옷이 있으나 남에게 주어 신창이나 만들게 하지 팔아서 돈이 될 만한 것은 결코 아니었다. 그는 일찍이 길에서 돈이라도 한 무더기 주었으면 했으나, 지금까지 눈에 띄지 않았다. 그는 자기의 찌그러진 방 안에서 '느닷없이 돈을 한 무더기 찾아 냈으면 해서 황망히 사방을 둘러봤지만', 방 안은 텅 비어 휜할 뿐이었다. 그래서 그는 밖으로 나가 먹을 것을 구해 보기로 작정했다.

그는 길을 걸으면서 '먹을 것을 구하려고' 하였는데, 낯익은 술집이 보이고 낯익은 만두도 눈에 띄었으나 그는 모두 지나쳐 버렸다. 잠시 멈추지도 않았을 뿐더러 원하지도 않았다. 그가 구하는 것은 이런 것이 아니었다. 그가 구하는 것이 무엇인지 자기 자신도 알지 못했다.

웨이짱은 본래 큰 마을이 아니어서 짧은 시간에 다 지나와 버렸다. 마을 밖은 거의 논이고 갓 모를 내어 파릇파릇하고, 군데군데 끼어 둥글게 움직이고 있는 검은 논을 매는 농부들이었다. 아Q는 이 전원의 즐거움을 전혀 감상하지 않고 오로지 걷기만 했다. 이런 것들은 '먹을 것을 구하는 길'과는 요원한 것임을 직감적으로 알았기 때문이다. 그런데 그는 마침내 정수암靜修庵[37] 담장 밖까지 걸어오게 되었다.

암자 주변은 논이고, 신록 사이에 흰 담장이 불쑥 솟아 있으며 뒤쪽의 얕은 토담 안은 채소밭이었다. 아Q는 잠시 망설이다가 사방을 한번 둘러보니 아무도 없었다. 그는 이 얕은 담을 기어올라 새 박 뿌리 덩굴을 붙잡고 있는데 흙 담은 계속해서 와르르 떨어져 내리고 아Q의 다리 또한 후들후들 떨렸으나, 마침내 뽕나무 가지를 타고 안으로 뛰어내렸다. 안은 정말 울창하였지만 술이나 만두 그리고 이밖에 먹을 만한 것은 없는 것 같았다. 서쪽 담장 가까이에는 대나무 숲이 있어 밑바닥에 죽순이 많이 있지만 아깝게도 삶아 익힌 것이 아니고, 또 유채油菜는 벌써 씨가 들었고 갓은 이미 꽃이 피었으며 배추도 너무 쇠어 버렸다.

아Q는 문동文童이 낙제한 것처럼 몹시 억울한 느낌이 들어 천천히 채소밭 입구 쪽으로 걸어갔다가 갑자기 깜짝 놀라며 기뻐했다. 이것은 분명히 한 두둑의 무밭이었다. 그는 그 자리에 앉아 무를 뽑았는데, 문 쪽에서 돌연 아주 동그란 머리가 하나 내밀었다가 바로 움츠러 들어갔다. 이건 틀림없이 젊은 여승이다. 젊은 여승 따위는 아Q가 본래 초개같이 여겼지만, 세상일이란 '한 걸음 물러서서 생각해야' 하므로 그는 서둘러 무 네 개를 뽑아 푸른 잎사귀를 비틀어 뜯어내고 품속에 싸 넣었다. 그러나 늙은 여승이 이미 나와 있었다.

"나무아미타불. 아Q, 너 어째서 밭에 뛰어 들어와 무를 훔치느

37 정수암靜修庵은 전에 아Q가 뺨을 꼬집어 정복한 적이 있는 '젊은 여승小尼姑'이 있는 곳이며, 이 승리의 경험이 아Q로 하여금 정수암靜修庵이라면 정복할 수 있으리라는 생각을 직관적으로 들게 했던 것이다.

냐!…… 아하, 죄를 범하다니, 아아, 나무아미타불!……"

"내가 언제 당신 밭에 뛰어들어 무를 훔쳤어?" 아Q는 쳐다보고 도망치면서 말했다.

"지금…… 이게 아니냐?" 늙은 여승은 그의 옷섶을 가리키고 있었다.

"이게 당신 것이냐? 당신은 무더러 당신 거라고 대답하게 할 수 있어? 당신……"

아Q는 말을 끝내지도 않고 발을 빼어 도망쳤다. 쫓아오는 것은 무척 살찐 큰 검정개였다. 이 개는 원래 앞문에 있었는데 어떻게 해서 후원에 왔는지 알 수가 없었다. 검정개는 컹컹 짖으며 쫓아와

아Q의 다리를 막 물려고 했다. 다행히 옷섶에서 무 한 개가 떨어져 그 개가 깜짝 놀라 잠시 주춤하는 사이에 아Q는 벌써 뽕나무로 기어올라 토담을 넘어갔고, 사람과 무가 함께 담장 밖으로 굴러 떨어졌다. 검정개가 여전히 뽕나무를 향해 짖어 대고 늙은 여승은 염불을 외고 있었다.

아Q는 여승이 또 검정개를 풀어 놓지나 않을까 두려워 무를 주워 가지고 도망가며 길가에서 작은 돌을 몇 개 집어 들었으나 검정개는 다시 나타나지 않았다. 아Q는 그래서 돌을 버리고 걸으면서 먹고 또 생각했다. 이곳에도 찾아볼 만한 물건이 아무것도 없어 성안으로 가는 것보다 못하다고……

무 세 개를 다 먹었을 때 그는 이미 성안으로 들어갈 작정을 하였다.

제6장 중흥에서 말로까지

웨이쫭에 아Q가 다시 나타난 것은 이 해 추석이 막 지난 때였다. 사람들은 모두 놀라 아Q가 돌아왔다고 말했고, 그래서 지난 일을 회상하며 그가 여태까지 어디에 가 있었을까 하고 말했다. 아Q가 전에 몇 차례 성안에 갔을 때는 대개 먼저 신바람이 나서 사람들에게 떠들어 대곤 했는데, 이번에는 전혀 그러질 않았기 때문에 아무도 관심을 두지 않았다. 그가 혹 토곡사를 관리하는 노인에게 말했을지 모르겠으나, 웨이쫭의 통례로는 짜오 대감과 치엔 대감 그리고 수재 나리가 성안에 가야만이 비로소 하나의 사건으로 쳤다. 가짜 양놈조차도 아직 끼지 못하는데 하물며 아Q 따위야. 이래서 노인도 그를 위해서 선전을 안 했으니, 웨이쫭 사회에서도 알 길이 없었던 것이다.

그러나 아Q가 이번에 돌아온 것은 예전과 크게 달라 확실히 놀랄 만한 일이었다. 날이 저물 무렵 그는 게슴츠레한 눈으로 술집에 나타나, 계산대 가까이 걸어가 허리춤에서 은전과 동전을 꺼내 계산대 위로 던지며 말했다. "현금이야! 술 가져와!" 입은 것은 새 겹옷이고, 보아하니 허리춤에는 큼직한 전대도 하나 차고 있는데 묵직해서 허리띠가 둥그렇게 축 늘어져 있었다. 웨이쫭의 관례가 다소 남의 눈길을 끄는 인물을 보면 무시하기보다는 차라리 존경하게 마련인데, 이번에는 비록 아Q라는 것을 분명히 알고 있지만 떨어진 겹옷을 입었던 아Q와는 어딘가 달랐고 옛 사람의 말에 '선비란 헤어져 사흘이면 괄목상대해야 한다.' 고 했기 때문에 점원 · 주인 · 술꾼 · 행인 모두가 의아해 하면서 경의의 태도를 보였다. 주인은 먼저 고개를 끄덕끄덕 하고는 이어서 말을 걸었다.

"오, 아Q 자네 돌아왔군!"

"돌아왔어."

"돈 벌었군. 자네 어디서……"

"성안에 갔었이!"

이 소식이 이튿날 당장 온 웨이좡에 퍼졌다. 사람마다 현금과 새 겹옷을 입은 아Q의 중흥사中興史를 알고 싶어서 술집에서, 찻집에서, 묘당의 처마 밑에서 조금씩 탐지해 냈다. 이 결과 아Q는 새로운 경외敬畏를 받게 된 것이었다.

아Q의 말에 의하면, 그는 거인擧人 영감 집에서 일을 거들어 주었다고 한다. 이 한마디에 듣던 사람이 모두 숙연해졌다. 이 영감은 본래 성이 빠이白씨지만 성안에 거인이라곤 그 사람 하나뿐이어서 성씨를 위에 다 붙일 필요 없이 그저 거인이라고 하면 바로 그를 가리킨다. 이것은 비단 웨이좡에서만 그렇게 통할 뿐 아니라 백리 사방 안에서는 어디서나 다 그러했고, 사람들은 대부분 그의 성명이 바로 거인 영감인 줄로 알고 있다. 이분 집에서 일을 거들어 주었다는 것은 물론 존경할 만한 일이었다. 그러나 또 아Q의 말에 의하면, 더 이상 일을 거들어 주기가 싫어졌다고 하였다. 왜냐하면 이 거인 영감이 실제로는 너무 '개 같은 놈' 이기 때문이란다. 이 한마디에 듣던 사람들은 모두 탄식하면서도 통쾌해 했다. 왜냐하면 아Q가 애당초 거인 영감 집에서 일을 거든다는 게 어울리지 않았지만, 그러나 일을 거들지 않게 된 것은 아까운 일이었기 때문이다.

아Q의 말에 의하면, 그가 돌아온 것은 성안 사람들에 대한 불만 때문인 것 같았는데, 그것은 바로 그들이 창떵長凳을 탸오떵條凳이라 부르고 생선 튀김하는 데에 채로 썬 파를 쓰며, 거기다 최근에 관찰해서 알게 된 결점은 여자가 길을 걸을 때 몸을 꼬는 꼴이 좋지 않다는 것이었다. 그러나 더러는 크게 감탄할 만한 점도 있는데 예를 들어 웨이짱의 촌놈들은 고작해야 서른 두 장짜리 대나무 골패밖에 할 줄 모르고, 가짜 양놈만이 '마장麻醬'[38]을 할 줄 알지만 성안에는 조무래기들까지도 아주 익숙하게 한다는 것이다. 가짜 양놈 따위는 성안의 열댓 살 난 조무래기 손에만 걸려도 당장에 '염라대왕 앞에 선 하찮은 귀신' 꼴이 되고 만다는 것이었다. 이 한마디에 듣던 사람들이 모두 얼굴을 붉혔다.

"자네들 사람 목 자르는 것 본 적이 있어?" 아Q가 말했다. "허, 볼 만하지. 혁명당을 죽이는 거야. 아, 볼만하지 볼만해……"

그는 머리를 흔들며 바로 맞은편에 있는 짜오쓰천趙司晨의 얼굴에 침을 튀겼다. 이 한마디에 사람들이 모두 섬뜩해졌다. 그러나 아Q는 또 사방을 둘러보더니 느닷없이 오른손을 치켜들어, 목을 길게 빼고서 정신없이 듣고 있던 왕털보의 목덜미 움푹 패여 있는 곳을 똑바로 내려치면서 소리쳤다.

"싹뚝!"

왕털보는 놀라 펄쩍 뛰고 동시에 번개처럼 재빨리 머리를 움츠

38 '마작麻雀' 또는 '마장麻將'이라고 하는 것이 옳다. '麻醬'은 '깨간장'이란 말이 되겠는데 아Q가 무식해서 잘못 말한 것이다. 마작은 절강성浙江省 녕파寧波에서 시작되었고, 모두 136장張의 패牌에 각종의 무늬를 새겨 놀이하는 방식이 아주 복잡한 것으로, 미장未莊의 시골에서 노는 32장張짜리 죽패竹牌와는 비교가 안 된다.

렸다. 듣던 사람들은 모두 무섭기도 하고 즐겁기도 했다. 이후 왕털보는 여러 날 동안 머리가 멍하니 아프고 다시는 감히 아Q 가까이 얼씬도 하지 못했다. 다른 사람들도 마찬가지였다.

아Q가 이때 웨이쫭 사람들의 눈에 나타난 지위가 비록 짜오 대감을 능가했다고는 감히 말할 수 없었지만 비슷하다고 말해도 아마 잘못된 말은 아닐 것이었다.

이와 같이 하여 아Q의 명성은 갑자기 온 웨이쫭의 규중까지 퍼졌다. 웨이쫭에는 치엔과 짜오 두 성씨만이 큰 저택이고 이밖에 십중팔구는 모두 다 하찮은 집들이지만, 그래도 규중은 어쨌든 규중이니까 역시 신기한 일이라 할 수 있다. 여자들은 만나기만 하면 반드시 수군거렸다. 쪼우치 댁이 아Q한테서 남색 비단 치마[39]를

39 남색 비단으로는 좀처럼 치마를 만들어 입지 않는다. 여기서 작자는 일부러 색다른 물건을 등장시켜 시골 사람이 도시 사람처럼 희귀한 것을 다투어 사는 꼴을 조롱한 것이다. 다음에 나오는 '새빨간 양사저고리大紅洋紗衫' 도 마찬가지 예이다.

하나 샀는데 물론 낡기는 했지만 단돈 구십 전을 냈고, 그리고 짜오빠이엔의 모친—일설에는 짜오쓰천의 모친, 고증을 요함[40]—도 아이가 입을 새빨간 양사 저고리를 한 벌 샀는데 7할 정도 새것을 삼백 문[41]도 안 되게 주었다고 했다. 그래서 여자들은 누구나 눈이 빠지게 아Q를 만나고 싶어 하고, 비단 치마가 없는 사람은 비단 치마를 사고 싶어 하고, 양사 저고리가 필요한 사람은 양사 저고리를 사고 싶어, 만나도 피해 도망가지 않을뿐더러 어떤 때는 아Q가 이미 지나쳐 가버렸는데도 뒤쫓아 가서 그를 불러 놓고 물었다.

"아Q, 비단 치마 또 있나요? 없나요? 양사 저고리가 필요한데, 있나요?"

마침내 이 소문은 여염집 아낙네들로부터 대가집 부인네들에게까지 퍼져 갔다. 그것은 쪼우치 댁이 너무나 좋아한 나머지 그녀가 산 비단 치마를 짜오 마나님께 보여 드렸고, 짜오 마나님은 또 짜오 대감에게 이야기하여 훌륭하더라고 분명 칭찬을 했기 때문이다. 짜오 대감은 바로 저녁 상머리에서 수재 나리와 토론한 끝에, 아Q는 사실 어딘가 수상쩍은 데가 있으니 우리가 문단속에 좀 더 유의해야겠다고 생각했다. 게다가 짜오 마나님이 마침 값싸고 좋은 모피 조끼를 하나 사고 싶어 하던 참이었다. 그래서 가족의 결의로 쪼우치 댁에게 부탁하여 즉각 아Q를 찾으러 보내고, 또한 이

40 조금도 중요하지 않고 고증의 필요도 없는 것을 일부러 고증학자의 흉내를 냄으로써 후스胡適일파의 고증벽考證癖을 풍자한 것.

41 원문은 삼백대전구이관三百大錢九二串이다. 엽전 92문文을 한 꾸러미로 하여 100문文으로 셈하여 300문. 결국 276문文이 된다. 즉 8%할인하는 셈이다. 문文은 동전을 헤아리는 단위.

때문에 새로이 세 번째의 예외를 만들었다. 즉 이날 밤만큼은 임시로 등불을 켜도록 특별히 허락한 것이다.

등의 기름이 적잖이 줄어들었는데도 아Q는 아직 오지 않았다. 짜오씨 댁의 온 가족이 몹시 조급해서 하품을 하며 아Q가 너무 방자하다고 미워하기도 하고 쪼우치 댁이 약삭빠르지 못하다고 원망하기도 하였다. 짜오 마나님은 또 그가 봄철에 정한 조건[42] 때문에 감히 오지 못하는 건가하고 걱정하고, 짜오 대감은 이번에는 '내'가 그를 부르러 보냈으니 걱정할 것 없다고 생각했다. 과연 짜오 대감이 식견이 높았는지 아Q는 마침내 쪼우치댁을 따라 들어왔다.

"저 사람이 그저 없다, 없다고만 하기에, 제가 직접 뵙고서 말하라고 해도 자꾸만 그러기에 제가……" 쪼우치 댁이 숨을 헐떡거리면서 들어와 말했다.

"대감님!" 아Q는 웃는 듯 한번 불러 놓고는 처마 밑에 멈춰 섰다.

"아Q, 자네 외지에서 돈 벌었다지." 짜오 대감은 천천히 걸어가서 눈으로 그의 전신을 살펴보면서 말했다. "참 잘 했네, 그거 참 잘 했어. 그런데…… 자네한테 헌 물건이 좀 있다던데…… 전부 가져와 보여 줄 수 있나…… 다름이 아니고 내가 필요해서……"

"제가 쪼우치 아줌마에게 말했어요. 다 처분 했다고요."

"다 처분했어?" 짜오 대감은 저도 모르게 소리를 내었다.

"그게 친구 것인데 본래 많질 않았어요. 사람들이 좀 사가

42 제4장에서 아Q는 지보地保의 중재로 짜오趙씨 댁과 5개조의 서약을 했는데, 그 제3조에서 '아Q는 금후 짜오趙씨 댁의 문지방을 넘어서지 말 것' 이라 한 조건을 두고 한 말이다.

고……”

“어쨌든 아직 조금은 남아 있겠지.”

“지금은 문발 하나밖에 남지 않았습니다.”

“그렇다면 문발을 갖다 보여 주게.” 짜오 마나님이 황망히 말했다.

“그럼 내일 가져오면 돼.” 짜오 대감은 그다지 마음이 내키지 않았다.

“아Q, 이후로 무슨 물건이 있거든 맨 먼저 우리한테 가져와 보이게……”

“값은 절대로 다른 집보다 적게 내지 않을 테니!” 수재가 말했다. 수재의 아내는 아Q의 얼굴을 힐끔 한번 쳐다보고 그의 마음이 움직이는지를 살펴보았다.

“나는 모피 조끼가 하나 필요한데……” 짜오 마나님이 말했다.

아Q가 대답은 했지만 시무룩하게 나갔기 때문에 그가 마음에 두고 있는지 어떤지 알 수가 없었다. 이것은 짜오 대감을 매우 실망시켰고, 화가 나고 걱정이 돼서 하품까지도 멎게 했다. 수재도 아Q의 태도에 대해 무척 불만이어서, 이런 몹쓸 놈을 조심해야만 하고 아니면 지보地保에게 시켜 그가 웨이쫭에서 살지 못하게 하는 것이 낫겠다고 말했다. 그러나 짜오 대감은 그렇게 생각하지 않고, 그렇게 하면 원한을 사게 될지도 모르니 더욱이 이 방면의 생업을 가진 자는 대개 ‘매는 둥지 밑의 먹이는 먹지 않는다.’ 고 하니 이 동네는 오히려 걱정할 필요가 없고 스스로 밤에 경계를 좀 하기만 하면 된다고 말하였다. 수재는 이 ‘아버지의 가르침’ [43]을 듣고 아주 지당하다고 생각되어 아Q를 쫓아내고자 한 제의를 즉각 철회하고, 쪼우치 댁에게 이런 말을 남에게는 절대로 들먹이지 말라고 당부하였다.

그러나 이튿날 쪼우치 댁이 그 남색 치마를 가져가 검게 물들이면서 아Q의 수상한 점을 퍼뜨렸는데, 수재가 그를 쫓아내고자 한 이 한마디는 확실히 들먹이지 않았다. 하지만 이것은 이미 아Q에게 매우 불리했다. 맨 먼저 지보가 집에까지 찾아와 그의 문발을 가져갔다. 아Q가 그것은 짜오 마나님이 보겠다고 한 것이라고 말해도 지보는 돌려주지 않을뿐더러 매달 바칠 상납금을 정하자고 했다. 그 다음은 마을 사람들의 그에 대한 경외심이 갑자기 변한 것이다. 아직은 감히 무례한 짓을 하지는 못하지만 멀리 피하려는 기색이 있고, 이 기색은 이전에는 그가 '싹 뚝' 하는 것을 막으려고 하던 때와는 달리 '공경하되 멀리하는' 요소가 상당히 섞여 있었다.

다만 일부 한가한 사람들만이 계속해서 꼬치꼬치 캐물어 아Q의 내막을 탐지하려고 했다. 아Q도 결코 숨기려 하지 않고 뽐내듯이 자기의 경험을 털어 놓았다. 이때부터 그들은 그가 일개 단역에 지나지 않아 담에 오르지도 못하고 안으로 들어가 보지도 못했으며 다만 밖에 서서 물건을 받기나 했다는 것을 알았다. 어느 날 밤 그가 막 보따리 하나를 넘겨받고 주모자가 다시 들어간 지 얼마 되지 않아 안에서 고함소리가 들려, 그는 이내 뺑소니를 쳐 밤을 틈

43 《논어論語 계씨季氏》편에 공자孔子가 정원에 서 있는데 아들 공리孔鯉가 지나가는 것을 보고 불러 세워, 시詩와 예禮를 배우도록 가르쳤다는 내용이 있다. 여기서 유래된 것으로, 아버지의 교훈을 일컬어 '과정지훈過庭之訓' 또는 '정훈庭訓' 이라 한다.

타 성에서 기어 나와 웨이쫭으로 도망쳐 돌아와서는 이후 다시는 그 짓을 하러 가지 못했다는 것이다. 그러나 이 이야기가 아Q에게는 더욱 불리했다. 마을 사람들이 아Q에게 공경하되 멀리한 것은 본래 원한을 살까 두려웠기 때문이었는데, 그가 이미 두 번 다시 훔칠 용기가 없는 일개 좀도둑에 지나지 않는다는 것을 누가 알았겠는가? 이야말로 정말 '이 또한 두려워할 만하지 못하다'[44]고 하겠다.

44 《논어論語 자한子罕》편 「사십오십이무문언, 사역부족외야의四十五十而無聞焉, 斯亦不足畏也矣. (40살 50살이 되어서도 아무런 명성이 없다면 이 역시 두려워할 것이 없는 것이다.)」에서 나온 말이다.

제7장 — 혁명

선통宣統 3년 9월 14일[45] – 즉 아Q가 전대를 짜오빠이엔에게 팔아버린 그날 – 한밤중에 검은 뜸을 친 커다란 배 한 척이 짜오씨 댁 나루터에 닿았다. 이 배는 칠흑 같은 어둠 속에서 저어 와, 시골 사람들은 깊이 잠들어 아무도 알지 못했다. 나갈 적에는 날이 밝을 녘이어서 꽤 여러 사람이 보았던 것이다. 은밀히 알아본 결과 그것이 바로 거인 영감의 배임을 알았다.

그 배는 크나큰 불안을 웨이쫭에 가져다주었고, 정오도 되기 전에 온 마을의 인심이 매우 술렁거렸다. 배의 사명에 대해 짜오씨 집에서는 애당초 극비에 부치고 있었으나, 찻집이나 술집에서 모두들 혁명당이 입성하려고 해서 거인 영감이 우리 시골로 피난 왔다고 수군거렸다. 오직 쪼우치 댁만이 그렇게 생각하지 않고, 그건 낡은 옷상자 몇 개에 지나지 않는 것으로 거인 영감이 가져다 맡기려 했지만 짜오 대감이 이미 돌려보냈다고 말했다. 사실 거인 영감과 짜오 수재는 평소부터 사이가 좋지 않았고, 이치로 따져도 원래 '환난을 함께 할' 만한 정분도 있을 리 없었다. 더욱이 쪼우치 댁은 또 짜오씨 댁과 이웃이어서 보고 듣는 것이 가까우므로 아마도 그녀가 옳았을 것이다.

45 이 날은 서기 1911년 11월 4일(양력)에 해당하며, 신해혁명辛亥革命 무창봉기(武昌蜂起 10월 10일) 후 25일 되는 날이다. 《중국혁명기中國革命記》제3책第3册 (1911년 상해 자유사(自由社) 편간(編刊))에 의하면, 이 날 항주촌杭州村이 민군民軍에 점령되고, 소흥부紹興府가 광복光復을 선포했다고 한다. 여기서 광복光復이란 쓰러진 조정을 재흥시키는, 즉 만청滿淸을 타도하여 한민족漢民族에 의한 통치統治로 되돌아가게 하는 것을 말한다. '선통宣統' 은 청조淸朝의 마지막 연호年號이다.

그러나 소문은 크게 퍼져 거인 영감이 비록 직접 온 것 같지는 않지만 장문의 편지를 보내어 짜오씨 댁과 '먼 친척' 이 된다고 하였다는 것이었다. 짜오 대감은 속으로 대강 생각해 보고 자기에게 별로 나쁠 게 없을 것이라 느껴서 상자를 받아 놓았는데, 지금 그것이 부인의 침대 밑에 숨겨져 있다고 한다. 혁명당에 대해서 어떤 사람이 말하기를 그날 밤 입성했는데 하나같이 흰 투구에 흰 갑옷 차림으로 숭정崇正황제[46]의 상복을 입고 있었다고 하였다.

46 숭정황제崇正皇帝란 명조明朝 최후의 천자天子로 명조明朝가 멸망할 때 스스로 목을 매어 죽은 사종思宗을 일컫는다. 이름은 주유검朱由檢, 연호年號는 숭정崇禎이었으나, '정禎' 자가 청조清朝 옹왕제雍王帝 의 이름 윤정胤禎의 '정禎' 자와 같았으므로 청조清朝 때는 이를 피휘避諱하여 숭정崇正으로 썼다. 민국 시대에 들어와서 피휘할 필요는 없지만, 여기서 작자는 청조清朝 유로遺老들의 흉내를 냄으로써 아직도 그러한 풍습이 일부에 남아 있음을 풍자하였다. 상복喪服을 입고 있다 한

아Q의 귀로도 혁명당이라는 이 말을 벌써부터 들은 적이 있었고, 금년에는 또 자기 눈으로 혁명당이 처형되는 것을 직접 본 적이 있었다.

그러나 그는 어디서 연유된 것인지 알 수 없는 일종의 선입견이 있어, 혁명당은 모반하는 것이라고 여기고 모반은 그를 괴롭게 하는 것이므로 지금까지 '몹시 증오하고 통탄해 하던' 것이었다. 뜻밖에도 이것이 백 리 사방에 이름이 알려진 거인 영감을 이토록 두려워 떨게 하다니, 그도 적잖이 '마음이 끌리지' 않을 수 없었고, 더욱이 웨이쫭의 쓸모없는 놈들이 당황하는 모습은 아Q를 더욱 즐겁게 했다.

'혁명도 좋구나.' 아Q는 생각했다. '이 빌어먹을 놈들의 명을 끊어 놓겠다. 나쁜 놈들! 지독한 놈들을!…… 그런데 나도 혁명당에 투항하고 싶다.'

아Q는 요즘 용돈이 궁하여 적잖이 불평을 갖고 있었다. 게다가 낮에 술 두 사발을 빈속에 마셔 더욱 빨리 취해서, 생각하면서 걷는 동안 다시 들뜨기 시작했다. 어떻게 된 셈인지 갑자기 혁명당은 바로 자기이고 웨이쫭 사람들은 모두 그의 포로 같았다. 그는 의기양양한 나머지 무심코 큰 소리로 외쳤다.

"모반이다! 모반이다!"

것은 백회백갑(白盔白甲 흰 투구와 흰 갑옷)을 입고 있었으므로 그렇게 본 것인데, 명조明朝가 망한 후 농민들이 봉기蜂起할 때면 늘 반청복명反淸復明 즉 청조淸朝를 타도하고 명조明朝를 부흥시키자는 슬로건을 내걸곤 하였고, 이 때문에 청말淸末 혁명군革命軍이 봉기 했을 때에도 군중들은 흔히 이를 숭정황제崇禎皇帝의 원수를 갚기 위해 일어난 것이라고 여겼다.

웨이쫭 사람들은 모두 놀라고 겁먹은 눈초리로 그를 바라보았다. 이토록 가련한 눈초리를 아Q는 여태까지 본 적이 없어, 한번 보자, 한여름에 빙수를 마신 것처럼 후련해졌다. 그는 더욱더 신이 나서 걸으면서 고함을 쳤다.

"좋았어,…… 무엇이든지 내가 원하는 대로고 누구든지 내 마음대로다.

둥둥, 덩덩!

후회해도 소용없다. 술에 취해 정鄭[47]씨 아우님을 잘못 베었어.

후회해도 소용없다. 아 아 아……

둥둥, 덩덩, 둥, 덩 더 덩 !

내 손에 쇠 채찍 잡아 네 놈을 치리라……"

짜오씨 댁의 두 남자분과 진짜 일가친척 두 사람도 마침 대문 앞에 서서 혁명 이야기를 하고 있었으나, 아Q는 이들을 보지 못하고 머리를 쳐들고서 곧장 노래를 부르며 지나갔다.

"둥둥,……"

"Q군." 짜오 대감이 겁먹은 듯 맞이하면서 낮은 소리로 불렀다.

"덩덩." 아Q는 자기 이름에 '군' 자가 붙여지리라고는 생각지 않았으므로, 자기와는 관계 없는 딴말이라고 여기고 그저 노래를 부를 뿐이었다.

"둥, 덩, 덩 더 덩, 덩!"

"Q군!"

47 '용호龍虎의 싸움' 노래 가사이다. 정鄭은 정자명鄭子明을 가리키며 송宋나라를 세운 조광윤趙匡胤의 부하장군.

"후회해도 소용없다.……"

"아Q!" 수재가 하는 수 없이 직접 그의 이름을 불렀다.

아Q는 그제 서야 서서 고개를 갸우뚱하며 물었다.

"뭐요?"

"Q군,…… 요사이……" 짜오 대감은 더 할 말이 없었다.

"요사이……돈 잘 버나?"

"돈 잘 버느냐고요? 아무렴요. 무엇이든지 원하는 대로니까……"

"아……Q형, 우리 같은 가난뱅이 친구는 괜찮겠지……" 짜오빠이엔이 벌벌 떨면서 마치 혁명당의 속셈을 떠보려는 듯 말했다.

"가난뱅이 친구? 당신은 나보다 훨씬 부잔걸." 아Q는 말하면서 그냥 가버렸다.

모두들 실망해서 말이 없었다. 짜오 대감 부자는 집에 돌아가 저녁나절 등불을 켤 때까지 의논했다. 짜오빠이엔은 집에 돌아가자 허리춤에서 전대를 풀어 자기 아내에게 건네 줘 상자 밑바닥에 감추도록 하였다.

아Q는 들떠서 한바탕 쏘다니다가 토곡사로 돌아오니 술도 이미 깨어 버렸다. 이날 밤에는 토곡사를 관리하는 노인도 뜻밖에 부드럽게 대하며 그에게 차를 권했다. 아Q는 노인에게 호떡 두 개를 달라고 해서 다 먹고 난 후, 또 쓰다 남은 4냥짜리 초 한 자루와 촛대를 달라고 하여 불을 밝히고서 혼자 자기의 조그만 방 안에 드러누웠다. 그는 말 할 수 없이 기분이 산뜻하고 기분이 좋아, 촛불이 대보름날처럼 번쩍번쩍 튀어 오르고 그의 생각도 떠오르기 시작했다.

'모반이라? 재미있군.……' 흰 투구, 흰 갑옷의 혁명당이 몰려와 모두 청룡도 · 쇠 채찍 · 폭탄 · 소총 · 삼지창 · 갈고리창을 들고서 토곡사 앞을 지나가며

"아Q ! 함께 가세, 함께 가 !" 하고 부르면, 함께 가야지……

이때 웨이좡의 쓸모없는 놈들은 우스운 꼴로 무릎을 꿇고 "아Q, 살려줘요 !" 하고 소리치면 누가 들어 준대! 맨 먼저 죽어야 할 놈은 샤오D와 짜오 대감이고 또 수재, 그리고 가짜 양놈이야…… 몇 놈이나 남겨 둘까? 왕털보는 원래 남겨둘 만도 했으나, 역시 필요 없어……

물건은……곧장 들어가 상자를 열어젖히고, 원보元寶 · 은화 · 양사 저고리를…… 수재 마누라의 고급침대를 우선 토곡사로 옮겨 놓고 이밖에 치엔가네 탁자와 의자를 진열해 놓아야지－. 아니면 짜오가네 것으로 하지. 내가 직접 손쓰지 않고 샤오D를 시켜 운반하되 빨리빨리 옮겨야지 꾸물대면 뺨을 때려 줄 테다…….

'짜오쓰천의 누이동생은 정말 못생겼다. 쪼우치 댁 딸은 몇 년이 지난 후라야 하겠고, 가짜 양놈의 여편네는 변발 없는 사내와 잠을 잤으니…… 흥, 좋은 물건이 못돼! 수재 여편네는 눈두덩 위에 흉터가 있고…… 우吳 아줌마는 오랫동안 못 봤는데 어디 있을까? 아깝게도 발이 너무 커.'

아Q는 생각을 다 끝맺기도 전에 이미 코고는 소리를 냈고 4냥짜리 초가 반 치 가까이 타들어가며 붉게 타오르는 불빛이 헤벌어진 그의 입을 비추고 있었다.

"어허! 어허!" 아Q는 갑자기 큰소리를 치며 일어나 머리를 들

고 사방을 두리번거리더니 4냥짜리 초를 보고는 다시 머리를 박고 잠들어 버렸다.

이튿날 그가 매우 늦게 일어나 거리에 나가 보았을 때 모든 것이 예나 다름없었다. 그는 여전히 배가 고파서 아무 생각도 나질 않았다. 그러나 그는 불현듯 어떤 생각이 떠오른 것 같았다. 천천히 큰 걸음으로 자기도 모르는 사이 정수암에 이르렀다.

암자는 봄철과 마찬가지로 조용하고 흰 담장에 검은 대문이었다. 그가 잠시 생각하다가 앞으로 가서 문을 두드리자 개 한 마리가 안에서 짖었다. 그는 급히 벽돌 조각을 몇 개 주워들고 다시 다가가 좀 더 세차게 두드렸는데, 검은 대문에 많은 흠집이 나도록 두드렸을 때 비로소 누군가가 와서 문을 여는 것을 들었다.

아Q는 얼른 벽돌 조각을 단단히 잡고 두 다리를 벌려 딱 버티

고서 검정개와 싸울 준비를 했다. 그러나 암자의 문이 겨우 틈 하나만큼 열렸을 때 검정개는 안에서 튀어나오지 않았고, 안을 들여다보니 늙은 여승 하나뿐이었다.

"넌 또 무슨 일로 왔느냐?" 그녀는 깜짝 놀라며 말했다.

"혁명이다……, 알고 있나?……" 아Q는 매우 흐릿하게 말했다.

"혁명, 혁명, 벌써 혁명 한 번 했어……. 너희들이 우리를 어떻게 혁명하겠다는 거야?" 늙은 여승은 두 눈을 붉히며 말했다.

"뭐?……" 아Q는 의아했다.

"넌 모르고 있었구나. 그자들이 벌써 와서 혁명했어!"

"누가?……" 아Q는 더더욱 의아해졌다.

"그 수재하고 양놈이!"

아Q는 너무나 뜻밖이라 저도 모르게 얼떨떨해졌다. 늙은 여승은 그의 기세가 꺾인 것을 보고 재빠르게 문을 닫아 버렸고, 아Q가

다시 밀었을 때는 꼼짝도 하지 않았으며 다시 두들겨도 대답이 없었다.

그날 오전의 일이었다. 짜오 수재는 소식이 빨라 혁명당이 밤사이에 벌써 입성했다는 것을 알자 곧 변발을 머리 위에 말아 올리고, 이제껏 사이가 좋지 않았던 치엔씨 양놈을 아침 일찍 찾아갔다.

이는 '모두 함께 유신維新에 참여하는' 때가 되었기 때문에 그들은 서로 말이 잘 통하여 곧 의기투합하는 동지가 되었으며 또한 함께 혁명에 나서기로 약속하였다. 그들은 생각하고 또 생각한 끝에 겨우 정수암에 '황제 만세 만만세' 라고 쓴 용무늬 패가 있다는 것을 생각하고, 서둘러 때려 부숴 없애 버려야 하는 것이어서 당장 함께 암자로 가서 혁명해 버렸다. 늙은 여승이 나와 가로막았기 때문에, 그들은 몇 마디 꾸짖고는 그녀를 만청滿淸정부로 간주하고 머리 위에 적잖게 방망이질과 주먹다짐을 해 주었다. 여승이 그들이 떠난 다음에 정신을 가다듬고 조사해 보았더니, 용무늬 패는 물론 이미 땅위에 박살이 나 있었고 또 관음보살 보좌 앞에 놔두었던 선덕로宣德爐48 향로도 하나도 보이지 않았다.

이런 사실을 아Q는 나중에야 알았다. 그는 자기가 잠들어 있었던 것을 무척 후회했으나 또한 그들이 그를 부르러 오지 않은 것을 매우 괘씸하게 여겼다. 그는 다시 한 발 물러나 생각하며 중얼거렸다.

"내가 이미 혁명당에 투항해 들어갔다는 것을 그들이 아직 모르지는 않았을 텐데."

48 명明나라 선종宣宗 선덕년간(宣德年間 1426-1435)에 주조된 동향로銅香爐.

第8장 ― 혁명금지

웨이쫭의 인심은 나날이 안정되어 갔다. 전해 오는 소식에 의하면 혁명당이 입성했지만 아직 아무런 큰 변화가 없다는 것을 알게 되었다. 현감도 여전히 그대로인데 다만 명칭을 뭐라고 바꿨을 뿐이고, 거인 영감도 무슨 관직을 맡았는데 – 이들 명칭을 웨이쫭 사람들은 정확히 말할 줄 몰랐고 – , 군대를 거느리는 것도 역시 이전의 그 파총把總[49]이었다. 단 한 가지 두려운 일은 달리 몇몇 좋지 못한 혁명당이 그 속에 끼어들어 소동을 벌이고, 이튿날은 변발을 자르기 시작했는데 이웃 마을 뱃사공 치진七斤이 걸려들어 사람 꼴 같지 않게 되었다고 한다. 그러나 이것은 그다지 대단한 공포거리는 아니었다. 왜냐하면 웨이쫭 사람들은 본래 성에 들어가는 일이 드물었고 어쩌다가 들어가려고 했어도 즉각 계획을 변경하여 이런 위험에 걸려들지 않았다. 이 소식을 듣고는 그만 둘 수밖에 없었다.

하지만 웨이쫭에도 개혁이 없었다고는 말할 수가 없다. 며칠이 지나자 변발을 머리 위에 말아 올리는 사람이 점차 늘어나기 시작했다. 이미 말했듯이 맨 먼저는 물론 수재 선생이고 그 다음이 바로 짜오쓰천과 짜오빠이엔이며, 그 뒤가 아Q였다. 만약 여름철이라면 사람들이 변발을 머리 위에 말아 올리거나 묶어 매었다 해도 무슨 희귀한 일이라 할 수 없으나, 지금은 늦가을이므로 이 '가을

49 청조淸朝 무관武官의 명칭名稱으로, 천총千總 다음가는 지위로서 정칠품正七品의 최하위급 무관. 대체로 현지사縣知事와 동급 정도의 지위이다.

에 여름의 행정명령을 시행하는'[50] 사태는 변발을 말아 올린 사람들에게 굉장한 영단이라 아니할 수 없으며 또한 웨이쫭도 개혁에 무관하다고는 말할 수 없었다.

짜오쓰천의 뒤통수가 휑하니 빈 채로 걸어오는 것을 본 사람들은 큰 소리로 떠들었다.

"야아, 혁명당이 온다!"

아Q는 그 소리를 듣고 무척 부러워했다. 그는 비록 일찍 수재가 변발을 말아 올렸다는 엄청난 소식을 알고 있었으나 자기도 그렇게 해도 되리라고는 전혀 생각지 못했는데, 이제 짜오쓰천이 그렇게 한 것을 보자 비로소 흉내 낼 마음이 생겨서 실행할 결심을 굳혔다. 그는 대젓가락 하나로 변발을 머리 위에 말아 올리고 한참 망설이다가 간신히 용기를 내며 걸어갔다.

그가 거리를 걸어가자 사람들이 그를 보고도 아무 말을 하지 않아, 아Q는 처음에는 아주 불쾌했고 나중에는 몹시 불만스러웠다. 그는 요즘 걸핏하면 짜증을 부렸다. 실상 그의 생활은 모반 이전에 비하여 오히려 어려워진 것도 결코 아니고, 사람들이 그를 보면 공손하기도 하고 가게에서도 현금을 내라는 말을 하지 않았다. 그런데도 아Q는 언제나 자기가 너무 실의에 빠져 있다고 느껴서, 혁명을 한 이상 이러고만 있어서는 안 된다고 생각했다. 게다가 샤오D를 한번 보고는 더욱 울화통이 터졌다.

샤오D도 변발을 머리 위에 말아 올렸는데, 또한 대젓가락을 꽂

50 가을에 여름의 정령政令을 시행하다. 시절에 벗어난 일을 하다.

고 있었다. 아Q는 이놈까지 감히 이렇게 하리라고는 천만 뜻밖이었고, 자기도 놈이 이렇게 하는 것을 절대로 용납할 수 없었다. 샤오D 따위가 뭔데? 그는 당장에 그를 붙잡아 놈의 대젓가락을 꺾어 버리고 놈의 변발을 풀어 내리고, 빰따귀를 몇 번 후려 갈려서 놈이 제 팔자분수를 잊고 감히 혁명당이 되려고 한 죄를 벌주고 싶은 생각이 간절했다. 그러나 그는 결국 용서해 주고, 다만 성난 눈으로 쏘아보며 '퉤' 하고 침을 한번 뱉었다.

요 며칠 사이 성내에 들어간 사람은 가짜 양놈뿐이었다. 짜오 수재도 본래는 상자를 맡아 준 인연을 빙자하여 몸소 거인 영감을 찾아뵙고자 했으나, 변발을 잘릴 위험이 있어서 중지하고 말았다. 그는 '황산격黃傘格'[51]으로 편지 한 통을 써서 가짜 양놈 편에 가져가게 하여, 자기를 소개하고 자유당에 들어가게 해달라고 부탁했다. 가짜 양놈은 돌아와 수재에게 은화 4원을 갚으라고 했고, 수재는 은 복숭아 하나를 옷깃에 달게 되었다. 웨이짱 사람들은 다 놀라 탄복하며 이것은 자유당柿油黨[52] 배지로 한림翰林[53]에 해당한다고들 했다. 짜오 대감은 이 때문에 또 갑자기 높아졌는데 그의 아들이 처음 수재에 합격했을 때보다 훨씬 더했다. 그래서 눈에 뵈는 것이 없어 아Q를 만나도 안중에 두지 않았다.

51 옛날에 관리가 사용하던 가장 정중하고 격식格式에 얽매인 편지의 한 형식.

52 자유당自由黨을 가리키는 말. 미장未庄의 시골 사람들은 자유自由라는 말을 모르므로 그들이 잘 아는 것 중에 自由zìyóu와 발음이 비슷한 柿油Shìyóu(생감의 즙, 염료로 쓰임=柿漆)를 끌어다 붙인 것이다.

53 진사 중에 성적이 우수한 자에게 부여하는 칭호. 바로 실무를 맡기지 않고 한림원에 넣어 영재교육을 실시하였다. 실권은 없었으나 문관으로서 최고의 영예였다.

아Q는 못마땅하던 중에 또 시시각각으로 뒤떨어져 감을 느끼고 있었는데 이 은 복숭아 소식을 듣자마자 그는 즉각 자기가 뒤떨어지고 있는 이유를 깨달았다. 혁명을 하려면 간단히 투항한다고 말로만 해서는 안 되고 변발을 말아 올리기만 해도 안 되며, 맨 먼저 역시 혁명당과 결속해야 한다. 그가 평생 알고 있는 혁명당은 오직 두 사람뿐인데, 성안에 있는 한 놈은 벌써 '싹둑' 하고 목이 잘려 버렸고, 지금은 가짜 양놈 하나만 남았다. 그는 서둘러 가서 가짜 양놈하고 의논하는 이외에는 다시 다른 길이 없었다.

치엔씨 댁 대문이 마침 열려 있어서 아Q는 겁먹은 듯 슬금슬금 들어갔다. 그는 안으로 들어서자 깜짝 놀랐다. 가짜 양놈이 뜰 중앙에 서 있었는데, 전신이 새까만 아마 양복이라고 말하는 옷에 은 복숭아를 하나 달고 있으며 손에는 아Q가 전에 혼난 적이 있는 지팡이를 들고 이미 한 자 남짓하게 자란 변발을 풀어서 어깨와 등으로 늘어뜨려 산발한 모습이 흡사 류하이셴劉海仙[54]같았다. 맞은편에는 짜오빠이엔과 건달 세 명이 차렷 자세로 공손히 그의 말을 듣고 있었다.

아Q는 살금살금 다가가 짜오빠이엔 뒤에 서서 속으로 인사를 하고 싶었으나 어떻게 말을 해야 좋을지 몰랐다. 그를 가짜 양놈이라고 부르는 것은 물론 안 되는 것이고, 서양 사람도 마땅치 않고 혁명당도 마땅치 않아 혹시 양 선생님이라고 불러야 하지 않을까.

54 유해섬劉海蟾을 가리킨다. 원래 오대시대五代時代의 사람으로 종남산終南山에서 신선이 되었다고 전한다. 그의 화상畵像을 보면 머리를 길게 늘어뜨리고 이마의 머리를 여자들 단발 모양으로 잘랐는데, 이러한 모양의 머리를 '劉海'라고도 했으며, 당시 관가의 머리형이 이러 하였다고 한다.

양 선생은 그를 보지 못했다. 눈동자를 희끗거리며 이야기에 마침 열중하고 있었기 때문이었다.

"나는 성미가 급해서 우리가 만나기만 하면 나는 언제나 '홍형![55] 우리 착수합시다!' 하고 말했었소. 그러나 그분은 늘 'NO!'라는 거요.—이건 서양 말이라서 당신들은 모를 거요. 그렇지만 않았어도 벌써 성공했을 거요. 하지만 이게 바로 그분이 일하는 데 조심성이 있는 점이요. 그분은 서너 번 나에게 호북성湖北省으로 오라고 했지만 난 아직 들어주지 않았소. 누가 그런 작은 현에서 일하고 싶겠소.……"

"에……저어……" 아Q는 그가 잠시 멈출 때를 기다려 마침내 용기백배하여 입을 열었으나, 어찌된 영문인지 그를 양 선생 이라고 부르지는 못했다.

연설을 듣고 있던 네 사람은 모두 깜짝 놀라 그를 돌아보았다.

양 선생도 그제 서야 알아보았다.

"뭐야?"

"저는……"

"나가!"

"저는 투항하려고……"

"썩 꺼져!" 양 선생은 곡상봉을 쳐들었다.

짜오빠이엔과 건달들까지도 큰 소리로 야단을 쳤다.

55 신해혁명辛亥革命때 호북湖北의 도독都督이 되었던 여원홍黎元洪을 가리키는 말인 듯. 여원홍은 원세개袁世凱 밑에서 부총통을 하다가 원세개가 죽자 총통이 되었으나, 단기서段祺瑞와 충돌하여 하야하였다.

"선생님이 널더러 꺼지라시는데, 너 말 안 듣겠어!"

아Q는 손으로 머리를 얼른 감싸고 재빠르게 문밖으로 도망쳐 나왔는데, 양 선생이 뒤좇아 오지는 않았다. 그는 예순 발자국 이상 줄달음질을 치고 나서야 겨우 천천히 걸어갔는데 마음속에 근심걱정이 끓어올랐다. 양 선생이 그에게 혁명을 불허하면 그에게는 더 이상 다른 길이 없고, 앞으로 흰 투구에 흰 갑옷을 입은 사람들이 그를 부르러 올 것을 도저히 바랄 수 없을 테니, 그가 가지고 있었던 포부 · 지향 · 희망 · 앞길이 모두 한꺼번에 없어져 버리고 말았다. 건달들이 소문을 퍼뜨려 샤오D나 왕털보 따위한테 웃음거리가 되는 것은 도리어 그 다음 일이다.

그는 지금까지 이토록 무료함을 경험해 본 적이 없는 것 같았다. 그는 자기의 말아 올린 변발에 대해서도 무의미하고 모욕을 당하는 느낌 같았으며, 앙갚음을 하기 위해 당장 변발을 풀어 내리고 싶었지만 역시 끝내 풀어버리지는 않았다. 그는 밤까지 빈둥거리고 다니다가 술 두 사발을 외상으로 들이키고는 점점 기분이 좋아져, 머리에 또다시 흰 투구 흰 갑옷 생각이 단편적으로 떠올랐다.

어느 날, 그는 여느 때처럼 밤이 깊어질 때까지 쏘다니다가 술집이 문을 닫을 무렵에야 겨우 어슬렁어슬렁 토곡사로 돌아갔다.

딱, 팡!—

그는 갑자기 이상한 소리를 들었는데 폭죽소리는 아니었다. 아Q는 본래 구경거리를 좋아하고 쓸데없는 일에 참견하기를 좋아하는 사람인지라 어둠 속으로 곧장 찾아 나갔다. 앞쪽에서 발자국 소리가 들리는 것 같고, 그가 막 귀를 기울이는데 갑자기 어떤 사람이 맞은편에서 도망쳐왔다. 아Q는 그것을 보자 급히 몸을 돌려 뒤쫓아 도망쳤다. 그 사람이 길을 돌자 아Q도 길을 돌았고, 길을 돌아서 그 사람이 멈춰 서자 아Q도 멈춰 섰다. 아Q가 뒤를 돌아보았으나 아무것도 없고, 그 사람을 보니 바로 샤오D였다.

"뭐니?" 아Q는 흥분했다.

"짜오……짜오씨 댁이 털렸어!" 샤오D가 숨이 차 헐떡이며 말했다.

아Q의 가슴이 두근두근 고동쳤다. 샤오D는 말을 하고 나서 곧 가버렸고, 아Q는 달아나면서 두세 번 멈추었다. 그러나 그는 어쨌든 '이 방면의 사업'을 해 본 사람인지라 남달리 담이 컸다. 그래서 엉금엉금 길모퉁이를 빠져나와 자세히 들어보니 좀 떠들썩한

것 같고, 다시 자세히 보니 흰 투구에 흰 갑옷을 입은 많은 사람들이 연달아 상자를 떠메어 내오고 살림살이를 내오며 수재 마누라의 고급침대도 내오는 것 같았는데, 분명히 알 수가 없어 그가 앞으로 더 나가서 보려고 하였으나 두 다리가 움직여지지 않았다.

이날 밤에는 달이 없고, 웨이쫭은 어둠 속에 아주 고요했으며, 고요하기가 마치 복희伏羲씨 때처럼 태평하기까지 했다. 아Q가 서서 스스로도 싫증이 나도록 보았는데 짐은 여전히 조금 전과 마찬가지로 왔다 갔다 하면서 옮겨지는 모양인데, 상자가 떠메어져 나오고 수재 마누라의 고급침대도 내놓아져…… 자기 자신이 스스로의 눈을 믿을 수 없을 만큼 많이 들어내 왔다. 그러나 그는 더 이상 앞으로 나가지 않기로 결심하고 자기 토곡사로 되돌아오고 말았다.

토곡사 안은 더욱 깜깜했다. 그는 대문을 닫고 자기 방으로 더듬거리며 들어갔다. 그가 한참 누워 있으니까 겨우 정신이 가라앉고 자신에 관계된 생각이 떠올랐다. 흰 투구에 흰 갑옷을 입은 사람들이 분명히 왔었는데 자기를 부르러 오지도 않았고 여러 가지 좋은 물건을 날랐으나 자기 몫은 없었다. — 이것은 전적으로 가짜 양놈이 나빠서 내가 모반하는 것을 허락하지 않아서이다. 그렇지 않다면 이번에 어째서 내 몫이 없게 되었겠는가? — 아Q는 생각할수록 화가 치밀어 마침내 가슴에 가득 치미는 분통을 참을 수 없어 분하다는 듯이 고개를 끄덕이면서 지껄였다. "나에게는 모반을 허락하지 않고 네 놈만 모반을 해? 짐승 같은 가짜 양놈. 좋아, 네 놈이 모반했겠다! 모반은 목이 잘리는 죄니까, 내 기어코 고발 할 테다. 네 놈이 현청에 잡혀가 목이 잘리는 꼴을 볼 거다. 온 가족이 몰살 되는 것을. 싹둑! 싹둑!"

제9장 — 대단원

짜오씨 집이 털린 뒤 웨이쫭 사람들은 대개 몹시 통쾌해하면서도 두려워하였으며, 아Q 역시 무척 통쾌해하면서도 겁을 먹었다. 그러나 나흘 후 아Q가 밤중에 돌연 붙잡혀서 현성縣城에 끌려갔다. 그때는 마침 깜깜한 밤이었는데, 한 무리의 군인, 한 무리의 자위대원, 한 무리의 경찰과 다섯 명의 형사가 몰래 웨이쫭에 와서 어둠을 타고 토곡사를 포위하고 문 정면에 기관총을 걸어놓았다. 그런데도 아Q는 뛰쳐나오지 않았다. 오랫동안 아무런 움직임이 없자 파총把總이 초조해져 2만문의 상금을 걸었고, 그제서야 자위대원 두 사람이 위험을 무릅쓰고 담장을 넘어 들어가, 안팎이 서로 호응하며 일시에 들어가서 아Q를 잡아냈다. 토곡사 밖에 걸려있는 기관총의 왼편까지 끌려 나와서야 그는 겨우 정신이 좀 들었다.

성에 도착하니 이미 정오가 되었고, 아Q는 자신이 낡은 관청문으로 끌려 들어가 모퉁이를 대여섯 번 돌아서는 한 작은 방에 떠밀려 들어감을 알았다. 그가 막 비틀거리며 들어서자 통나무로 만든 목책 문이 이내 그의 발꿈치를 따라 닫혀졌고, 나머지 삼면은 모두 장벽인데 자세히 보니 방 귀퉁이에 또 두 사람이 있었다.

아Q는 약간 불안했지만 그다지 괴롭지는 않았다. 왜냐하면 그의 토곡사 안 침실도 이 방보다 더 나을게 없었기 때문이다. 다른 두 사람도 역시 시골뜨기 같은데 차츰 그와 어울리게 되었다. 한 사람은 그의 할아버지가 갚지 못한 묵은 소작료를 거인 영감이 고발했기 때문이라고 했고, 다른 한 사람은 무슨 일 때문인지 모른다고 했다. 그들이 아Q에게 물었을 때 아Q는 명쾌하게 대답했다.

"나는 모반하려 했기 때문이오."

그는 오후에 다시 목책문 밖으로 끌려 나가 넓은 대청에 이르니 상좌에 머리를 빡빡 깎은 노인이 앉아 있었다. 아Q는 그가 중이 아닌가 하고 의심했으나, 아래를 내려다보니 군인들이 일렬로 서 있고 양 옆에는 10여 명의 장삼을 입은 사람들이 서 있는데 노인처럼 머리를 빡빡 깎은 사람도 있고 가짜 양놈처럼 한 자쯤 자란 머리를 뒤로 늘어뜨린 사람도 있었다. 모두가 험악한 얼굴에 성난 눈으로 그를 노려보았다. 그는 이 사람들한테 필경 무슨 내력이 있다는 것을 알아차리고는, 별안간 관절의 힘이 빠져 저절로 꿇어앉고 말았다.

"서서 말해! 꿇어앉지 마!" 장삼을 입은 사람들이 모두 꾸짖었다.

아Q는 알아듣기는 했지만 아무래도 서 있을 수가 없을 것 같고, 몸이 말을 듣지 않아 엉거주춤하다가 마침내 꿇어앉아 버렸다.

"노예근성!……" 장삼을 입은 사람들이 또 경멸하듯 말했으나 그에게 일어서라고 하지는 않았다.

"너 사실대로 자백해, 고문을 면하려면. 나는 벌써 다 알고 있어. 자백하면 석방 할 수도 있어."

그 까까머리 노인은 아Q의 얼굴을 똑바로 보며 조용히 또박또박 말했다.

"자백해!" 장삼을 입은 사람도 큰 소리로 말했다.

"저는 본래…… 투항하려고……" 아Q는 멍청하게 한번 생각하더니 겨우 떠듬떠듬 말했다.

"그럼 왜 오지 않았지?" 노인은 부드럽게 물었다.

"가짜 양놈이 허락하지 않았습니다."

"허튼소리! 이제 와서 말해 봐야 늦었어. 지금 너의 동료들은 어디 있나?"

"뭐라구요?……"

"그날 밤 짜오씨 집을 약탈한 놈들 말야."

"그 사람들이 절 부르러 오지 않았어요. 자기들끼리 가져갔어요."

아Q는 그때 일을 들먹이자 울화통이 터졌다.

"어디로 갔지? 말만 하면 너는 석방이야." 노인이 더욱 부드럽게 말했다.

"저는 모릅니다.…… 그 사람들이 절 부르러 오지 않았어요.……."

그러자 노인이 눈짓을 한 번 하고 아Q는 다시 목책문 안으로 끌려 들어갔다. 그가 두 번째로 목책문 밖으로 끌려 나온 것은 이튿날 오전이었다.

넓은 대청의 광경은 모두 전과 같았다. 상좌에는 여전히 머리를 빡빡 깎은 노인이 앉아 있고, 아Q도 전처럼 꿇어앉았다.

노인이 부드럽게 물었다. "너는 더 무슨 할 말이 있느냐?"

아Q는 한 번 생각해 봤으나 할 말이 없어 곧 대답했다. "없습니다."

그러자 장삼을 입은 사람 하나가 종이 한 장과 붓 한 자루를 아Q 앞에 가져다 붓을 그의 손에 쥐어주려고 했다. 아Q는 이때 깜짝 놀라 거의 '혼비백산' 하였다. 왜냐하면 그의 손이 붓과 관계를 맺은 것은 이번이 처음이었기 때문이다. 그는 어떻게 잡아야 할지 모르고 있는데, 그 사람은 또 한 군데를 가리키면서 서명하라고 했다.

"저……저는……글자를 모릅니다." 아Q는 한 손에 붓을 움켜쥐고는 황공하고 부끄러운 듯 말했다.

"그럼 너 마음대로 동그라미 하나 그려라!"

아Q는 동그라미를 그리려 했으나 그 손은 붓을 잡은 채 떨리기만 했다. 그래서 그 사람이 아Q에게 종이를 땅바닥에 깔아 주고, 아Q는 엎드려 젖 먹던 힘까지 다하여 동그라미를 그렸다. 그는 남에게 웃음거리가 될까 두려워 동그랗게 그리려 마음먹었으나, 이 몹쓸 붓이 매우 무거운데다 말을 듣지 않아 부들부들 떨면서 간신히 아물리려고 하는데 결국 바깥으로 삐져나가 호박씨 모양을 그리고 말았다.

아Q는 자기가 동그랗게 그리지 못한 것을 부끄러워하고 있었지만, 그 사람은 문제 삼지 않고 벌써 종이와 붓을 거두어 가 버렸으며, 여러 사람이 그를 두 번째로 목책문 안으로 끌어다 넣었다.

그는 두 번째 목책문 안으로 들어갔어도 전혀 괴롭지는 않았다. 그는 사람이 세상을 살다보면 때로는 종이에다 동그라미를 그려야 하기도 하는데, 단지 동그라미를 그렸지만 동그랗지 못한 것이 그의 '행적' 상의 한 오점이라고 생각했다. 그러나 곧 그것도 풀려버려, 그는 손자 놈이나 겨우 동그라미를 그릴 수 있을 것이라고 생각했다. 그리고는 잠이 들었다.

그러나 이날 밤 거인 영감은 오히려 잠을 잘 수가 없었다. 그는 파총에게 화를 냈다. 거인영감은 첫째로 장물을 찾아야 한다고 주장하고, 파총은 첫째로 죄인을 군중에게 내보여야 한다고 주장했다. 파총은 근래에 와서 거인 영감을 소홀히 대하고 있어 책상을 두들기고 걸상을 치면서 말했다. "일벌백계입니다! 보십시오. 내가 혁명당이 된 지 스무 날도 안 되어 약탈 사건이 십여 건이나 되고 한 건도 해결하지 못했는데 당신은 한가한 소리나 하니, 안됩니다! 이건 내 소관입니다!" 거인 영감은 궁지에 몰려 초조했지만, 그래도 여전히 버티며 만약 장물을 찾지 않으면 그는 당장 민정협조의 직무를 사임하겠다고 말했다. 그런데도 파총은 "마음대로 하십시오!" 라고 말했다. 그래서 거인 영감은 이날 밤잠을 자지 못했으나, 다행히 이튿날도 사임하지는 않았다.

아Q가 세 번째 목책문 밖으로 끌려 나왔을 때는 바로 거인 영감이 잠을 자지 못한 그 다음날 오전이었다. 그가 넓은 대청에 도착하니 상좌에는 역시 까까머리 노인이 앉아 있었고, 아Q도 전처럼 꿇어앉았다.

노인은 아주 부드럽게 물었다.

"너는 더 무슨 할 말이 있느냐?"

아Q는 한번 생각해 봤으나 할 말이 없어 곧 대답했다.

"없습니다."

장삼이나 단삼을 입은 여러 사람이 갑자기 그에게 옥양목으로 만든 흰 조끼를 입히는데, 거기에는 검은 글씨가 몇 자 씌어 있었다. 아Q는 기분이 몹시 나빴다. 왜냐하면 이것이 흡사 상복을 입은 것 같았고 상복을 입는다는 것은 불길한 일이기 때문이었다. 그리고 동시에 그의 두 손이 뒤로 돌려 묶여지고 동시에 곧장 관청문 밖으로 끌려 나왔다.

아Q는 포장 없는 수레에 떠메어 올려지고, 단삼을 입은 사람도 몇 명 그와 함께 탔다. 이 수레는 곧 움직이기 시작하고, 앞에는 총을 멘 군인과 자위대원들이 줄지어 있고 양 옆에는 입을 헤벌린 많은 구경꾼들이 있는데, 뒤는 어떤지 아Q는 보지 않았다. 그러나 그는 문득 깨달았다. 이것은 목 잘리러 가는 것이 아닌가? 그는 당장 초조해지고 두 눈이 캄캄했으며 귀에서는 윙하는 소리가 들려 정신이 아득하였다. 그렇지만 그는 완전히 까무러치지는 않고, 이따금 초조했지만 또한 이따금 태연하기도 하여, 그의 생각에는 사람이 세상에 살다 보면 때로는 목을 잘리는 수도 있다고 생각하는 것 같았다.

그는 전부터 길을 알고 있어서 좀 의아했다. 어째서 형장 쪽으로 가지 않을까? 그는 이것이 거리를 다니며 군중에게 구경시키는 것임을 알지 못했다. 하지만 알았다 해도 마찬가지로 그는 사람이 세상에 살다 보면 때로는 거리를 다니며 군중에게 구경시켜지는 수도 있게 마련이라고 생각하였을 것이다.

그는 이것이 멀리 돌아서 형장으로 가는 길이고, 틀림없이 '싹둑' 하고 목이 잘린다는 것을 깨달았다. 그가 망연히 좌우를 둘러보니 온통 개미처럼 따라오는 사람들이다. 뜻밖에도 길가의 사람들 속에서 우吳 아줌마를 발견했다. 아주 오랫동안 보지 못했는데, 벌써부터 그녀는 성안에서 일하고 있었던 것이다. 아Q는 자신이 배짱이 없어 끝내 창唱 몇 마디도 안 부른 것이 갑자기 부끄러웠다. 그의 생각은 마치 회오리바람처럼 뇌리에서 한번 소용돌이 쳤다. 「소고상상분小孤孀上墳」은 당당함이 부족하고, 「용호투龍虎鬪」에 나오는 "후회해도 소용없다……"도 맥이 없고, 역시 "손에 쇠 채찍을 들어 너를 치리라"가 좋겠다. 그는 즉시 손을 쳐들었으나 두 손이 묶여 있음을 알고 "손에 쇠 채찍 들어"도 부르지 않았다. "이십 년이 지나 다시……" 아Q는 이런 경황 중에 아무에게도 배우지 않고 스스로 익힌 이제까지 한 번도 입 밖에 내본 적이 없는 말을 했다.

"잘 한다!" 군중 속에서 이리의 울부짖음 같은 소리가 터져 나왔다. 수레는 계속 앞으로 나아가고, 아Q는 박수치며 떠드는 사람들 속에서 눈알을 돌려 우 아줌마를 보았으나, 그녀는 그를 보지 못한 듯 군인들 등에 멘 총만 정신없이 쳐다보고 있었다.

아Q는 그래서 다시 박수치며 떠드는 사람들을 바라보았다.

그 찰나에 그의 생각은 또다시 회오리바람처럼 뇌리에서 소용돌이쳤다. 4년 전 그는 산기슭에서 굶주린 이리 한 마리를 만났는데, 가까이 다가오지도 않고 멀리 떨어지지도 않은 채 그의 뒤를 따라오며 그의 살을 먹으려고 했다. 그는 그 때 놀라 죽을 뻔했으나 다행히 손에 한 자루 도끼를 가지고 있었기에 그것을 믿고 담이 커져 웨이쫭까지 올라올 수 있었으나, 영원히 기억나는 것은 그 이리의 눈이 흉측하고 무서웠으며, 두 개의 도깨비불처럼 번쩍번쩍하며 흡사 멀리서부터 그의 피부와 살을 꿰뚫을 것 같았던 것이다. 이번에 그는 지금까지 본 적이 없는 더욱 무서운 눈을 보았는데, 둔하면서도 날카로워 벌써 그의 말을 씹어 삼켰을 뿐만 아니라 그의 피부와 살 이외의 것까지도 씹어 삼키려고 언제까지나 멀지도 가깝지도 않게 따라오는 것이었다.

이 눈들은 하나가 되어 이미 그의 영혼을 물어뜯고 있었다.

"살려줘요……"

그러나 아Q는 소리 내지 않았다. 그는 일찍부터 두 눈이 캄캄했으며 윙 하는 소리가 나고 온몸이 마치 먼지처럼 산산이 흩어지는 것 같았다.

당시의 충격을 가장 크게 받은 사람은 오히려 거인 영감인데, 왜냐하면 끝내 장물을 찾지 못해 그의 온 집안이 울부짖었기 때문이다. 그 다음은 짜오씨 댁인데, 수재가 읍내에 고발하러 갔다가 악질 혁명당에게 변발을 잘렸을 뿐만 아니라 또 2만문의 포상금을 쓸데없이 써버렸기 때문에 온 집안이 울부짖었다. 역시 이날 이후 그들은 점점 망해가는 사대부집 같은 분위기를 자아냈다.[56]

여론을 보면 웨이좡에선 아무런 이의 없이 아Q가 물론 나쁘고 총살을 당한 것이 바로 그가 나빴다는 증거라고 했다. 나쁘지 않았다면 어찌 총살을 당했겠는가? 그러나 성안에서의 여론은 좋지 못했는데 총살은 목을 자르는 것만큼 재미가 없다고 생각하여 그들은 대부분 불만이었다. 그리고 그건 얼마나 시시한 사형수인가. 그토록 오래 거리를 다녔는데 끝까지 창도 한마디 못 부르다니, 그들이 따라다닌 것은 완전히 헛된 일이었다.

1921년 12월

56 조수재趙秀才는 읍내에 갔다가 변발을 잘리고 게다가 아Q 체포 시 파총把總이 건이 만문二萬文의 현상금을 부담한 것 등으로 해서 조가趙家는 혁명당으로부터 소외되었음을 알 수 있고, 이로 인해 점점 망해가는 사대부집 같은 분위기가 생긴 것이다.

비누肥皂

◎ 쓰밍四銘부인은 저녁 햇빛 속에서 북쪽 창문을 등지고, 여덟 살 난 딸 슈얼秀兒과 함께 종이돈에 풀칠을 하고 있었다. 그때 갑자기 무겁고 느린 발걸음 소리가 들렸으므로 쓰밍이 들어온 것을 알았지만, 그녀는 나가 보지도 않고 그대로 종이돈에 풀칠을 하고 있었다. 그런데 그 신발 소리가 더욱더 가까이 들려오더니 마침내 그녀 옆에서 멈추는 것을 느꼈다. 그래서 눈을 들어 보니, 쓰밍이 바로 그녀 앞에 서서 한쪽 어깨를 올리고 허리를 굽혀서는 마고자 안에 입은 저고리 안주머니에 손을 넣어 무언가를 열심히 더듬어 찾고 있었다.

가까스로 뒤져 꺼낸 그의 손에는 조그마한 장방형 녹색 종이에 싼 물건이 쥐어져 있었다. 그는 그것을 쓰밍 부인에게 주었다. 그녀가 그것을 받아보니, 올리브 향 같기도 하고 아닌 것 같기도 한, 뭐라 말할 수 없는 향기가 코를 찔렀다. 그리고 또 녹색 종이로 포장된 위에는 금빛 찬

란한 인장과 작은 꽃무늬가 많이 있었다. 슈얼이 갑자기 뛰어들어 뺏으려고 하자 쓰밍 부인은 재빨리 그 애를 밀어버렸다.

"시내에 나갔다 오셨나요?……"

그녀는 물건을 보면서 물었다.

"응."

그는 그녀의 손 안에 있는 종이포장을 보며 말했다. 녹색의 종이 포장이 벗겨지자 속에는 또 한 장의 얇은 종이가 있었는데, 이것도 녹색이었다. 그 얇은 종이를 펴보니 비로소 그 물건의 본체가 드러났다. 그것은 매끈매끈하고 단단했으며 미색이었다. 올리브향 같기도 하고 아닌 것 같기도 한 분명히 말할 수 없는 짙은 향기가 코를 찔렀다.

"어머나, 이거 정말로 좋은 비누군요."

그녀는 어린애를 안아 들어 올리듯 그 녹색 물건을 코 밑에 갖다 대고 냄새를 맡으면서 말했다.

"응. 당신, 앞으로 이걸 써요……."

그녀는 쓰밍이 입으로는 그렇게 말하면서 눈은 그녀의 목덜미를 쏘아보자 광대뼈 아래쪽 볼이 달아오르는 것 같았다. 그녀 자신도 어떤 때 우연히 목덜미에 손을 대 보면, 특히 귀 뒤 언저리가 꺼칠꺼칠한 것을 손끝으로 느끼고는 벌써 몇 년 째 쌓여온 때라는 것을 알고는 있었지만, 지금껏 별로 개의치 않았었다. 그러나 지금 그가 빤히 보고 있고, 또 독특한 향기를 풍기는 녹색의 외제 비누 앞에서 얼굴이 화끈거리지 않을 수가 없었다. 이 화끈거림은 더욱 더 퍼져서 끝내 귀 언저리까지 이르렀다. 그래서 그녀는 저녁밥을 먹고 나면 이 비누로 정성을 다하여 씻기로 작정했다.

"어떤 곳은 쥐엄나무 열매만 가지고는 깨끗하게 씻기지가 않아요."

그녀는 혼자 중얼거렸다.

"엄마, 이거 나 줘!"

슈얼이 손을 뻗쳐 녹색 포장지를 억지로 뺏으려고 했다. 밖에서 놀던 작은 딸 자오얼招兒도 달려왔다. 쓰밍 부인은 재빨리 그들을 밀어내고는, 얇은 종이로 비누를 잘 싼 다음 또 처음대로 녹색종이에 쌌다. 발 돋음을 해서 세면대 제일 높은 곳의 격자에 올려놓고는, 다시 한 번 확인한 뒤 돌아와서 다시 종이돈에 풀칠을 했다.

"쉬에청學程!"

쓰밍은 한 가지 일이 생각난 듯 갑자기 소리 높여 아들을 부르고는, 그녀의 맞은편에 있는 등이 높은 의자에 앉았다.

"쉬에청!"

그녀도 따라서 불렀다.

그녀는 종이돈에 풀칠하던 것을 멈추고 귀를 기울였으나 아무런 반응이 없었다. 그녀는 남편이 머리를 세우고 초조하게 기다리는 모습을 보니 약간 미안한 생각이 들어 이번에는 있는 힘을 다해 날카로운 소리로 불렀다.

"취에얼絟兒!"[1]

이번에는 확실히 효과가 있었다. 가죽신 소리가 탁탁 가까이

1 쉬에청學程은 학명學名이고, 취에얼絟兒은 아명兒名.

오더니 조금 있다가 쉬에얼이 그녀 앞에 서 있었다. 속옷만 입은 채로 살찐 둥근 얼굴에 땀이 번들거리고 있었다.

"너 뭘 하고 있었니? 아버지께서 부르셨는데, 안 들렸니?"

그녀는 꾸짖으며 말했다.

"전 방금 팔괘권八卦拳을 연습하고 있었어요……." 그는 곧 쓰밍 쪽으로 몸을 돌려 꼿꼿이 서서 아버지를 보았다. 무슨 일인가 하고 묻는 자세다.

"쉬에청, 네게 물어볼 게 있다. '어뚜푸惡毒婦' 라는 게 뭐지?"

"어뚜푸요?……그건 '매우 흉악한 여자' 를 가리키는 게 아닌가요?……"

"무슨 터무니없는 소릴!"

쓰밍은 갑자기 몹시 화를 내면서 말했다.

"그럼 내가 여자란 말이냐?"

쉬에청은 놀라서 두어 걸음 물러서며 차렷자세로 섰다. 그는 비록 아버지의 걸음걸이가 마치 무대에 나오는 노인과 비슷하다고 생각한 적은 가끔 있었지만, 아버지를 여자 같다고 생각한 일은 없었기 때문에 자신의 대답이 전혀 틀렸다는 것을 알았다.

"어뚜푸가 '매우 흉악한 여자' 라는 것을 몰라서 네게 묻는 줄 알고 있니? 그건 중국말이 아니라 양놈의 말이야. 무슨 뜻인지 알겠느냐?"

"전……, 모르겠습니다."

쉬에청은 점점 더 겁을 먹기 시작했다.

"흥, 난 돈을 써가면서 너를 학교에 보냈는데 이런 것조차 모른단 말이야. 어째 너희 학교는 '말하고 듣는 것을 함께 중시한다.' 고 자랑스럽게 떠들어 대면서 아무 것도 제대로 가르치질 않느냔 말이다. 이 양놈 말을 했던 아이는 기껏해야 열 네 다섯 살밖에 안 된, 너보다 조금 어린 애였어. 그런데도 중얼중얼 거리며 잘도 지껄이더군. 넌 무슨 뜻인지조차 모르면서, 그래도 그 얼굴로 '잘 모르겠는 데요' 라니……, 당장 나가서 찾아보고 와!"

쉬에청은 기어들어가는 목소리로 "네" 하고 대답하고는 공손히 물러났다.

"이거 정말 돼먹지 않았어."

하고는 잠깐 있다가, 쓰밍은 또 개탄하며 말했다.

"요즘의 학생이란 것들은, 사실 광서光緒[2]연간에 나도 가장 열렬히 학교설립을 제창했던 사람인데, 학교의 폐단이 이와 같이 크리라곤 정말 생각도 못했단 말이야. 무슨 해방이네, 자유네, 하면서 실제로 배우는 것도 없이 법석을 떨기만 할 뿐이야. 쉬에청을 보라고, 그 애를 위해서 적지 않은 돈을 썼는데 모두 헛돈을 쓴 거지. 가까스로 중서中西 절충식 학교에 넣고, 영어는 또 '말하고 듣는 것을 함께 중시한다.' 고 하여 그것이 좋은 방법이라고 생각했더니 흥, 그런데 일 년을 배웠으면서도 '어뚜푸' 조차 모르다니, 아마 여전히 죽은 글만 배운 모양이야. 흥, 학교가 무엇을 양성했다는 거야. 솔직히 말해서 전부 없애 버려야만 해."

"옳은 말씀 이에요. 정말 모두 없애는 것이 좋겠어요."

2 청淸 덕종德宗의 연호(1875-1908)

쓰밍 부인은 종이돈에 풀칠을 하면서 맞장구를 쳤다.

"슈얼 같은 애들은 학교 같은데 보낼 필요가 없어. 전에 쥬九영감이 '여자애들에게 무슨 공부를 시키느냐?' 면서 여자 교육에 반대했을 때 난 그래도 쥬 영감을 공격했었는데, 지금 와서 보니 역시 나이 잡순 노인 말이 옳았어. 생각 좀 해 보라고. 여자가 어정어정 거리를 나다니는 것도 점잖게 볼 수 없는데, 그들은 도리어 머리를 짧게 자르기까지 한다는 거야. 내가 가장 싫어하는 것이 머리를 짧게 자른 그런 여학생들이야. 솔직히 말해서, 군인이나 비적들에 대해서는 그래도 용서할 수 있지만, 천하를 소란하게 하는 것들이 바로 이 여학생들이니, 마땅히 엄하게 다스려야해……."

"옳은 말씀 이예요. 남자들이 모두 중처럼 되어버린 것도 부족해서 여자들까지 또 비구니 흉내를 내고 있으니……."

"쉬에청!"

쉬에청은 금테 둘린 작고 두꺼운 책을 받쳐 들고 빠른 걸음으로 들어와서는, 곧 그 책을 쓰밍에게 건네주면서 한 곳을 가리키며 말했다.

"이것이 그거 같은데요. 이거요……"

쓰밍이 받아 보고는 사전이라는 것을 알았다. 그러나 글자가 매우 작고 또 횡서橫書였다. 쓰밍은 창문 쪽으로 향해 이맛살을 찌푸리며 눈을 가늘게 뜨고 쉬에청이 가리킨 한 줄을 읽어나갔다.

"'십 팔 세기에 창립한 공제조합의 명칭' 음, 틀렸어. 이 발음은 어떻게 하지?"

쓰밍은 앞에 있는 '양놈 글자' 를 가리키며 물었다.

"오드휄로우즈Oddfellows"

"아냐, 틀렸어. 그게 아니야."

쓰밍은 또 갑자기 화를 내기 시작했다.

"너한테 말했잖아, 그건 나쁜 뜻의 말이라고. 남을 욕할 때, 나 같은 사람을 욕할 때 쓰는 말이야. 알겠어? 찾아봐!"

쉬에청은 그를 쳐다보면서 꼼짝 않고 있었다.

"그게 무슨 풀기 어려운 수수께끼에요, 밑도 끝도 없이? 당신이 먼저 똑똑히 설명을 해주고 나서, 저 애더러 정신 차려 찾아보라고 해야지요."

그녀는 쉬에청이 난처해하는 것을 보고 불쌍한 생각이 들어 끼어들면서 불만스러운 듯 말했다.

"글쎄 내가 큰 거리에 있는 광윤상廣潤祥에서 비누를 사고 있는데……"

쓰밍은 한번 숨을 내쉬고는 그녀 쪽으로 얼굴을 돌리고 말했다.

"가게에서 학생 셋이 물건을 사고 있었어. 그들이 나를 볼 때 물론 아마 잔소리가 좀 많다고 보았겠지. 나는 대여섯 가지를 한 번에 꺼내놓고 보았는데, 모두 사십 전 이상짜리여서 사지 않았어. 하나에 십 전짜리 하는 것을 보았는데 그건 또 너무 나빠서 아무런 향기도 없었어. 나는 중간 정도가 좋겠다고 생각하고 그 녹색의 것을 골랐지. 이십 사 전이었어. 점원은 원래가 돈 귀신이어서 눈을 치켜뜨고는 벌써 심통이 나서 개 주둥이를 하고 있었지. 나를 더욱 화나게 한 것은 그 조무래기 같은 학생 놈들이 인상을 쓰면서 알아듣지 못할 도깨비 말을 지껄여대며 웃더란 말이야. 그런 후에 나는 뜯어서 확인한 다음에 돈을 지불하려고 했지. 서양종이로 포장되어 있으니 물건이 좋고 나쁜 것을 어떻게 알 수가 있어야지? 그런데 그 돈 귀신이 안 된다고 할 뿐만 아니라 억지 이유를 대면서 가증스럽게 쓸데없는 말들을 무수히 지껄여 대더란 말이야. 그리고 조무래기들이 한패가 돼서 날 조롱하고 히히덕거리지 않겠어. 제일 작은 놈이 말한 것이 그 말이야. 그리고 나를 보면서 그들은 모두 웃었으니 틀림없이 욕일거야."

"넌 '욕설에 대한 부분' 만 찾아 봐!"

쉬에청은 기어들어가는 목소리로 "네"하고 대답하고는 공손하게 물러났다.

"그들은 무슨 신문화新文化, 문화 하고 떠들어 대던데, 이 지경으로 '변화' 시켜 놓고도 아직 부족하단 말인가?"

그의 두 눈은 천정으로 향한 채 혼자서 떠들어댔다.

"학생들에게 도덕이 없으면 사회에도 도덕이 없지. 다시 무슨 대책을 세우지 않으면 중국은 정말 망하고 말거야. 당신 생각해봐요. 얼마나 한심스럽소?"

"뭐가요?"

그녀는 조금도 놀라지 않은 듯, 입에서 나오는 대로 물었다.

"효녀였어."

그는 눈을 돌려 그녀를 보면서 정중하게 말했다.

"큰 거리에 거지 둘이 있었는데, 하나는 젊은 여자였어. 보아하니 열여덟 아홉 살은 됐을 거야 사실 그런 나이에 구걸하기에는 걸맞지 않았지. 그런데도 그녀는 구걸을 하고 있더군 또 한 사람은 육칠십 세쯤 된 늙은이로 머리는 하얗고 눈은 멀었는데, 포목점 처마 밑에서 구걸을 하더군. 사람들은 그녀는 효녀이고, 그 늙은이는 할머니라는 거야. 그 처녀는 무 하나라도 구걸한 것이 있으면 모두 할머니에게 드리고 자기는 배가 고파도 참는다는 거야. 그런데 이 같은 효녀에 대해 기꺼이 시주하려는 사람이 있었을까?"

쓰밍은 마치 그녀의 생각을 시험해 보기라도 하는 것처럼 눈빛을 발하며 그녀를 주시했다.

그녀는 대답하지 않고 오히려 그가 설명해 주기를 기다리기라도 하는 것처럼 눈으로 그를 주시했다.

"허참, 없더란 말이야."

그는 결국 자신이 대답했다.

"내가 한참동안 보고 있었지만, 한 사람이 일 문文의 돈을 주었을 뿐, 다른 사람들은 주위를 둘러싸고는 오히려 놀려대기만 했어. 게다가 두 명의 불한당이 뻔뻔스럽게 말하더군. '아화阿發야. 너 저 애를 더럽다고 생각해서는 안 돼. 비누 두 개를 사가지고 온몸을 싹싹 씻겨 보라고. 아주 좋을 테니!' 당신 생각해 보라고. 그게 말이나 되느냐고?"

"흥"

그녀는 고개를 숙이고 한참 있다가 겨우 귀찮은 듯이 물었다.

"당신은 돈을 주었어요?"

"나? 안 줬어. 일 이 전은 정말 줄 수가 없더군. 그녀는 보통 거지가 아니거든, 어떻든……."

"흠"

하고 그녀는 끝까지 듣지도 않고 천천히 일어나서 부엌으로 나가 버렸다. 어둠이 짙어가며 벌써 저녁때가 되었다.

쓰밍도 일어나서 정원으로 나갔다. 하늘은 방안보다 밝았다. 쉬에청은 담 모퉁이에서 팔괘권을 연습하고 있었다. 이것은 낮과 밤이 바뀌는 시간이라도 아껴 쓰라는 쓰밍의 '정훈庭訓'[3]으로, 쉬에청은 벌써 반 년 이상을 실행에 옮기고 있었다. 쓰밍은 만족한 듯이 약간 고개를 끄덕인 후 곧 뒷짐을 지고는 텅 빈 정원을 왔다 갔다 하며 걷기 시작했다. 얼마 지나지 않아, 하나밖에 없는 분재盆栽인 만년청萬年靑의 넓은 잎도 벌써 어둠 속에 가려졌고, 누더기 솜 같은 구름 사이로 별이 반짝거리기 시작했다. 어두운 밤이 이제부터 시작되는 것이었다. 이때 쓰밍은 자기도 모르게 흥분하면서, 마치 주위의 불량학생과 악한 사회에 대해서 선전포고라도 해야 할 큰 이유라도 있듯이 더욱 의기충천하여 발걸음도 더욱 더 커졌고, 천으로 만든 신발 끄는 소리 또한 한층 더 높아졌다. 둥우리 속에서 이미 잠들어 있던 암탉과 병아리들이 놀라서 꼬꼬대 꼭꼭, 삐약삐약 소리를 내며 울어대기 시작했다.

거실에 불이 켜졌다. 이것은 저녁밥을 먹으러 오라는 신호의 봉화불이다. 집 안에 있는 사람 모두가 중앙에 놓인 탁자 주위에 둘러앉았다. 불은 아래쪽에 놓여 있었고, 맨 위쪽에는 쓰밍이 혼자

3 아버지의 가르침. 《논어論語 계씨季氏》편에 공자孔子가 정원에 서 있는데 아들 공리孔鯉가 지나가는 것을 보고 불러 세워 시詩와 예禮를 배우도록 가르쳤다는 내용이 있다. 여기서 유래된 것으로, 아버지의 교훈을 일컬어 '과정지훈過庭之訓' 또는 '정훈庭訓'이라 한다.

서 앉았는데, 역시 쉬에청처럼 기름지고 살찐 둥근 얼굴이었다. 그러나 가느다란 팔자수염이 더 있었다. 요리와 국에서 피어오르는 뜨거운 김 속에서 탁자 한쪽을 독점하고 앉아 있는 그의 모습은 마치 사당에 있는 재신財神과도 같았다. 왼쪽에는 쓰밍 부인이 자오얼을 데리고 앉고, 오른쪽에는 쉬에청과 슈얼이 나란히 앉았다. 밥그릇과 젓가락 소리가 비 오는 소리처럼 들렸다. 비록 모두가 말은 하지 않았지만 그래도 활기가 넘친 저녁 식사였다.

자오얼이 밥그릇을 뒤엎는 바람에 국물이 식탁에 절반이나 흘렀다. 쓰밍이 가느다란 눈을 있는 대로 부릅 떠 쏘아보자 자오얼이 울려고 하므로 비로소 시선을 돌리고는, 젓가락을 뻗쳐 바로 전에 보아 두었던 배추 속잎을 집으려 했다. 그러나 배추 속잎은 이미 보이지 않았다. 그가 옆을 흘깃 보니, 쉬에청이 막 젓가락으로 그것을 집어서 크게 벌린 입 속으로 넣는 것이었다. 그래서 쓰밍은 씁쓸하지만 누런 이파리를 집어먹을 수밖에 없었다.

"쉬에청!"

쓰밍은 그의 얼굴을 쳐다보며 말했다.

"그 단어는 찾았느냐?"

"그 단어요?…… 아직 못 찾았어요."

"흥. 그것 봐. 학문도 없고, 게다가 도리도 모르고, 오로지 아는 건 먹는 것뿐이란 말이야. 그 효녀를 배우라고. 거지 노릇을 하면서까지 할머니에게 효도를 다하면서, 자기 배고픈 것은 참고 있었어. 그런데 너희들 학생들이 어디 그런 걸 알아? 그저 제멋대로 남의 눈치 보지 않고 행동하니, 장차 그 불한당들처럼 될 수밖에……."

"하나 생각나는 게 있긴 한데, 맞는지 모르겠어요 내 생각엔 그들이 말한 것이 아마도 '올드 훌Old Fool' 일 것 같아요."

"오오, 그래! 바로 그거야. 그들이 말한 발음이 바로 그 소리였다고. '어뚜푸리에惡毒夫咧' 그게 무슨 뜻이냐? 너도 그놈들과 같은 또래잖아? 알고 있겠지."

"그 뜻은 – 저도 잘 몰라요."

"거짓말 마! 날 속이려고, 너희들은 모두 못된 놈들이야."

" '하늘도 밥 먹는 사람을 치지 않는다' 고 하는데, 당신 오늘 어떻게 된 게 역정만 내시더니 밥 먹을 때까지 못살게 구시네요. 애들이 무얼 안다고 그래요."

쓰밍 부인이 갑자기 말했다.

"뭐라고?"

쓰밍이 막 소리를 지르려고 그녀를 보니, 그녀의 홀쭉한 양 볼은 불룩하게 부어 있었고, 얼굴색까지 몹시 변해 있었으며 세모꼴의 눈에서도 무서운 빛을 발하고 있었다. 쓰밍은 재빨리 어조를 바꾸어 말했다.

"나도 뭐 화를 내는 건 아니고, 다만 쉬에청에게 사리를 좀 알게 하려고 했을 뿐이야."

"그 애가 당신 마음속에 있는 일을 어떻게 알겠어요?"

그녀는 더욱더 기세를 올렸다.

"그 애가 만일 사리를 판단할 수 있다면 벌써 등불이나 횃불을 켜가지고 그 효녀를 찾아갔겠죠. 마침 당신이 그 여자를 위해 사둔 비누가 여기 하나 있으니 다시 하나 더 사 가지고…….”

“그만 둬! 그 말은 그 불한당 놈들이 한 말이야.”

“그럴 것 없어요! 가서 하나 더 사다가 그녀한테 주고, 온 몸을 싹싹 씻겨서 받들어 모시면 천하가 태평하겠구려.”

“그게 무슨 말이야? 그게 무슨 상관이 있다고. 난 당신이 비누가 없는 것을 생각했기 때문에……”

“어째서 상관이 없어요? 당신이 특별히 그녀에게 사다 준 것이니까 당신이 싹싹 씻어 주구려. 나 같은 건 자격이 없으니까 필요 없어요. 나까지 효녀의 은혜를 입고 싶지 않아요.”

“그게 도대체 무슨 말이오? 당신네 여자들은……”

쓰밍은 얼버무리느라고, 마치 쉬에청이 팔괘권을 연습하고 난 뒤처럼 얼굴에 기름땀을 흘렸다. 그러나 그건 아마도 반쯤은 너무 뜨거운 밥을 먹었기 때문이었으리라.

“우리들 여자들이 어떻단 말이에요? 우리 여자들은 당신네들 남자보다 훨씬 낫지요. 당신네 남자들은 열아홉 살 된 여학생을 욕하지 않으면 열아홉 살 된 여자거지를 칭찬하는데 모두가 착한 마음씨들이 아니에요. ‘싹싹’ 이라니, 정말 뻔뻔도 하지!”

“내가 이미 당신한테 말하지 않았소? 그건 불한당 놈들이…….”

“쓰밍!”

밖의 어둠 속에서 갑자기 그를 부르는 큰 소리가 들렸다.

“따오퉁道統인가? 내 곧 나가지!”

쓰밍은 목소리 크기로 유명한 허따우퉁何道統이라는 것을 알자,

마치 사면이라도 받은 듯이 기뻐하며 큰 소리로 말했다.

"쉬에청, 너 빨리 불을 켜고 허 아저씨를 서재로 모셔라!"

쉬에청은 촛불을 밝히고 따오퉁을 안내해서 서쪽 방으로 들어갔다. 뒤에는 푸웨이웬卜薇園이 따르고 있었다.

"너무 늦어서 미안하네."

쓰밍은 아직도 밥을 씹으면서 나와 두 손을 맞잡고 인사하며 말했다.

"우리 집에서 식사라도 하지, 어때?"

"벌써 먹었는걸."

웨이웬도 일어나 맞아 인사하며 말했다.

"우리들이 이렇게 밤 늦게 찾아온 것은 이풍문사移風文社의 제18회 작품모집의 제목에 관한 일 때문일세. 내일이 '칠일 째'가 아닌가?"

"오! 오늘이 십 육 일이던가?"

쓰밍이 갑자기 깨달은 듯이 대답했다.

"보라고, 얼마나 멍청한가!"

따오퉁이 큰 소리로 말했다.

"그렇다면 오늘 밤에라도 신문사에 보내서 내일 꼭 게재할 수 있도록 해야겠군."

"작품의 제목은 내가 이미 생각해 보았는데 쓸 만한지 어떤지 좀 봐 주게."

따오퉁이 말하면서 손수건으로 싼 한 장의 종이를 꺼내서 그에게 주었다.

쓰밍은 촛대 앞에 다가앉아서 종이를 펼치고 한 자 한 자 읽어 내려갔다.

"〈전 국민이 삼가 대총통께, 오로지 경전經典을 중히 여기고 맹모孟母를 숭상함으로써 퇴폐풍조를 바로잡고 국수國粹를 보존하도록 하는 명령을 특별히 반포하시기를 공동으로 청원하는 글〉. 아주 좋은데, 아주 좋았어. 그런데 글자 수가 너무 많은데?"

"괜찮아."

따오퉁이 큰 소리로 말했다.

"내가 계산해 보았는데 광고비를 더 추가할 필요는 없어. 그러나 시제詩題는 어떻게 하지……?"

"시제?"

쓰밍은 갑자기 진지한 태도를 지으며 말했다.

"내가 생각한 게 있는데, '효녀행孝女行'[4]이야. 이건 실제로 지금 있는 일이니, 그녀에게 표창을 해야만 될 일이라고. 내가 오늘 큰 거리에서……."

"어, 그건 안 돼."

웨이웬은 급히 손을 흔들며 그의 말을 막았다.

"그건 나도 보았지. 그녀는 아마 타지방 사람일 거야. 나는 그녀의 말을 알아듣지 못했고, 그녀도 내 말을 알아듣지 못했어. 결국, 그녀가 어디 사람인가를 알 수가 없었지. 사람들이 모두 그녀를 효녀라고 해서 난 그녀에게 시를 지을 수 있느냐고 물었어. 그

4 행行은 장시長詩의 한 형태. 두보杜甫의 병거행兵車行, 백거이白居易의 비파행琵琶行이 유명하다.

녀는 고개를 젓더군. 만약 그녀가 시를 지을 수 있다면 참 좋은 데……."

"그러나 충효는 대절大節인데 시를 못 짓는다고 해도……."

"그건 그렇지 않아. 누구나 그렇지 않다는 것을 알아."

웨이웬은 손바닥을 펴서 쓰밍을 향해 흔들고 밀어내며 힘주어 말했다.

"시를 지을 수 있어야만, 흥취가 나는 거니까."

"우리들은" 하며 쓰밍은 그를 밀어붙이고는 "이 제목을 택해서, 설명을 추가해 신문에 내도록 하지. 첫째는 그 여자를 표창하기위해서이고, 둘째는 이것을 구실로 사회에 일침을 가하자는 거야. 지금의 사회는 정말 꼴이 아니야. 내가 한나절이나 옆에 서서 지켜보았지만, 결국 누구 하나 돈 한 푼 주는 사람을 보지 못했으니 이건 정말 양심이 조금도 없는……"

"아, 쓰밍" 웨이웬은 또 말을 막았다. "자넨 정말 '중더러 대머리라고 욕하는' 격이군. 나 역시 돈을 안 줬어. 그때 난 마침 가진 돈이 없었네."

"마음 쓰지 말게, 웨이웬!"

쓰밍은 또 그의 말을 막으며 말했다.

"자네는 물론 제외니까 말할 것도 없네. 내 말하는 것 좀 들어보라고. 그녀 앞에는 한 무리의 사람들이 둘러서서, 조금이라도 경의를 표시하기는커녕 놀려대기만 했어. 그 중 불한당 두 놈이 있었는데, 그놈들은 뻔뻔스럽게 제멋대로였어. 그 중 하나가 '아화야. 너 비누 두 개 사서 온몸을 싹싹 씻겨 보라고. 정말 좋을 테니까' 하고 말하지 않겠나. 자네 생각 좀 해 보게. 이건……"

"하하하, 비누를 두 개씩이나!"

따오퉁의 우렁찬 웃음소리가 갑자기 폭발했다. 사람들의 귀가 멍멍할 정도로 소리쳤다.

"자네가 산다고? 하하 하하"

"따오퉁, 따오퉁, 그렇게 떠들어 대지 말라고."

쓰밍이 놀라서 황망히 말했다.

"싸악싸악이라, 하하"

"따오퉁!" 쓰밍이 얼굴을 찌푸리며 말했다. "우리들이 진지한 일을 가지고 의논하고 있는데, 자네 좀 들어봐. 우리들은 이 두 제목을 모두 택해서 곧 신문사로 보내고, 내일 꼭 신문에 게재해 달라고 하세. 이 일은 자네 두 사람이 수고해 줘야겠네."

"할 수 있지. 그야 물론이지."

웨이웬은 곧 응낙했다.

"흐흐 씻는단 말이지. 싸악…… 싹. 히히히……"

"따오퉁!"

쓰밍은 화가 나서 소리쳤다.

따오퉁은 이 한 마디에 웃음을 그쳤다. 그들은 상의해서 설명문을 작성했다. 웨이웬이 편지지 위에 베껴 써서 따오퉁과 같이 신문사로 찾아가기로 했다. 쓰밍은 촛대를 들고 문 앞까지 그들을 전송했다.

거실 앞까지 되돌아오자 마음이 약간 불안했다. 조금 주저하다가 결국은 문지방을 넘어섰다. 그가 문을 들어가자마자 맨 먼저 눈에 뜨인 것은 가운데 네모난 탁자 위에 놓인 녹색 포장지로 싼 조그만 장방형의 그 비누였다. 포장 중앙의 금색으로 인쇄된 것이 등불 아래서 번쩍번쩍 빛나고 있었고 그 주위에는 가늘고 잔 꽃무늬가 있었다.

슈얼과 자오얼은 탁자 아래 마루에 쭈그리고 앉아 놀고 있었고 쉬에청은 탁자 오른쪽에 앉아 사전을 찾고 있었다. 등불에서 제일 먼 곳에 떨어진 어두운 그림자 속에 있는 높은 의자에는 쓰밍 부인이 앉아 있었다. 등불이 비치는 곳에 그녀의 활기 없는 무표정한 얼굴에는 희로喜怒의 빛이 조금도 나타나 있지 않고, 눈마저도 아무것도 보고 있는 것 같지 않았다.

"싸악 싹, 싸악 싹, 뻔뻔스러워……."

쓰밍은 슈얼이 그의 등 뒤에서 이렇게 말하는 소리를 조용히 들었다. 되돌아보니 슈얼은 움직이지 않고 있었다. 다만 자오얼이 그의 조그마한 두 손가락으로 자기의 얼굴을 긁고 있을 뿐이었다.

쓰밍은 앉아 있는 것이 답답하게 느껴져 촛불을 끄고 정원으로 나갔다. 그가 조심하지 않고 왔다 갔다 하자 암탉과 병아리들이 꼬꼬댁 꼭꼭 삐약삐약 소리를 내며 울기 시작했다. 그는 곧 발소리를 죽여 좀 멀리 걸어갔다.

시간이 꽤 지난 뒤 거실의 등불이 침실로 옮겨졌다. 쓰밍은 땅에 비치는 달빛을 보았다. 마치 기운 데가 없는 흰 비단을 가득히 깔아 놓은 것 같았다. 조금도 이지러진 곳을 찾아볼 수 없는 옥쟁반 같은 달이 흰 구름 사이에 나타났다.

쓰밍은 매우 슬퍼졌다. 마치 그 효녀처럼 아무도 돌봐주는 이 없는 사람이 되어 외로워진 것 같았다. 그는 이날 밤, 아주 늦게서야 잠자리에 들었다.

그러나 다음날 아침이 되자, 비누는 사용되어 있었다. 이 날, 쓰밍은 평상시보다 늦게 일어났다. 그녀가 이미 세면대에 몸을 굽히고 목덜미를 문지르고 있는 것이 보였다. 비누의 거품이 마치 큰 게가 입가에 거품을 내뿜고 있는 것처럼 높게 두 귀 뒤에 싸여 있었다. 전에 쥐엄나무 열매를 사용할 때 아주 적은 흰 거품만이 있던 것과 비교한다면 그 높고 낮음이 참으로 천지차이였다.

이후부터 쓰밍 부인의 몸엔 언제나 올리브 향 같으면서도 올리브 향이 아닌, 뭐라고 말할 수 없는 향기가 배어 있었다. 거의 반 년쯤 지나자, 또 냄새가 바뀌어 냄새를 맡아본 사람들은 모두 백단의 향기 같다고 말했다.

1924년 3월 22일

고독한 사람孤獨者

1

◎ 내가 웨이롄수魏連殳를 알게 된 것을 생각해 보면 꽤나 별스러웠는데, 결국 장례로 시작해서 장례로 끝난 것이다.

그때 나는 S시에 살고 있었는데 종종 사람들이 그의 이름을 입에 올리는 것을 듣고 있었으며 모두들 그를 무척 괴팍한 사람으로 말하고 있었다. 동물학을 전공했는데도 중학교에서 역사 선생을 하고 있다느니, 다른 사람에게 호감을 주지 못하면서도 쓸데없이 남의 일에 참견하기를 좋아한다느니, 가정 같은 것은 부셔버려야 한다고 늘 말하면서도 월급만 타면 즉시 할머니께 돈을 빠짐없이 부쳐주는데, 하루도 어기는 일이 없다느니 하는 말들을 했다.

이 밖에도 여러 가지 사소한 이야기가 많았으니, 요컨대 그는 S성에서는 얘기 거리를 제공해주는 사람이었던 것이다.

어느 해 가을, 나는 한스산寒石山의 친척집에서 한가하게 지낸 적이 있었다. 이 집의 성씨가 웨이魏였고, 렌수와 친족 간이었다.

하지만 그들은 렌수에 대해서는 통 모르고 있었다. 마치 그를 외국인 대하듯 하면서 "우리들과는 전혀 다른 사람이다" 고 말했다.

이것은 별로 이상한 일도 아니다. 중국이 새로운 교육을 시작한 지 이미 20년이나 지났는데도 한석산에는 소학교조차 없었다. 게다가 산골 마을 통틀어서 외지로 유학한 학생은 렌수 한 사람뿐이었기 때문에 마을 사람들은 그를 별종으로 생각할 수밖에 없었다.

그러나 또 그들은 그를 매우 질투하고 부러워하였으며 그가 돈을 많이 벌었다고 말하기도 했다.

늦가을이 되어 이 산골 마을에 이질이 유행했다. 나도 염려가 되어 성안으로 돌아가려고 생각하고 있었다.

그 때, 렌수의 할머니가 이질에 감염되었다는 소문을 들었다. 나이가 많기 때문에 몹시 중태라는 것이었다. 산골이라 의사라고는 한 사람도 없었다.

그의 가족이라곤 식모 하나를 데리고 간단한 살림을 꾸려 나가고 있는 이 할머니 한 분 뿐이었다. 렌수는 어려서 부모를 잃고 이 할머니 손에서 양육되어 어른이 되었다. 이 할머니도 이전에는 갖은 고생을 다 겪었다고 하는데, 지금은 안락한 생활을 하고 있었다. 다만 렌수에게 처자식이 없었기 때문에 집안이 아무래도 쓸쓸했다. 이것이 아마도 바로 사람들이 말하는 '우리들과 다르다' 는 원인의 하나였던 것 같다.

한스산은 성에서 육로로 백리, 뱃길로는 70 리나 떨어져 있어서 사람을 보내어 롄수를 불러오는 데만도 적어도 왕복 나흘은 걸렸다. 산골 벽지에서는 이런 일이 사람들의 관심을 끄는 커다란 뉴스였다.

다음날에는 환자의 병세가 이미 지극히 위중하여 심부름 갈 사람이 출발했다는 소문이 온 마을에 퍼졌다. 하지만 환자는 마침 밤중 두 시쯤 숨을 거두었다.

"왜 롄수를 한 번 만나게 해주지 않느냐?……"

이 말이 마지막 이었다.

족장族長을 비롯하여 가까운 친척, 할머니 친정집 일가, 그리고 마을의 한가한 사람들이 한 방에 모여, 롄수가 언제쯤 이곳에 도착할 것인지 이야기들을 하고 있었는데 대체로 입관이 시작될 무렵일 거라는 의견들이었다.

관과 수의 등은 이미 준비되어 있었기 때문에 새로 장만할 필요가 없었지만, 어떻게 '맏 상주'를 대해야 할까, 하는 것이 그들에게 가장 큰 문제였다. 왜냐하면 그가 장례 의식을 모두 신식으로 고칠 것임에 틀림없다고 예상되었기 때문이었다.

모두들 모여 상의한 결과, 대체로 세 개의 커다란 조건을 마련하여 반드시 그에게 실행시키기로 결정이 났다.

그 첫째는 상복을 입을 것, 둘째는 무릎을 꿇고 배례를 드릴 것, 셋째는 중이나 도사道士를 불러 불공을 올릴 것 등으로 결국 모두 옛 관례대로 한다는 것이었다.

그들은 의결이 정해지자, 롄수가 도착하는 날 모두 함께 대청 앞에 모여 진을 치고 서로 호응하면서 협력하여 철저하게 담판을 하자고 약속했다. 마을 사람들은 침을 삼키며 신기한 소식을 기다리고 있었다.

그들은 롄수가 서양교육을 받은 '신식 놈新黨' 이고, 이때껏 일의 옳고 그른 도리를 따져 보지 않았으므로, 쌍방의 충돌은 아마 불가피할 것이며, 혹은 생각지도 못했던 진기한 구경거리가 될 것이라고 여겼다.

롄수가 집에 도착한 것은 오후였는데, 그는 문에 들어서자 할머니 영전靈前에 약간 허리를 굽혔을 뿐이었다. 그래서 족장들은 곧 예정된 계획대로 일을 진행시켰다.

그를 대청으로 불러내어 한참 서두를 장황하게 늘어놓은 다음 본론으로 들어갔다. 모두들 서로 맞장구를 치며 이러쿵저러쿵 말을 주고받고 하여, 그에게는 논박할 기회도 주지 않았다. 그러나 결국에는 말들을 다 끝내고 나자 침묵이 대청 안에 꽉 찼다.

사람들은 모두 두려움에 찬 듯이 그의 입을 바라보고 있었다.

그러나 롄수는 얼굴빛도 바꾸지 않고 간단히 대답했다.

"다 좋습니다!"

이것이 또 그들에겐 천만뜻밖이었다. 모든 사람들의 마음의 무거운 짐은 이것으로 가벼워졌지만, 또한 마치 짐을 더 보탠 것 같기도 했다. 너무나 '예상 외' 이어서 도리어 더 걱정이 되는 것 같았다.

이 소문을 들은 마을 사람들도 적잖이 실망했다. 그래서 서로 떠들기를,

"이상한 일도 다 있지! '다 좋습니다.' 라고 그랬대! 우리 구경이나 가보세."

해가 저물 무렵이 되자 그들은 즐거운 듯이 집 앞에 가득 모여

들었다.

나도 구경하러 간 한 사람이었는데, 미리 향과 양초를 한 갑씩 보내 두었다.

그의 집에 도착했을 때에는 벌써 롄수가 죽은 사람에게 수의를 입히고 있었다. 그는 키가 작달막하고 야윈 사람으로, 길쭉하고 모난 얼굴을 하고 있었나. 넙수룩한 머리와 새까만 눈썹과 수염이 얼굴의 거의 절반이나 차지하고 있었고, 두 눈만이 어두운 기운 속에서 빛나고 있었다. 그런데 수의 입히는 것과 입관절차를 제대로 잘 해 마치 염하는 전문가처럼 솜씨가 능란하여, 옆에서 보는 사람들이 저절로 탄복하였다. 한스산의 관례로는 이런 경우엔 어떻게 하든 일가친척들이 반드시 귀찮은 주문을 하고 군소리를 늘어놓게 돼 있었다.

그는 그저 묵묵히 무슨 소릴 하여도 그대로 따르고 전혀 내색을 하지 않았다. 내 앞에 서 있던 머리가 희끗희끗한 할머니의 입에서는 선망羨望의 탄성이 흘러나왔다.

다음에는 배례하고 그 다음에는 곡을 하고 아낙네들이 모두 염불을 외웠다. 그 다음에는 입관이었다. 그 다음에는 배례를 한 후에 또 곡을 하는데, 곡은 관 뚜껑에 못을 박을 때가지 계속되었다.

이때, 한 순간 조용해지더니 별안간 사람들이 웅성대기 시작했다. 거기에는 놀라움과 불만의 기색이 떠돌았다. 나도 모르게 갑작스러운 느낌이 들었다. 롄수가 거적자리 위에 앉은 채, 두 눈을 어두운 기운 속에서 반짝이며 시종 한 방울의 눈물도 흘리지 않았던 것이었다.

입관은 이러한 놀라움과 불만의 분위기 속에서 끝이 났다. 사람들은 모두 불만스러운 기분이어서 뿔뿔이 흩어지고 싶은 눈치였으나 롄수는 아직도 거적자리 위에 앉은 채로 생각에 잠겨있었다. 그러다 별안간 그는 눈물을 흘리더니 이어 울음을 터뜨리고 그것은 곧 커다란 통곡으로 변하였다. 마치 상처를 받은 한 마리 이리가 깊은 밤 광야曠野에서 울부짖는 것 같았는데, 그 참담한 울음소리 속에는 노여움과 슬픔이 뒤얽힌 듯이 들렸다.

이러한 일은 지금까지의 관습에 없었던 일이었고, 미리 손을 쓸 수도 없었던 것이라, 모두들 어찌해야 할지를 몰랐다. 사람들은 한동안 망설이더니 몇 사람이 앞으로 나서서 그를 말렸다. 그의 옆으로 가까이 가는 사람이 갈수록 많아져서 나중에는 움직일 수도 없을 만큼 커다란 사람의 무더기가 되었다. 그러나 그는 그대로 꼿꼿이 앉아서 통곡할 뿐, 마치 바위처럼 움쩍도 하지 않았다.

사람들은 하는 수 없이 제각기 흩어져 버릴 수밖에 없었으나, 그는 울고 또 울었다. 거의 반시간 가량 지나자 별안간 울음을 뚝 그쳐버렸다. 그는 조객에게 인사도 하지 않고 그대로 방안으로 들어가 버렸다. 앞서서 그 모양을 엿보고 온 사람들의 보고에 의하면, 그는 할머니 방에 들어가자 침대에 드러누워 마치 깊이 잠들어 버린 모양이더라는 것이었다.

이틀이 지난 후 내가 성안으로 돌아가려던 그 전날, 마을 사람들이 마치 귀신에게 홀리기라도 한 듯 떠들고 있는 것을 들었다. 그것은 롄수가 가지고 있던 가재도구 대부분을 불살라서 할머니 영전에 바치고, 나머지는 생전에 할머니를 시중들다가, 죽을 때에 그 임종을 지킨 식모에게 주었다는 것이다. 친척과 일가들이 아무리 설득해도 결국 그의 생각을 돌이키게 할 수는 없었다.

아마 거의 호기심 때문이어서 그랬겠지만, 나는 돌아가는 길에 그의 집 앞을 지나게 되었는데, 지나는 김에 위로의 말을 전하려고 들러보았다. 그는 흰 상복을 입은 채로 나와서 나를 맞았다. 여전히 전과 다름없는 차가운 표정이었다. 나는 여러 가지 위로의 말을 했지만 그는 그저 네, 네 하는 이외에는 단 한 마디,

"당신의 후의厚意에 대단히 감사합니다!"

라고 했을 뿐이다.

2

우리가 세 번째로 만난 것은 이해 초겨울이었다. S성의 한 책방에서 서로 고개를 끄덕이며 인사를 했는데, 어쨌든 얼굴은 기억하고 있었다.

하지만 우리를 가깝게 만든 것은 이 해가 저물어 갈 무렵, 내가 실직한 후부터였다. 실직한 이후로 나는 곧잘 롄수를 방문했다. 첫째는 물론 내가 무료했기 때문이고, 둘째는 사람들의 말에 의하면 비록 차가운 성격이라곤 하나 그는 실의에 빠진 사람과 가까이 지내기를 즐긴다고 들었기 때문이었다.

그러나 세상사의 굴곡이란 판에 박힌 듯 정해진 것이 아니고, 실의에 빠진 사람이라고 해서 영원히 실의에만 젖어 있으란 법은 없다. 따라서 그에게는 오래 사귄 친구가 극히 적었다.

그 소문은 과연 거짓말이 아니어서 내가 명함을 들여보내자 그

는 곧 만나 주었다. 방 두 칸이 이어진 응접실에는 별다른 장식도 없고, 테이블과 의자 외엔 서가書家에 책이 약간 꽂혀 있을 뿐이었다. 모두들 그를 보고 무서운 '신식 놈' 이라는 소릴 했지만 그의 서가에는 정작 별로 새로운 책이 보이지 않았다.

그는 내가 실직했다는 것을 이미 알고 있었다. 그러나 한두 마디 형식적인 인사가 끝나자 우리 두 사람은 말없이 서로 대하고 있을 뿐, 점차 분위기가 어색해졌다. 나는 그가 매우 급하게 담배 한 대를 다 피우고 나서 꽁초가 손가락을 델 지경이 되자 그것을 땅바닥에 버리는 것을 보고만 있었다.

"태우시죠!"

그는 두 개 피 째 담배를 집으면서 갑자기 이렇게 말했다. 그래서 나도 한 개 피를 집어 피우면서 교육에 관한 이야기, 책에 관한 이야기를 했지만 여전히 어색함을 느꼈다.

내가 그만 돌아갈 생각을 하고 있는데, 문 밖에서 떠드는 소리와 발걸음 소리가 한바탕 들리더니 남녀 어린아이들 넷이 뛰어 들어왔다. 큰 놈은 여남은 살, 작은 놈은 네댓 살 정도로, 손과 얼굴, 옷까지도 몹시 더러워서 귀염성이라곤 조금도 없었다. 그러나 롄수의 눈에는 즉각 희열의 빛이 나타났다. 그는 황급히 일어나더니, 응접실 옆방으로 데리고 가면서 이렇게 말했다.

"따량大良, 모두 이리들 와! 너희가 어제 사달라던 하모니카를 내가 사다 놨어."

어린 아이들은 곧 일제히 그의 뒤를 따라갔다. 아이들은 저마다 하모니카를 하나씩 들고 불면서 떠들썩하게 쏟아져 나왔다. 그런데 응접실 문을 나가자마자 어쩐 일인지 알 수 없으나 갑자기 싸움이 벌어져서 한 애가 울기 시작했다.

"한 사람에 하나씩, 모두 똑같은 거야, 싸우면 못 써!"

그는 아이들 뒤에서 타이르고 있었다.

"이렇게 많은 애들이 누구네 애들인가요?"

나는 물어 보았다.

"집 주인의 아이들이에요. 그 애들에겐 어머니가 없고 할머니가 한 분 있을 뿐이에요."

"집 주인은 혼자 삽니까?"

"예! 그의 부인은 이미 서너 해 전에 세상을 떠났는데, 재혼을 하지 않았죠. 그렇지 않으면 나 같은 홀아비에게 방을 빌려 주려 하지 않았을 거예요."

그는 말하면서 싸늘하게 미소를 지었다.

나는 그에게 왜 여태 독신으로 지내는가를 물어보고 싶었지만 그다지 친한 사이도 아니었기 때문에 결국 말을 꺼내지 못하고 말았다.

롄수와 친하고 보니 그는 상당히 이야기가 통하는 인물이었다. 그는 몹시 토론을 좋아하고 또 훌륭한 의견도 많이 가지고 있었다. 사람을 참을 수 없게 하는 것은 그에게 오는 손님들로, 아마 〈침륜沈淪〉[1]을 읽은 탓이겠지만, 항상 스스로 '불행한 청년' 이니 '쓸모

1 위따푸(郁達夫1896－1945)의 단편소설. 이 소설은 작가가 나고야名古屋의 제 8고등학교를 다닐 때 당시 생활의 단면을 그린 것으로, 민족차별의 괴로움과 성의 괴로움을 대담하게 묘사하였다.

없는 인간' 이니 하면서, 게처럼 나태하고 또 거만스럽게 큰 의자에 앉아 탄식을 하면서 양미간을 잔뜩 찌푸리고 담배를 피우는 것이었다. 더욱이 집 주인의 아이들은 서로 마주치기만 하면 싸움을 하고 찻잔이나 접시를 함부로 뒤집어 엎고, 과자를 사 달라고 졸라대는데, 그 소동에는 머리가 돌 지경이었다.

하지만 롄수는 아이들을 보기만 하면 여느 때의 그러한 냉담한 사람 같지 않고 자기 생명보다도 더 귀중한 것을 대하듯 했다. 싼량三良이 마마를 앓았을 때에는 너무 걱정을 하여 그의 검은 얼굴이 더욱더 검어졌다는 것이다. 다행히도 그 아이의 병이 대단치 않은 것이라. 그 후에 아이들의 할머니에 의해 웃음거리가 되었다는 소문이 퍼지기도 했다.

"아이들은 몹시 귀여워요, 아이들은 아주 천진스럽거든요……."

그는 내가 조금 귀찮아한다고 느꼈는지, 어느 날 일부러 틈을 타서 내게 이렇게 말했다.

"반드시 그렇지도 않겠지요."

나는 그저 아무렇게나 대답했다.

"아니오, 어른들의 나쁜 버릇이 아이들에겐 없어요. 자라면서 나빠지는 것은 당신이 평소에 공격하는 나쁜 것과 같은 것으로 그것은 환경이 나쁜 것을 가르친 것이오. 원래는 결코 나쁘지 않았어요. 천진스럽지요……. 중국에 바랄 것이 있다면, 이것 말고는 없다고 나는 생각하고 있어요."

"그렇진 않지요. 만약 아이들 속에 나쁜 뿌리나 싹이 없다면 자라서 어떻게 나쁜 꽃이 피고 나쁜 열매가 맺힐 수 있겠어요? 예를 들어 한 알의 씨는 바로 그 안에 가지와 잎, 꽃과 열매가 될 싹을 함유하고 있기 때문에 성장하였을 때 그런 것들을 낼 수 있는 것이지, 어찌 근거 없이……"

그 무렵 나는 일이 없었으므로, 훌륭한 사람들이 하야下野하면 곧 채식菜食을 하고, 선禪을 이야기하는 것처럼, 불경佛經을 읽고 있었다. 물론 불교이치를 터득하고 있던 것은 아니었으므로 별로 뚜렷한 확신도 없이 입에서 나오는 대로 말했다.

그러나 롄수는 화가 나서 나를 노려보기만 할 뿐 다시는 말도 하려 하지 않았다. 나는 그가 할 말이 없어서인지, 아니면 변명하기가 귀찮아서 인지는 짐작할 수가 없었다. 다만 그는 오랫동안 나타내지 않던 그 차가운 태도를 보이며 말없이 담배를 연거푸 두 대나 피웠다. 그가 다시 세 대째 담배를 집었을 때, 나는 참을 수 없어 도망쳐 나왔다.

이 미움의 감정은 석 달이 지나서야 겨우 풀렸다. 원인은 아마도 망각이 그 절반이고 그 절반은 결국 롄수 자신이 '천진스런' 아이들로부터 도외시 당하여 보고, 내가 아이들에게 말한 모독적인 말이 이해할 만하다고 느꼈기 때문인 것 같다. 그러나 이것은 나의 추측에 불과하다. 그때는 바로 내 방에서 술을 마신 후였는데, 그는 좀 슬픈 표정을 짓더니 반쯤 머리를 들며 말했다.

"생각해보면 참 괴기한 일이오. 내가 여기 오다가 거리에서 한 어린애를 만났는데 갈대 잎사귀를 내게 들이대면서 '죽인다!' 고 하더군요. 아직 걸음도 제대로 걷지 못하는 어린애였는데……."

"그건 환경이 나쁘게 가르친 거겠지요."

나는 내가 한 말을 이내 후회했다. 그러나 그는 조금도 마음에 두지 않는 듯, 그저 술만 마셨다. 그리고 줄곧 담배도 피워댔다.

"내가 잊고 있었군요. 물어보고 싶은 게 있었는데……"

나는 다른 말을 꺼내서 얼버무리려고 했다.

"당신은 별로 사람을 방문하지 않던데 오늘은 웬일로 나를 이렇게 찾아왔소? 우리가 서로 알게 된 지가 일 년이 넘었지만 당신이 여기에 온 것은 처음이오."

"당신에게 해야 할 이야기가 있어요. 며칠간은 우리 집에 나를 보러 오지 마시오. 지금 우리 집엔 아주 보기 싫은 어른 하나와 아이 하나가 와 있소. 둘 다 사람 같지도 않은!

"어른 하나와 아이 하나라고요? 그건 누구요?"

나는 조금 이상했다.

"내 사촌 형과 그의 아들인데, 하하, 아이라 애도 꼭 제 애비 같은 놈이요……."

"당신을 만나러 성내로 왔다가 놀다 가겠다는 건가요?"

"아니오, 그 어린아이를 내 양자로 삼으려고 상의를 하러 왔다는 거요."

"아니, 당신의 양자로?"

나는 부지중에 깜짝 놀라 소리쳤다.

"당신은 아직 미혼이 아니오?"

"그들은 내가 결혼하지 않는다는 것을 알고 있소. 그러나 그런 것은 아무래도 좋아요. 그들은 기실 나에게서 한스산에 있는 쓰러져가는 집을 물려받으려는 것이오. 내게는 당신도 알다시피 그 집 말고는 아무것도 없소. 나는 돈이 들어오는 대로 다 써버려서 가진 것이라곤 그 낡은 집 하나뿐이오. 그래서 그 집을 빌려 살고 있는 식모를 쫓아내는 일이 부자父子의 평생 사업이 된 것이오."

그의 차갑고 쌀쌀한 말투가 나를 섬뜩하게 했다. 하지만 나는 그를 위로하기 위하여 말했다.

"내가 보기엔 당신의 친척이 그렇게까지 할 리는 없어요. 그들은 생각이 좀 고루할 뿐이오. 할머니가 돌아가시던 해에 당신이 크게 울었을 때 그들은 모두 당신을 둘러싸고 열심히 위로해 주었고……."

"우리 아버지가 돌아가셨을 때도 내 집을 뺏으려고 증서에 내 도장을 받아내기 위하여 내가 울고 있었을 때 그들은 역시 그같이 열심히 내 주위에 몰려들어 나를 위로해 주었던 거요……."

그의 두 눈은 마치 허공 속에서 당시의 정경을 찾아내기라도 하려는 듯이 위를 향해 응시하고 있었다.

"결국 열쇠는 바로 당신에게 아이가 없다는 것인데, 당신은 대체 왜 결혼을 하지 않으려는 거요?"

나는 얼른 화제를 바꿀 말을 찾아내었다. 역시 오래전에 물어보고 싶었던 말이어서 이때가 가장 좋은 기회라고 느껴졌다.

그는 이상스럽다는 듯이 나를 쳐다보더니, 잠시 후 눈길을 자신의 무릎 위로 떨어드리고 한마디 대답도 없이 그저 담배만 피울 뿐이었다.

3

그러나 비록 이렇게 견디기 어려운 지경에 있음에도 불구하고 역시 롄수는 안주하지 못하였다. 점차로 작은 신문에 익명匿名의 인사들이 그를 공격하였고 학계에서도 언제나 그에 관한 유언비어가 있었다. 그러나 그것도 예전처럼 단순한 이야깃거리가 아니고 대개는 그에게 불리한 결과를 가져오게 하는 것들 이었다.

나는 이것이 그가 요즘 즐겨 문장을 발표한 결과라는 것을 알고 있었으므로 결코 개의치 않았다. S시 사람들이 가장 싫어하는 것은 기탄없이 의견을 발표하는 사람이다. 그런 인물이 나타나기만 하면 반드시 암암리에 그에게 침을 주곤 했다. 그것은 뭐 새삼스러운 일이 아니었고, 롄수 자신도 잘 알고 있었다.

그런데 봄이 되면서 별안간 그가 이미 교장에 의해 해고되었다는 소문이 들려왔다. 아무래도 이것은 너무 뜻밖이라는 생각이 들었다. 사실, 이것은 역시 그리 새삼스러운 일은 아니었다. 내가 아는 사람이 이런 경우를 당하지 않기를 은근히 바라고 있던 참 이었기 때문에 뜻밖이라고 생각되었을 뿐이었다. S시 사람들이 이번 경우에만 특별히 가혹한 것은 결코 아니었다.

당시 나는 나 자신의 생계를 꾸리기에 바빴고, 또 그해 가을, 산양山陽에 교사로 부임하기 위해 교섭을 벌이고 있었기 때문에 끝내 그를 방문할 틈이 없었다. 조금 여가가 생겼을 무렵에는 이미 그가 면직된 지 대략 삼 개월이 지난 후였다. 하지만 롄수를 방문할 생각은 나지 않았다.

그러던 어느 날, 나는 큰길을 지나다가 우연히 헌 책을 파는 난

전 앞에서 발을 멈추었다. 나는 정말 놀라움을 금할 수가 없었다. 그곳에 진열되어 있는 급고각汲古閣[2]의 초판본初版本 〈사기색은史記索隱〉은 바로 롄수의 책이었기 때문이다.

그는 책을 좋아했지만 장서가藏書家는 아니었다. 그러나 이런 종류의 책은 그가 귀중하게 여기는 선본善本이기 때문에 만부득이 하지 않고는 손쉽게 팔았을 리가 없다. 그가 예전부터 돈이 들어오는 대로 다 써버리고 저축 따위는 하지 않았지만, 설마 실직한 지 불과 두서너 달 만에 이 지경까지 궁핍해졌던가?

그래서 나는 롄수를 찾아가 보기로 마음먹고, 가는 길에 거리에서 소주 한 병과 땅콩 두 봉지, 구운 생선 두 마리를 샀다.

그의 방문은 잠겨 있었다. 두어 번 불러 보았으나 대답이 없었다. 나는 그가 잠을 자는가 하여 더욱 큰 소리로 부르며 손으로 방문을 두들겼다.

"나간 모양이오!"

건너편 창에서 백발 섞인 머리가 불쑥 나오더니 큰 소리로 귀찮다는 듯이 말했다. 그것은 따량 형제들의 할머니로 세모꼴 눈을 한 뚱뚱한 여자였다.

"어딜 갔습니까?"

하고 묻자,

"어딜 갔는지 누가 압니까? 그 사람이 어딜 갔겠어요. 좀 있으면 틀림없이 돌아올 거요. 기다려 보시우."

2 명明나라 모진毛晉의 장서실藏書室 이름. 모진은 양서 발간에 힘썼으며, 급고각본이라 하여 유명함. 초판본은 장서가들이 아주 중히 여김.

그래서 나는 그의 응접실에 문을 열고 들어갔다. '하루 못 보면 삼년을 떠나있는 것과 같다'[3]는 말과 같이, 눈에 띄는 것 모두가 처량하고 쓸쓸해 보였다. 가구도 죄 팔아버렸을 뿐만이 아니라 서적도 이 S시에서는 아무도 하려는 사람이 없는 양장본洋裝本 몇 권만이 남아있을 뿐이었다. 방 한가운데 놓여있는 둥근 테이블은 그대로 있었다. 이전에는 비분강개悲憤慷慨한 청년들이나, 재능을 지니고도 때를 만나지 못한 기사奇士들, 그리고 더럽고 소란스러운 아이들이 항상 그 둘레에 모여 있었는데 지금은 오히려 너무나 조용하고 표면에는 얇은 먼지를 둘러쓰고 있을 뿐이었다. 나는 그 탁자 위에 술병과 종이에 싼 것을 놓고 의자를 끌어당겨 책상 옆에 기댄 채 문을 마주보고 앉았다.

'조금 있으면' 이라는 말이 틀리지 않았다. 방문이 열리고, 한 사나이가 살그머니 그림자처럼 들어왔는데, 바로 롄수였다. 황혼 무렵이라 그렇기도 하겠지만 이전보다도 더 검은 것 같아 보였다.

하지만 표정은 역시 이전이나 다름없었다.

"아! 오셨소? 온 지 오래되었소?"

그는 조금 반가와 하는 것 같았다.

"아니오, 별로, 어딜 갔었소?"

"어디랄 것도 없이 그저 마음이 내키는 대로 돌아다녔지요."

그도 의자를 테이블 옆으로 끌고 와서 앉았다. 우리는 소주를 마시기 시작했다. 술을 마시면서 그의 실직에 대해서 이야기했는

3《시경詩經 왕풍王風 채갈采葛》에서 인용. '일일불견, 여삼추혜一日不見, 如三秋兮'

데, 그는 그 점에 대해서는 더 말하기를 원하지 않았다. 그로서는 실직을 미리부터 예상했었고 또 여러 번 경험했던 일이기도 하여 별로 신기하지도 않고, 화제로 삼을 만한 것이 못 된다고 생각했을 것이다. 그는 전같이 술만 마시며, 사회 · 역사에 관한 의견을 말했다. 왠지 모르게 이때 나는 텅 빈 서가를 바라보고, 급고각의 조판본 〈사기색은〉이 생각나, 별안간 쓸쓸한 고독감과 비애를 느꼈다.

"응접실이 이렇게 썰렁해지다니……. 요즘은 손님들이 별로 오지 않나요?"

"아무도 안 와요. 내 기분이 좋지 않으니까 와도 재미가 없다고 느끼나 봐요. 내 심경이 좋지 않으면, 사실 다른 사람들은 불쾌하게 하니까요. 겨울 공원에는 아무도 가는 사람이 없거든요……."

그는 술을 연거푸 두어 잔 마시고는 묵묵히 생각에 잠겨 있더니 갑자기 얼굴을 쳐들고 나를 보면서 물었다.

"당신이 찾고 있는 직업도 역시 전혀 잡히지 않나요?"

나는 비록 그가 이미 조금 취한 것을 알고 있었지만 슬그머니 화가 나서 한마디 해주려고 했다. 그러나 그는 가만히 귀를 기울이더니, 곧 땅콩을 한 줌 움켜쥐고 방을 나갔다. 문밖에선 따량 형제들이 떠들며 웃는 소리가 났다.

그러나 그가 나가자, 아이들의 소리가 뚝 그쳤다. 모두 가버린 것 같았다. 그가 뒤쫓아 가서 무엇인가 말을 하는데 아이들의 대답은 들리지 않았다. 그는 역시 그림자처럼 살그머니 되돌아왔다. 한 줌의 땅콩을 종이 봉지에 넣으며,

"이젠 내가 주는 것조차 안 먹으려 하오."

그는 나지막한 소리로 비웃는 듯이 말했다.

"롄수 씨!"

나는 몹시 쓸쓸한 기분이 들었지만 억지로 미소를 지으며 말했다.

"나는 당신이 너무 스스로 괴로움을 사서 하는 것 같은데. 당신은 인간을 너무 나쁘게만 보고 있고……."

그는 싸늘하게 웃었다.

"내 이야기는 아직 끝나지 않았소. 당신은 우리들이 이따금 당신을 찾아오는 것이 일이 없어 한가하여 이곳에 와서 당신을 소일거리로 삼고 있는 것으로 생각하시오?"

"그렇진 않소. 하지만 때론 그렇게 생각될 때도 있어요. 그렇지 않으면 무슨 이야깃거리라도 찾으러 오는 것으로."

"그건 당신의 잘못이오. 사실은 결코 그런 게 아니오. 사실은 당신이 스스로 하나의 누에 집을 만들고 그 속에 자기 자신을 외롭게 틀어박고 있는 거요. 마땅히 세상을 밝게 보아야 해요."

나는 안타까워하며 말했다.

"어쩌면 그럴지도 모르지요. 하지만 당신이 말한 그 누에 집은 실은 어디서 오는 겁니까?

물론 세상엔 그런 사람이 얼마든지 있소. 예를 들면 우리 할머니가 바로 그랬소. 나는 비록 그 할머니의 피를 이어받은 것은 아니지만 그 운명은 이어받았을지도 모르지요. 그러나 그건 뭐 대단한 일도 아니어서 나는 이미 미리 함께 울어버렸어요……."

나는 이때, 그의 할머니 장례 때의 정경이 즉각 생각나서, 마치 눈앞에 보이는 것 같았다.

"그때 당신이 왜 그렇게 울었는지, 나는 도저히 이해할 수가 없소."

당돌하게 나는 물어 보았다.

"할머니 입관 때 말이요? 그럴 게요. 당신은 잘 모를 겁니다."

그는 등잔에 불을 켜면서 냉정히 말했다.

"당신과 나와의 교제도 그때 내가 울었던 일 때문이었다고 생각하오. 당신은 모를 테지만 그 할머니는 나의 아버지의 계모였소. 아버지의 생모는 아버지가 세 살 적에 세상을 떠나셨지요."

그는 생각에 잠긴 채 묵묵히 술을 마시고 불에 익힌 생선을 먹어 치웠다.

"그런 옛일들을 나는 몰랐었소. 그저 어릴 적부터 이상스레 느끼고 있었지요. 당시엔 아버님도 아직 살아 계셨고, 집안 형편도 좋았기 때문에, 정월에는 반드시 선조先祖의 영정影幀을 걸어 놓고 성대하게 제사를 지냈는데, 성장盛裝을 한 많은 화상들을 구경하는 것은 당시의 나로선 다시없는 즐거움 같았소. 그런데 그때 식모가 나를 안고, 영정 하나를 가리키며 '이것이 도련님의 할머니예요. 자 절을 해요. 도련님이 용이나 호랑이같이 훌륭하게 빨리 자라도록 도와주세요.' 하고 말하는 것이었소. 나는 정말 알 수가 없었소. 명백히 할머니가 계신데, 어째서 또 '나의 할머니' 가 있는 것일까 하고요. 그러나 나는 이 '나의 할머니' 가 좋았지요. 그 할머니는 집에 있는 할머니보다 늙지 않았고, 젊고 예뻤으며, 금박을 한 붉은 옷을 입고, 구슬로 장식한 관冠을 쓰고 있었소. 그건 내 어머니의 영정과 거의 다름이 없었소. 내가 그 할머니의 영정을 보고 있으면 그 영정의 눈도 똑바로 나를 보면서 입가에 점점 더 미소를 짓고 있었지요. 그 화상의 할머니가 틀림없이 나를 귀여워해 주시는 것이라고 생각했어요.

그러나 나는 하루 종일 창가에 앉아서 천천히 바느질을 하고 있는 집의 할머니도 좋았어요. 그러나 그 할머니 앞에선 내가 아무리 신이 나서 재롱을 떨고 불러보아도 그 할머니를 즐겁게 할 수가 없었어요. 그래서 언제나 나는 무척 쓸쓸해지고 다른 집 할머니들과는 아주 다르다는 것을 느꼈지요. 그래도 나는 이 할머니를 좋아했어요. 후에 나는 점점 할머니와 멀어졌는데, 그것은 내가 나이를 먹고, 그분이 나의 아버지의 생모가 아니라는 것을 알게 된 연유에서가 아니라, 하루 종일, 일 년 내내 기계처럼 바느질만하는 할머니를 보고 있는 일에 자연히 싫증을 느끼게 된 것이었소. 하지만 할머니는 여전히 전과 똑같이 바느질을 하고 나를 돌봐주고 또 귀여워해 주셨지요. 비록 별로 웃는 얼굴은 보이시지 않았지만 그렇다고 큰소리로 야단치는 일도 없었어요. 아버지가 세상을 떠날 때까지 항상 이러했소. 그 뒤 우리의 생계를 대부분 할머니의 바느질 하나에 의존하게 된 뒤로 할머니는 더욱더 그러했소. 내가 학교에 들어갈 때까지…….”

등잔불이 점점 어두워졌다. 석유가 다 된 것이다. 그는 일어나서 서가 밑에서 조그만 양철통 한 개를 찾아내어 석유를 부었다.

“한 달 동안에 석유 값이 두 번이나 올라서……”

그는 등잔마개를 돌려 끼우고 나서 천천히 말했다.

"생활이 나날이 어려워만 가는 군요, 할머니는 그 뒤에도 그랬지요. 내가 학교를 졸업하고 일자리를 얻어 생활이 이전보다 훨씬 안정되었을 때까지도, 아마 할머니는 병이 든 뒤에도 그 이상 참을 수가 없어 자리에 눕게 될 때까지 그랬을 거예요…….

할머니의 만년晩年은 내 생각으로 그다지 고생스러운 편이 아니었소. 또 사실 만큼 사셨으니 내가 그렇게까지 눈물을 흘려야 했을 필요는 없었소. 더구나 우는 사람은 얼마든지 있었으니까. 이전에 할머니를 못살게 굴던 사람들까지도 울었어요. 적어도 얼굴빛만은 매우 슬퍼보였소. 하하!…… 그런데 나는 왠지 모르게 그 할머니의 일생을 눈앞에 떠올렸소. 스스로 고독을 만들어내고 그것을 입에 넣어 씹어 온 인간의 인생을 말이오. 그리고 이런 사람은 아직 얼마든지 있다고 느꼈소. 그런 사람들이 나를 통곡하게 하였던 거요. 그러나 무엇보다도 역시 그때의 내가 너무 지나치게 감상적이었던 까닭이었겠지만……

"지금 당신이 내게 대해서 품고 있는 생각이 바로 이전에 내가 할머니에게 대해서 품고 있던 생각이오. 하지만 그때의 내 생각은 사실 역시 옳은 것이 아니었소. 나 자신이 세상일을 조금씩 알게 되면서 확실히 할머니와 점차 멀어져 갔으니까요 ……"

그는 조용해졌다. 손가락 사이에 궐련을 낀 채 그는 머리를 숙이고 생각에 잠겼다. 등잔불이 약간 흔들리고 있었다.

"아마, 인간이 죽은 뒤에 아무도 그를 위해 울어주지 않게 한다는 것은 참 어려운 일인가 봐요……"

그는 혼잣말처럼 중얼거리더니, 잠깐 말을 멈추고 얼굴을 들어 나를 향해 말했다.

"당신 생각에도 무슨 방법이 없나 보군요. 나도 어떻게든 빨리 일을 찾아야 할 텐데……"

"부탁해 볼 만한 사람은 더 없소?"

나는 이제 정말 어찌할 도리가 없었다. 나 자신의 일조차도.

"그야 몇 사람 있지만, 그들의 경우도 모두 나와 다를 것이 없소……"

내가 작별을 하고 렌수의 집을 나섰을 땐 둥근 달이 이미 중천에 떠 있었다. 몹시 조용한 밤이었다.

4

산양山陽의 교육 사업 상황은 매우 좋지 못했다. 내가 부임한 후로 두 달 동안, 한 푼의 월급도 받아보지 못하여 나는 담배마저 절약하지 않을 수 없었다. 그러나 학교 사람들은 비록 월급 십오륙 원이라는 낮은 지위의 직원들조차 자기의 천명天命에 만족하지 않는 사람은 하나도 없었다. 오랜 시간 불에 달구어낸 철근처럼 튼튼한 정신으로 지탱하며, 초췌한 육체로 아침 일찍부터 밤늦게 까지 공무公務에 임하고 있었다. 그 사이에 지위나 명예가 높은 인물이 나타나면 공손히 기립하는 것이었다. 그야말로 모두 반드시 '의식衣食이 족하여야 예절을 아는'[4] 백성들은 아니었다.

4 《관자管子 목민牧民》에서 인용. '창름실즉지예절, 의식족즉지영욕倉廩實則知禮節, 衣食足則知榮辱'

나는 이러한 정경을 볼 때마다 웬일인지 반드시, 렌수가 나와 헤어질 때 내게 당부했던 말을 생각나게 하는 것이었다.

당시, 그의 생활은 더욱더 참혹해져 있었다. 그의 행동에는 항시 궁색한 모양이 드러났고, 이미 예전의 침착성은 없는 듯이 보였다. 그는 내가 곧 출발하리라는 것을 알고, 한밤중에 나를 찾아왔었다. 한참 망설이더니 겨우 더듬거리며 이렇게 말하는 것이었다.

"저쪽엔 무슨 수가 있을지도 모르겠지요? 베껴 쓰는 것이든 뭐든 한 달에 이삼십 원이면 되겠는데. 난……"

나는 매우 이상하게 여겼다. 그가 이렇게까지 타협적으로 나오리라고는 생각하지 못했기 때문에 한동안 말이 나오지 않았다.

"나는……나는 아직 좀 더 살아야하니까……."

"저쪽에 가서 형편을 봅시다. 꼭 일이 잘 되도록 힘써 보겠소."

이것이 그날 내가 그에게 책임지고 대답한 말이었다. 이 말은 그 뒤에도 항상 내 귀에 들려왔다. 동시에 렌수의 모습도 눈앞에 떠올랐다. '나는 아직 좀 더 살아 있어야 하니까……' 라고 더듬거리며 말하던 소리까지 들리곤 했다. 이럴 때마다 나는 여러 가지 방법으로 여기저기 그를 추천해 봤다. 하지만 아무 소용이 없었다. 일은 적고 사람은 많으니, 결과는 사람들로부터 몇 마디 변명의 말을 들었을 뿐이고, 나는 미안하다는 사연을 그에게 적어 보냈다.

한 학기도 거의 다 끝나갈 무렵에는 상황이 한층 더 나빠졌다. 이 지방의 몇몇 인사들이 발행하고 있는 「학리주보學理週報」에서 나를 공격하기 시작했던 것이다. 물론 이름을 지목하는 것은 결코 아니지만 말투가 매우 교묘하여 읽어보면 누구든지 곧 내가 학교

내의 소요를 뒤에서 조정하고 있다[5]고 느낄 수 있게 하였고, 렌수를 추천한 일조차 동조자를 끌어드리는 일로 여기고 있었다.

나는 꼼짝도 못하고 가만히 있을 수밖에 없었다. 수업하는 것 이외에는 문을 닫고, 몸을 숨겼다. 때로는 담배 연기가 창틈으로 새나가는 것조차 학교 내의 소요를 조종한다는 혐의를 받을까 걱정했다. 더구나 렌수에 대해서는 말을 꺼낼 수조차 없었다. 그러는 동안 어느새 한겨울이 되었다.

하루 종일 눈이 내리더니 밤이 되어도 그치지 않았다. 바깥은 너무나 조용하여 정적의 소리마저 들릴 듯 고요했다.

작은 등잔불 속에서 눈을 감고 꼼짝도 않고 앉아 있으려니 마치 끝없이 눈이 덮인 그 위로 펄펄 눈꽃이 휘날리며 떨어져 더욱 쌓여 가는 것이 보이는 것만 같았다. 고향에서도 이제 새해를 맞을 준비로 모두들 한창 바쁘겠지. 내가 아직 어렸을 적엔 뒤뜰 편편한 곳에다 친구들과 함께 눈사람을 만들었지. 눈사람의 눈은 두 개의 조그만 숯 조각을 끼워 넣었는데 색깔이 매우 검었다. 그때 별안간 그 눈이 번쩍하더니 렌수의 눈으로 변했다.

"나는 아직 좀 더 살아야 해!"

여전히 그 목소리였다.

"왜?"

나도 모르게 이렇게 묻고는 곧 스스로도 우스워졌다.

5 1925년 5월 루쉰은 북경여자사범대학의 다른 6명의 교수와 함께 학교 당국의 정책에 대한 학생들의 반대데모를 지지 선언하였다. 진서형陳西瀅이 《현대평론現代評論》제 1권 25기에 발표한 글을 풍자한 것이다.

이 우습다는 생각이 나를 정신차리게 하였다. 나는 몸을 똑바로 고쳐 앉아 궐련에 불을 붙였다. 창문을 열고 밖을 바라보니 눈은 더욱 많이 내리고 있었다.

그때 누군가 문을 두드리는 소리가 나더니 이윽고 한 사람이 들어왔다. 귀에 익은 하숙집 사환의 발소리였다. 그는 나의 방문을 열고 내게 여섯 치 이상이나 되는 기다란 봉투 한 통을 건네주었다. 몹시 거친 필적이었는데, 흘깃 보니 바로 '웨이 지엔魏緘' 이라는 두 글자가 눈에 띄었다. 롄수가 보낸 편지였다.

그것은 내가 S시를 떠나온 후로 그에게서 받은 첫 번째 편지였다. 나는 그가 게으른 성격임을 알고 있었기 때문에 소식이 없는 것을 별로 이상스럽게는 생각지 않았지만 그래도 때론 전혀 소식을 전하지 않는 그를 못마땅하게 생각한 적도 있었다. 그러나 막상 편지를 받고 보니 또 어쩐지 이상스런 생각이 들어 급히 편지를 뜯었다. 속에도 똑같이 거친 글씨로 이런 내용이 씌어 있었다.

신비申飛……

나는 당신을 어떻게 부를까요? 빈 칸으로 그대로 두니 당신이 원하는 것을 써넣어 주시오. 나는 아무래도 좋소.

헤어진 후로 세 번이나 편지를 받고도 회답을 하지 않았소. 그 원인은 아주 간단하오. 내게는 우표를 살 돈조차 없었던 것이오.

당신이 어쩌면 내 소식을 알고 싶어 하는 것 같기에, 이제부터 사실대로 모든 것을 이야기하겠소. 나는 실패하였소. 이전에 나는 내 스스로가 실패자로 생각하고 있었지만 지금은 결코 그렇지 않았다는 걸 알았소. 이제는 정말 실패자가 되고 말았소. 이전에는 그래도 내가 좀 더 살아있기를 바라던 사람도 있었고. 나 자신도 좀 더 살아보려고 했지만, 그러나 살아갈 수가 없었소. 지금은 살아가야 할 필요도 없게 되었지만 그래도 살아가려 하오……

그래도 살아가야만 하는 건가요?

내가 좀 더 살기를 바라던 사람은 그 자신이 살지 못했소. 그 사람은 이미 적에게 모살謀殺당하고 말았소. 누가 죽였느냐고 ? 아무도 모르오!

인생의 변화란 정말 빠르오! 이 반 년 동안 나는 거의 거지나 다름없었소. 아니, 사실 이미 구걸을 하고 있다고 할 수 있소. 그러나 내게는 아직 할 일이 있었고, 나는 그걸 위해서 구걸하고 그걸 위해서 굶주리고 그것을 위해서 추위에 떨고 그것을 위해서 외로워하고 그것을 위하여 쓰라린 고생도 기꺼이 감수했소. 그래도 멸망하는 것만은 원하지 않았소. 내가 좀 더 살아 있기를 바라는 한 사람의 힘은 이렇게도 컸던 것이오. 그런데 지금은 없어졌소. 그 한 사람조차 죽어 버렸어요. 동시에 나 자신도 살아갈 자격이 없다고 느꼈소. 다른 사람은? 역시 자격이 없소.

동시에 나 자신 이렇게도 느끼는 것이오. 내가 살아 있기를 원치 않는 사람들을 위하여 억지로라도 살아야 한다고 생각 했소. 다행히도 내가 잘 살아가기를 바랐던 사람은 이미 없어졌소. 이제 아무도 마음 아파할 사람은 없는 것이오. 나는 그런 사람에게 마음 아프게 하는 것을 원하지 않소. 어쨌든 지금은 없소. 그 한 사람마저 없어졌소. 무척 유쾌하며 마음이 매우 가볍다오. 나는 나 자신이 이전에 증오하던 것과 반대하던 것들을 모두 몸소 실행했소. 그리고 내가 이전에 존경하고 주장했던 모든 것을 배척하였소. 나는 이제 완전히 실패한 것이오. 하지만 난 승리한 것이오.

당신은 내가 정신에 이상이라도 생겼다고 여기시오? 당신은 내가 영웅이나 위인이라도 된 것으로 생각하시오? 아니오, 그렇진 않소. 이 일은 매우 간단하오. 요즘 나는 뚜杜 사단장의 고문顧問이 되어 매달 월급이 은화80원이라오.

신비申飛……

당신이 나를 어떤 인간으로 생각하든 당신 마음대로 하시오.

나는 상관없소.

당신이 아마 나의 옛 응접실을 아직도 기억하고 있을 거요. 우리가 성안에서 처음 만났을 때와 헤어질 때의 그 응접실 말이오. 나는 지금도 그 응접실을 사용하고 있소. 이곳에는 새로운 사람, 새로운 뇌물, 새로운 찬사와 새로운 출세 운동, 새로운 아첨, 새로운 도박판과 술자리, 새로운 질시와 미움, 새로운 불면不眠과 각혈咯血이 있소…….

당신의 지난번 편지에 교원 생활도 여의치 않다고 했소. 당신도 고문顧問을 하겠소? 당신이 원한다면 내가 주선 해드리겠소. 사실 문지기 노릇도 괜찮소. 똑같이 새로운 손님, 새로운 뇌물, 새로운 아첨이 있으니까……

여기는 폭설이 내렸는데 그곳은 어떻소? 지금은 한 밤중인데 두어 번 각혈을 했더니 정신이 말똥말똥해졌소. 당신이 가을부터 세 번이나 편지를 보내준 일을 기억하고 있소. 얼마나 놀라운 일이었는지 모릅니다. 나는 당신에게 대략이나마 소식을 전하지 않으면 안 되겠다고 생각했소. 당신이 혹 깜짝 놀라지는 않겠지요.

아마 앞으로 다시는 편지를 쓰지 않을 것이오. 나의 이 습관은 당신도 이미 알고 있는 것이오. 언제 돌아오겠소? 빨리 오면 만날 수도 있으련만. 하지만 나는 이렇게 생각하오. 우리는 결국 서로 같은 길을 걷지는 못할 것이라고. 그렇다면 제발 나를 잊어주시오. 당신이 이전에 나의 생계에 대해서 언제나 걱정해준 것을 나는 진심으로 감사하고 있소. 그러나 이제 나의 일은 잊어주시오. 나는 이미 '잘 되었으니' 말이오.

렌수 12월 14일

이 편지는 나를 결코 '깜짝 놀라게' 하지는 않았다. 그러나 쭉 훑어보고 다시 한 번 주의해서 읽어보니 역시 뭔가 불안스러웠다. 그러나 동시에 약간의 유쾌함과 안심이 되었다. 그의 생계도 이제 문제가 되지 않게 되었다. 내 짐도 내려놓은 셈이었다. 문득 그에게 답장을 써줄까 생각했으나 별로 쓸 말이 없을 것 같은 생각도 들어 이 기분도 금방 사라져버렸다.

나는 확실히 점점 그를 잊어가고 있었다. 그의 모습도 별로 나의 기억에 떠오르지 않게 되었다. 하지만 편지를 받아본 지 열흘도 되지 않아서 S시의 학리칠일보사學理七日報社에서 갑자기 연달아 「학리칠일보」를 보내왔다. 나는 이런 것들을 별로 보진 않지만, 보내온 것이라 손가는 대로 펼쳐봤다. 이것이 나로 하여금 렌수를 생각하게 했다. 즉 그 속에는 언제나 렌수에 관한 시문詩文, 예컨대

'눈오는 밤에 렌수 선생을 배알하다雪夜謁蓮殳先生' 라든가, '렌수 고문의 아름답고 높은 글 모음집蓮殳顧問高齋雅集' 등이 실려 있었기 때문이다. 한번은 '학리한담學理閑談' 란에 이전에 그가 남의 웃음거리가 되었던 일들을 홍미있게 서술하고는 그것을 '일화逸話' 라고 일컫기까지 하였다. 은연중에 '비범한 사람은 반드시 비번한 일을 할 수 있다' 는 의미를 풍기고 있었다.

비록 이것 때문에 그를 생각하게 되었지만 왠지 모르게 그의 모습은 점점 희미해져갔다. 그러나 또 한편으로는 그와의 관계가 날이 갈수록 깊어지는 것 같아서 때로는 어쩐지 스스로도 그 까닭을 알 수 없는 일종의 불안과 가벼운 두려움마저 느끼게 되었다.

다행히 가을이 되자 이「학리칠일보」는 보내오지 않았다. 그런데 산양山陽의「학리주간學理週刊」에 다시금 한편의 긴 논문 '유언즉 사실론流言卽事實論' 을 매호에 개재하기 시작하고, 거기에는 "어떤 사람들에 대한 유언비어流言蜚語가 이미 관리들 사이에는 사실있는 일로 널리 퍼져있다."고 쓰여 있었다. 그것은 특정한 몇 사람을 가리키고 있는데 나도 그 중의 한 사람이었다. 나는 지극히 조심하는 수밖에 없었고, 이전처럼 담배연기가 새나가는 것조차 주의하여야만 됐다.

조심한다는 것은 마음이 안정되지 못하는 고통이니, 그것 때문에 모든 일이 손에 잡히지 않았다. 자연히 렌수를 생각할 여유가 없었다. 요컨대 나는 그를 이미 완전히 잊어버렸던 것이다.

그러나 내가 그럭저럭 버티는 것도 끝내 여름 방학까지 계속되지 못하고, 5월 말에 산양을 떠나게 되었다.

5

산양에서 역성歷城으로, 다시 또 태곡太谷으로, 반 년 동안이나 전전했지만 결국 아무 일자리도 구할 수가 없었다. 그래서 나는 다시 S시에 돌아가기로 결심했다.

도착한 때는 이른 봄날 오후였다. 금방 비가 쏟아질 것 같은 날씨여서 모든 것이 회색빛 속에 싸여 있었다. 이전에 들었던 하숙집이 아직도 비어 있어서 그대로 거기에 머무르기로 했다. 나는 오는 도중에 롄수를 생각하고 있었기 때문에 도착하자 곧 저녁식사 후에 그를 방문하기로 결정했다. 나는 문희聞喜지방의 명물인 찐 떡 두 봉지를 손에 들고 질척거리는 길을 여러 군데나 지나서, 길을 막고 드러누운 수많은 개들을 피해서야 롄수네 집 앞에 도착할 수 있었다. 집안은 각별히 밝아보였다. 고문이 되면 집안까지도 각별히 밝아지는 건가하고 생각하니 나도 모르게 쓴 네모 종이가 또렷이 눈에 띄었다. 나는 따량의 할머니가 돌아가셨나 보다고 생각하면서 대문을 들어가 곧바로 안으로 들어갔다.

안마당에는 희미한 불빛이 비치고, 관이 하나 놓여 있었다. 그 옆에는 한 사람의 병정인지 마부인지 알 수 없는 군복을 입은 사람이 서 있고, 그와 이야기하고 있는 또 한 사람이 있었는데, 자세히 보니 그것은 따량의 할머니였다. 그밖에도 짧은 옷을 입은 몇 명의 인부들이 한가하게 서 있었다. 나는 별안간 가슴이 두근거리기 시작했다. 그녀도 고개를 돌리고 나를 빤히 쳐다보더니,

"아, 돌아오셨군요? 며칠만 일찍 오실 일이지……" 하며 갑자기 큰소리를 질렀다.

"누가…….누가 돌아가셨습니까?"

나는 사실 이미 대강 짐작은 하고 있었지만, 그래도 그렇게 물어보았다.

"웨이魏 대인이지요! 엊그제 돌아가셨어요."

나는 주위를 둘러보았다. 응접실은 어두컴컴했다. 아마도 등잔불이 하나만 켜 있는 모양이었다. 큰방에는 하얀 장례식 휘장이 쳐있고, 방 밖에는 아이들이 두서넛 모여 있었는데, 따량과 얼량이었다.

"그쪽입니다. 유해는." 하고 따량 할머니는 다가서서 손으로 가리키며 말했다.

"웨이 대인이 출세하신 뒤로는 큰방마저 빌려 드렸기 때문에, 유해도 그대로 거기 모셨어요"

휘장 위에는 다른 것은 아무 것도 없고, 그 앞에는 기다란 탁자와 네모진 탁자가 하나씩 놓여 있었으며, 네모진 탁자 위에는 밥과 반찬을 담은 그릇이 열 개쯤 놓여 있었다. 내가 방안에 들어서자, 갑자기 흰 상복을 입은 두 사나이가 나타나서 나를 가로막았다. 죽은 생선 같은 눈동자를 치켜뜨고 당혹한 빛을 띠며 내 얼굴을 뚫어지게 보았다. 나는 당황하여 나와 롄수와의 관계를 설명했다. 따량 할머니도 곁에 다가와서 틀림없다고 거들어 주어서야 겨우 그들의 손과 눈빛이 점차 풀어져, 내가 앞으로 나서서 배례하도록 내버려 두었다.

내가 머리를 숙여 절을 하자, 별안간 발치에서 누군가가 엉엉 울기 시작했다. 마음을 가라앉히고 살펴보니 열 살쯤 되어 보이는 어린아이 하나가 멍석 위에 엎드려 있었다. 역시 흰 상복을 입고 있었다. 그 아이의 빡빡 깎은 머리 위에는 한 묶음의 삼 줄이 감겨 있었다.

그들과 인사를 나눈 다음 , 그중의 한 사람이 가장 가깝다고 칠 수 있는 롄수의 사촌이며, 또 한 사람은 촌수가 먼 조카임을 알았다. 내가 고인의 얼굴을 꼭 한번 보았으면 좋겠다고 했더니, 그들은

"그렇게 하실 순 없습니다."

하며 극구 말리려 했다. 하지만 결국 내 말을 받아들여 휘장을 올려 주었다.

이번에는 죽은 롄수와 만난 것이었다. 참으로 이상했다! 구겨진 저고리와 바지를 입고, 앞자락에는 아직 핏자국이 남아 있었으며, 얼굴은 차마 눈 뜨고 볼 수 없을 정도로 수척해 있었으나 표정만은 역시 이전의 그 표정이었다. 편안히 입을 다물고 눈을 감은 모양은 마치 잠들어 있는 듯 했다. 나는 하마터면 그의 코앞에 손을 뻗어 아직 숨 쉬고 있는 게 아닌지 시험해 보고 싶은 지경이었다.

모든 것이 죽음 같은 정적에 싸여 있었다. 죽은 사람도, 살아 있는 사람도 내가 물러나오자 그의 사촌이 또 내게 인사를 했다.

"사제舍弟는 나이도 젊고 역량도 있어, 전도가 양양한 때인데 뜻밖에 작고作古하고 말았습니다. 이것은 우리 집안의 '대가 끊어진' 불행일 뿐 만 아니라, 친구 되시는 분에게도 걱정을 끼쳐 드리게 되었습니다."

이 말에는 롄수를 대신해서 사과를 드린다는 의미가 다분히 풍겼다. 이렇게 말을 잘하는 사람은 산골에서도 보기 드물었다. 그러

나 그 후로는 침묵하였다. 모든 것이 죽음 같은 정적에 싸였다. 죽은 사람도, 살아 있는 사람도.

나는 몹시 무료하다고 느꼈으며, 아무런 비애의 감정도 느낄 수가 없었다. 그래서 마당으로 내려가 따량 할머니와 잡담을 시작했다.

입관할 시각이 다가와서 수의가 도착하기만을 기다린다느니, 관에 못을 칠 때에는 띠가 '쥐, 말, 토끼, 닭' 인 사람은 그 자리를 반드시 피해야 한다느니 하면서 그 여자는 신이 나서 샘물이 솟아나듯 지껄여대고, 그의 병 상태와 생전의 형편을 말하는 데 이르러서는 그에 대해 약간 비평하는 투로 이야기했다.

"아시겠지만, 웨이 대인은 운이 트이고 나서부터는 사람이 아주 옛날과 딴판이었어요. 얼굴을 똑바로 쳐들고 기백이 늠름했죠. 남에게도 이전 같이 그렇게 어물어물하지 않았어요. 아시죠? 예전에는 마치 벙어리처럼 나를 보면 '노마님' 이라고 부르지 않았어요? 그런데 나중에는 '할멈' 이라고 불렀어요. 아이구, 정말 재미있었어요.

어떤 사람이 약초 선거출仙居朮을 선물로 보내왔는데 자신은 그것을 먹으려 하지 않고 안마당에 내던지며 — 바로 여기에요 — '할멈 먹게' 하고 소리를 치지 않겠어요. 그분의 운이 트인 뒤로는 사람들의 내왕이 잦아 큰방까지 비워 드리고 나는 이 옆방으로 옮겼지요. 그분은 정말 출세를 하고나서는 남들과 전혀 달랐어요. 우리에게 노상 농담을 하고는 했답니다. 한 달만 빨리 오셨어도 그 요란한 정황을 보실 수 있었을 텐데, 사흘 중 이틀은 연회가 벌어졌어요. 제멋대로 떠들고 웃고 노래 부르고, 시가詩歌를 짓는 사람은 시가를 짓고 마작을 하는 사람은 마작을 하고…….

그분은 이전에는 아이들을 무서워했어요. 아이들이 아버지를 무서워하는 것보다 더 무서워하여 언제나 목소리를 낮추고 부드럽게 하였는데, 근자에는 아주 딴판으로 말도 잘 하고 잘 떠들어서 우리 아이들도 그분과 노는 것을 좋아하여 틈만 나면 그분의 방으로 찾아갔죠. 그분도 여러 가지 방법으로 아이들은 놀리곤 했어요. 아이들이 무얼 사달라고 하면 개 짖는 흉내를 내라고 한다든지, 머리를 방바닥에 박아 소리가 나도록 절을 시킨다든지. 하하, 참 요란했답니다. 두어 달 전에 얼량이란 놈이 신발을 사달라고 졸랐을 때에는 세 번이나 방바닥에 머리를 박도록 절을 시켰어요. 참 그 신발은 아직도 신고 있어요. 해지지도 않았어요."

흰 상복을 입은 사람이 한 명 나왔다. 그러자 그녀는 입을 다물어 버렸다. 나는 롄수의 병에 대해서 물어 보았지만 그녀는 별로 자세히 알지 못했다. 다만 말하기를, 벌써부터 쇠약해져 있었겠지만, 언제나 유쾌해 보였기 때문에 아무도 알아채지 못했으며 한 달쯤 전에야 비로소 그가 각혈했다는 말을 들었는데 의사에게는 보이지 않은 것 같으며 그 후 자리에 눕게 되고, 세상을 떠나기 사흘 전부터는 목이 꽉 잠겨 한마디 말도 못했다는 것이다. 스싼十三대인이란 사람이 멀리 한스산에서 찾아와 그에게 저금이라도 해둔 게 있느냐고 물었지만, 그는 한마디도 하지 않았다는 것이다. 스싼 대인은 그분이 일부러 벙어리 흉내를 내는 게 아닌가 하고 의심했지만 누군가가 폐병으로 죽은 사람 중에는 말을 못하는 사람도 있다는데 누가 알겠느냐는 것이었다.

"하지만 웨이 대인의 성질은 너무 이상해져 있었어요."

그녀는 갑자기 소리를 낮추어,

"그분은 돈을 물처럼 쓰고, 저축은 조금도 하려 들지 않았어요. 그래서 우리까지 무슨 이득이나 보았던 게 아닌가 하고 스싼 대인으로부터 의심을 받았지요. 이득은 무슨 이득이 있었겠어요. 그분은 함부로 아무렇게나 돈을 썼어요. 예를 들어 물건을 사는데도 오늘 산 것을 다음날에는 팔아버리거나 부숴버리거나 하여, 정말 어떻게 되어가는 일인지 알 수가 없었어요. 돌아가시고 나니까 모두 못 쓸 것들이고 쓸 수 있는 것은 아무것도 없어요. 그렇지 않았다면 오늘 이처럼 쓸쓸하지는 않을 텐데…….

그분은 착실한 일은 하나도 하려 들지 않고 그저 함부로 살았어요. 나는 지난 일을 생각하고는 그분에게 충고를 했었지요. '나이도 나이고 이제는 가정을 가지셔야 합니다. 지금 형편으로는 부인을 맞기에는 매우 쉬울 것이고, 만약에 어울리는 집안이 없으면 먼저 소실을 몇 두어도 좋고요. 사람은 아무튼 세상 격식에 맞도록 살아가야 합니다.' 그렇게 말했더니, 그분은 듣자마자 웃으면서 '할멈, 할멈은 남을 위해 그런 일이나 걱정하나 보지?' 이러지 않겠어요? 남의 좋은 말을 좋게 받아들이지 않고, 근래에는 들떠서 착실한 데가 전혀 없었어요. 만약 일찍 내 말을 들었더라면 지금쯤 외롭게 황천길을 방황하진 않았을 거예요. 적어도 가족 몇 사람의 울음소리라도 들을 수 있었을 텐데 말이에요……."

가게의 점원이 옷을 짊어지고 왔다. 세 사람의 유족들이 속옷을 꺼내어 휘장 뒤로 들어갔다. 잠시 후엔 휘장이 걷혀졌는데, 속옷은 이미 갈아 입혔고 이어 겉옷을 입히고 있었다.

그것은 나에게 뜻밖이었다. 굵고 빨간 줄이 쳐져 있는 누런색의 군복 바지였던 것이다. 그것을 입히고 나자, 다음은 금빛 번쩍이는 견장이 붙어 있는 군복 상의를 입혔다. 무슨 계급인지, 또 어디서 받은 계급인지는 알 수 없었다. 관에 넣자 렌수는 몹시 어울리지 않게 눕혀져 있었다. 발치에는 한 켤레의 노란 가죽신이 놓여지고, 허리께에는 종이로 만든 지휘도指揮刀가 놓이고, 장작개비같이 뼈만 남은 거무죽죽한 얼굴 곁에는 금테를 두른 군모가 놓여졌다.

세 사람의 유족은 관 언저리를 붙들고 한바탕 울어대더니, 울음을 그치고 눈물을 닦았다. 머리에 삼 줄을 동인 아이가 밖으로 나가고, 싼량도 그 자리를 피해 나갔다. 아마 둘 다 쥐띠, 말띠, 토끼띠, 닭띠 중 어느 하나에 해당하는 모양 이었다.

인부가 관 뚜껑을 둘러메고 왔으므로 나는 다가가서 영원히 이별하는 렌수를 최후로 들여다보았다.

그는 어색한 의관에 싸인 채로 눈을 감고, 입을 꼭 다물고 편안히 누워 있었다. 입가에는 마치 차가운 미소를 머금은 듯 했는데, 이 우스꽝스러운 시체를 냉소하고 있는 것 같았다.

관에 못을 치는 소리가 들리자 동시에 울음소리가 갑자기 일어났다. 이 울음소리를 끝까지 들을 수가 없어서 나는 마당으로 물러나는 수밖에 없었다. 발 가는 대로 걷다 보니, 알지 못하는 사이에 문 밖까지 나왔다. 질척질척한 길이 또렷이 눈에 비쳤다. 고개를 들고 하늘을 쳐다보니 짙은 구름은 이미 흩어지고 둥근달이 차가운 빛을 던지며 걸려 있었다.

나는 급히 걸어갔다. 마치 무겁게 억눌린 물건 속에서 뛰쳐나오려는 것처럼. 하지만 그것은 불가능했다. 뭔지 내 귓속에서 몸부림치는 것이 있었다. 길고 긴 시간이 지난 후에야 마침내 그것이 몸부림치며 뛰쳐나왔다. 가냘프고 기다란 울부짖음이었다.

상처를 입은 늑대가 깊은 밤중 광야에서 울부짖는 것 같았다. 처절한 아픔 속에는 분노와 비애가 뒤섞여 있었다.

나의 마음은 가벼워졌다. 평온한 걸음걸이로 질척질척한 돌길을 걸어갔다. 달빛 아래에서…….

1925년 10월 17일

루쉰소설집

작품해설 및 루쉰魯迅 연보

작품해설

광인일기

◎ 《광인일기》는 루쉰魯迅이 1918년 4월에 쓴 작품이다. 《신청년新青年》 제4권 제5호에 실렸고, 소설집 《납함吶喊》에 수록되었다. 이 소설은 루쉰이 창작한 첫 번째 백화소설이자 당시 중국 문학혁명운동에서도 실제 작품으로 발표된 최초의 단편소설이다.

1911 년 당시 중국의 소자산계급 지식인들이 영도한 신해혁명辛亥革命은 2천여 년의 봉건제도를 마무리 짓기는 하였지만 방대한 봉건제도의 구조와 사회기초를 완전히 없애버리지는 못했다. 중국 국민들은 신해혁명의 시련을 겪으면서 정신적으로 지금까지 유례가 없었던 큰 해방을 만끽하였고, 갈수록 많아지는 민주주의 투사들은 민주와 과학의 기치를 높이 들고 봉건 전제주의와 무지몽매를 향해 용감한 공격을 하였다. 《광인일기》는 문학 영역에서 산출된 문학혁명운동 최초의 커다란 결실이었다.

루쉰의 말에 의하면《광인일기》의 주제는 "가족제도와 예교사상의 폐해를 폭로"하는 것이었다. 그러면 '폐해'는 어디에 있는가? 바로 '사람을 먹는' 데 있었다. 루쉰은 봉건적이고 식민지적인 구중국에 대한 장기적인 깊은 관찰을 통하여 "봉건주의는 사람을 잡아먹는다!"는 우뢰와 같은 함성을 질렀다.《광인일기》가 봉건주의에 대한 인식이 날카롭고 예리한 것은 여기에서 사람을 잡아먹는 봉건주의의 역사가 오래되었음을 폭로했기 때문이다. 봉건주의 역사 서적에는 오로지 '인의도덕仁義道德'과 같은 점잖은 말로만 뒤덮여 있는데, 여기서는 이를 "책에 '식인吃人'이라는 두 글자만 가득 씌어 있었다"고 얘기하고 있다. 이 소설에서는 또 사람을 잡아먹는 봉건주의 영역이 매우 넓다는 것을 폭로하고 있다. 봉건제도 아래에서 사람이 사람을 잡아먹는 현상은 사회의 모든 분야에 가득 차고 생활의 모든 부분에 침투해 있으나 "부자 형제 부부 친구 사제 원수 그리고 서로 알지도 못하는 사람까지 모두 한패가 되어 서로 격려하고 서로 견제하여 죽어도 이 한계를 넘으려 하지 않는다"고 이야기한다. 물론 이 소설에서 말하는 '사람을 잡아먹는다'는 것은 상징적인 의미를 가지고 있다. 이 말은 국민에 대한 봉건통치계급의 정치적 압박과 경제적 착취와 사상적 해독 등이 많은 방면에 걸쳐져 있음을 암시하고 있다.《광인일기》는 오랜 시간적 깊이와 광활한 공간적 넓이를 가지고서 사람을 잡아먹는 봉건주의의 본질을 신랄하게 폭로하고 있으며, 봉건주의가 계속 존재할 가능성을 전반적으로 부정하고 있다.

소설의 주인공인 광인은 '사람을 잡아먹는 것'을 반대하는 용

사이다. 이 소설은 정교한 예술 구도와 함축적인 묘한 언어를 사용하여 '피해망상증' 환자 같지만 실제로는 반봉건투사의 형상을 만들어 내었다. 이 인물은 진부한 봉건적 전통에 대하여 대담하게 회의를 품고 부정하였다. 그는 감히 "옛날부터 그랬었다면 곧 옳다는 말이지?"라는 의문을 가졌고, 용감하게 "꾸우지우古久 선생의 낡은 장부를 짓밟기"도 하였다. 그는 속셈이 있는 자들의 눈빛을 통찰하고 봉건 전통을 고수하려는 자들의 가면을 꿰뚫어, 그들이 "설교를 할 때는 입가에 기름을 칠하고 있었을 뿐만 아니라 마음속에는 온통 사람을 먹고 싶은 욕망으로 가득 차 있었음"을 폭로하였다. 사람을 잡아먹는 놈들에게 겹겹이 싸여 있었으나 오히려 그는 자신이 "용기와 정기를 가지고 있고" 봉건세력과 끝까지 투쟁할 불굴의 정신으로 충만되어 있다고 느꼈다. "광인의 진실한 가치는 사람을 잡아먹는 자와 용감하게 투쟁했다는 점뿐만 아니라 자아비판의 용기를 가지고 있었다"는 점이다. 그는 자신이 "사람을 잡아먹는 지방에 여러 해 섞여 살았기 때문에 무의식중에 다른 사람의 고기 몇 점을 먹었을지도 모른다"는 것을 용감하게 토로하고 있다. 봉건 전통과 자신의 몸에 남아 있는 이것의 영향을 단절시키려는 의지를 표현하고 있다. 광인의 또 다른 가치는 그가 어두운 과거와 현재를 철저하게 부정하고 미래의 광명을 굳게 믿는다는 점에 있다. 그는 다시는 사람을 잡아먹지 않는 '참된 사람'의 탄생을 열정적으로 기다리고 있고, "앞으로는 사람을 잡아먹는 사람이 있을 수 없는" 사회가 반드시 오리라는 것을 분명히 선포하고 있다. 비록 어떻게 미래로 달려 나갈 것인가에 대해 "아이들을 구하라!"

는 포괄적인 해결책을 제시할 수 있었지만, 그 같은 어둡고 무서운 환경 속에서는 이러한 해결책만으로도 믿음과 용기로써 광명을 추구할 수 있다는 희망을 사람들에게 줄 수 있었다. 실제적으로 '광인'의 예술 형상은 당시의 생활 속에 있었던 수많은 민주투사의 혁명적 품격을 개괄한 것이었고, 중국 현대문학에서 가장 먼저 성공적으로 만들어진 반봉건투사의 전형이었다.

루쉰은 일찍이 말했다. "《광인일기》는 '문학혁명'의 실적을 보여 주었다." 이 작품은 "깊이 있고 적절한 표현과 특별한 형식으로 많은 청년독자의 마음을 격동시켰다." 《광인일기》는 중국문학사에서 하나의 이정표임에 틀림없다.

쿵이지孔乙己

이 작품은 《광인일기》가 발표되고 나서 거의 1년 만에 1919년 4월 《신청년》제 6권 4호에 발표되었다.

이 작품은 관리 지망생의 몰락을 그려 놓았다. 과거시험을 위해 공부하던 선비가 성공하지 못하고 결국에는 자신의 생계조차 영위할 수 없는 폐인이 되어 시골마을의 웃음거리가 되는 광경을 순진한 소년의 눈을 통하여 조명하고 있다.

이 소설을 발표할 당시 루쉰은 소설 마지막 부분에 다음과 같은 부기를 달았다. "이 치졸한 작품은 작년 말에 쓴 것인데 작자의 의도는 사회생활의 한 단면을 묘사한 것에 지나지 않으며 그 이상의 뜻은 없다. 그런데 발표가 늦어졌기 때문에 소설을 인신공격의 도구로 삼는 풍조를 만나게 되었다. 독자들을 그런 사악한 길로 이

끌어 가는 소설 작가가 있다는 것은 매우 애석한 일이다. 이런 까닭에 미리 양해를 구하는 바이다."

아마도 이 글은 당시 문학혁명파와 린쉬林紓 등 보수파 간의 논쟁이 있을 때 린쉬가 쓴 영사소설影射小說을 가리킨 것으로 여겨지며, 이 소설은 그런 것과 관계가 없다는 것을 천명한 것 같다.

약藥

이 작품은 1919년 5월 《신청년》제 6권 5호에 발표되었다.

작품 내용은 두 가지가 복합되어 있다. 하나는 중국 국민의 몽매함에 대한 개탄으로, 폐병에 걸린 사람은 사람의 피를 먹으면 낫는다는 속설을 믿고, 처형되는 혁명가의 피를 얻어다 자식의 병을 고치려는 무지한 백성의 이야기와, 다른 하나는 작가 자신이 혁명이라는 대 변혁기에 살면서 적극적으로 혁명에 가담하지 못한 것에 대한 속죄의식이 표현되어 있다. 작품에 나오는 혁명가 '샤위夏瑜' 는 1907년 안휘성 경찰국장 겸 경찰학교 교장이던 쉬시린徐錫麟이 반청혁명(反淸革命 : 청나라에 반대하는 혁명)을 일으켜 순무巡撫인 언밍恩銘을 죽이고 거사를 일으켰다가 실패한 사건이 있었는데, 그 당시 이 혁명 사건에 연루된 여자 혁명가인 츄진秋瑾을 가리킨다. 그녀는 혁명사건으로 체포되어 사형을 당했다. 츄진은 루쉰과 같은 고향 소흥사람이다. 이 작품에서 그녀를 남자로 묘사하고 있다.

작은 사건一件小事

이 작품은 1919년 12월 1일 북경의 《신보晨報》부간副刊에 발표되었다.

루쉰의 다른 어떤 작품보다 밝은 내용이라는 평을 받고 있다. 어느 인력거군의 착한 마음을 묘사한 수필 같은 작품으로서 지극히 간단한 것이다. 루쉰의 작품은 거의 전부가 그렇다고 해도 될 만큼 사회의 어두운 면에 초점을 맞추고 있는 것이 특색이다. 1928년 논쟁에서 혁명문학파들이 루쉰을 공격의 대상으로 삼은 이유 중의 하나가 바로 중국의 암흑만을 묘사할 뿐 광명의 희망을 제시하지 못했다는 것이다. 그만큼 루쉰의 작품은 사회의 어두운 면이 강조되어 있다. 그런데 유독 이 작품만은 중국인의 밝은 면을 제시했다는 것으로 그의 작품 가운데 독특한 것으로 꼽히고 있다.

고향故鄕

이 작품은 1921년 5월《신청년》제 9권 1호에 발표되었다.

루쉰은 1919년 말에 고향에 돌아가 시골집을 정리하고 전 가족이 북경으로 이사하였다.

그 당시 고향에 돌아갔을 때의 사실을 작품화한 것으로 알려지고 있다. 루쉰의 작품 가운데 구성이나 묘사법이 뛰어난 걸작중의 한 편으로 꼽힌다. 이 작품에는 고향의 현재와 과거, 주인공 나와 어렸을 때의 친구 룬투閏土와의 현재와 과거, 우리들 현 시대의 좌절과 희망, 우리들 다음 세대인 조카와 룬투의 아들에게 거는 미래의 희망 등이 아름다운 비단처럼 곱게 무늬져 있는 작품이다. 지금은 좌절의 시대에 살고 있으나 미래에 대하여 어렴풋이 희망을 거는 내용으로 루쉰의 작품 가운데 보기 드문 묘사이다.

아큐정전阿Q正傳

《아큐정전阿Q正傳》은 루쉰魯迅의 대표작으로 세계문학 가운데 높은 지위를 차지하고 있다. 세계 각국에 그 나라말로 번역되어 있지 않은 나라가 거의 없으며 우리나라에도 이미 30여 종의 번역서가 출판되어 있다.

이 중편소설은 처음 《신보晨報》라는 신문의 부간副刊에 1921년 12월 4일부터 1922년 2월 12일까지 매주 1회씩 9회에 걸쳐 연재되었다. 서명署名은 파인巴人으로 했는데 이것은 하리파인下里巴人의 약칭으로 '아랫마을의 하찮은 사람' 이라는 뜻이다. 부간副刊 편집자는 루쉰魯迅과 같은 고향의 후배인 쑨푸위엔孫伏園이었는데 그가 웃는 낯으로 글을 졸라댔기 때문에 거절할 수가 없었다고 한다. 루쉰魯迅은 도중에 쓰기 힘들어 일찍 아Q를 죽여 버리고 싶었으나 푸위엔伏園이 절대로 허락하지 않았다. 그래서 푸위엔伏園이 여행 중인 것을 엿보아 대단원大團圓을 쓰고 억지로 마무리를 지었다고 한다. 이 글은 부간副刊의 카이신화開心話라는 난欄에 연재하였는데 카이신화開心話라는 말은 '회롱하다, 야유하다' 라는 뜻이다. 그래서 루쉰魯迅은 이 말에 어울리도록 제1장을 고의로 희롱하는 식으로 써서 후스胡適 일파의 '역사벽歷史癖과 고증벽考證癖' 을 조롱하였다. 그러나 서술해나가는 동안 '차츰차츰 진지하게 되었다' 고 스스로 말했다. 그것은 아Q가 일종의 살아 있는 생명체가 되어 움직이기 시작했기 때문이다. 루쉰魯迅의 아우 쪼우쭤런周作人은, 아Q는 고향 생가 근처에 살았던 실존인물을 모델로 하였으므로 루쉰의 마음속에 오랫동안 간직하고 있었던 인물이라고 하였다.

아Q는 보리 베기라든가 쌀 찧기 등의 날품팔이를 하며 그럭저럭 생활하고 있는 떠돌이 농민으로 매우 어리석지만 남에 대한 자기의 품위를 지키려고 하는 마음가짐이 매우 컸다. 지주인 짜오 대감이나 치엔 대감조차도 그의 안중에는 없었다. 싸움을 하여 남에게 맞더라도 '아들 같은 놈에게 얻어맞은 셈이군, 요즈음 세상이 거꾸로 되었어' 라고 생각하여 자신이 상대방보다 한 단계 위의 사람인 것처럼 느끼며, 실제로는 졌으면서도 이긴 기분이 되었다. 혹은 스스로 자신의 뺨을 때리고서 때린 것은 자신이고 맞은 것은 다른 사람이라고 생각하여 이윽고 남을 때린 것과 똑같은 기분이 되었다. 그런데도 기분이 좋아지지 않을 때는 '잊어버림' 이라는 선조 전래의 비법을 사용한다. 잊어버리면 다른 사람에게 맞은 사실이 없었던 것으로 되어 버린다. 이와 같은 '정신승리법' 에 의해서 그는 언제나 승리자였다.

그러나 젊은 여승의 뺨을 꼬집어 '자손이 끊길 아Q놈!' 이라고 욕을 먹은 뒤 그는 갑자기 여자의 매력에 홀려 짜오 대감 집에서 일하는 여자에게 동침을 호소하다가 혼이 나고 벌금까지 물게 된다. 그 결과 그 마을에 거주하지 못하고 떠나가 버린다.

여름이 끝날 무렵 아Q는 성안에서 진기한 의류 등을 많이 가지고 득의만만하게 돌아와 마을 부인들의 관심이 집중된다. 그러나 그 물건들이 모두 절도품이라는 것을 아Q가 고백하는 순간 그는 원래처럼 멸시받는다. 그때 혁명당이 온다는 이야기가 마을에 퍼지면서 마을 사람들이 당황해 떠들어대는 가운데 아Q는 성안에서 보아온 혁명당의 이야기를 하며 "혁명이다, 혁명이야!" 하고 외치며 거리를 다니게 되고 그는 또다시 마을의 인기인이 된다. 그러나 약삭빠른 지주들은 자신들이 혁명당이라고 말하며 아Q가 간청을 하여도 한 패에 넣어주지 않는다. 게다가 짜오 대감 집이 도둑을 맞자 아Q는 도적의 한패라고 의심을 받아 체포되고 까닭도 모른 채 사형집행 서류에 서명하게 된다. 글자를 쓸 줄 모르는 아Q는 이름 대신에 온 힘을 기울여 동그라미를 그리고 다음날 시가지에서 끌려 다닌 끝에 총살형을 받고 죽는다.

루쉰魯迅은 '아Q' 라고 하는 인물을 통해서 중국 민족의 병폐 – 노예근성 – 을 기탄없이 지적하였다. 이 소설이 발표되었던 당시, 독자들은 자기 자신을 모델로 하여 묘사한 것이 아닌가 하는 느낌에 사로잡혀 모두들 몸서리를 쳤다고 한다. 사실 '아Q' 와 같은 인물은 중국 농촌뿐만 아니라 당시 중국 사회의 어느 곳에서나 볼 수 있었으며 세계의 모든 국가에 살고 있었던 것이다.

비누肥皂

이 작품은 1924년 5월 27일, 28일 이틀간에 《신보晨報》부간에 발표되었다.

풍자적 성격을 많이 띠고 있는 작품이다. 자식에게는 새로운 시대의 학문을 익히게 하면서도, 자기 자신은 새로운 문물의 혜택을 알고 있지만 봉건도덕에 억매여 있는 주인공을 풍자적으로 묘사하였다. 한 조각의 비누로 봉건 도덕가의 얼굴에 낀 기름을 씻어내어, '인의도덕仁義道德' 의 가면을 부수어 버리고, 깊숙이 숨겨진 치졸한 심리와 더러운 영혼을 드러내었다. 루쉰 특유의 신랄한 풍자가 매우 짜임새 있게 구성된 작품이다 .

고독한 사람孤獨者

1925년 10월에 쓴 작품으로 당시에 발표되지 않고 소설집《방황彷徨》을 엮을 때 수록한 것이다.

한 지식인이 격동기에 방황하다가 결국 자신의 갈 길을 찾지 못하고 죽는 지식인의 고뇌를 묘사한 작품이다. 루쉰의 소설이 주로 체험적인 것으로 미루어 보아 모델이 있었던 것으로 여겨지며, 루쉰의 침울하고 무거운 분위기가 잘 묘사된 작품으로 수작의 하나로 꼽히고 있다.

루쉰魯迅과 아큐정전阿Q正傳

1. 서

◎ 루쉰(1881–1936)은 중국문화혁명의 중심인물이다. 중국혁명이 구민주주의舊民主主義에서 신민주주의新民主主義로 전환하는 역사 전환점에서 그는 문학을 이용하여 민족역사를 사고하고, 시대의 소리를 기록했으며, 시대발전에 참여하고 버팀목 역할을 한 문화거인이다. 또한 그는 중국현대소설의 위대한 개창자이자 창시자이며, 위대한 민족문학가이자 사상가이다. 그러나 그가 중국문학의 강력한 중심인물이 된 것은 그가 죽은 후의 일로서 1940년 마오쩌둥毛澤東이 루쉰을 "중국문화혁명의 주장主將"이라 부르며 "그는 단지 위대한 문학인일 뿐만 아니라, 또한 위대한 사상가이자 혁명가였다."[1] 라고 규정한 데서 시작되었다. 이로부터 루쉰은 문학가–사상가–혁명가의 모순없는 통일로 파악되기 시작했고,

1 毛澤東 《신민주주의론》 이승연 역 두레 221쪽

마오쩌둥주의의 문학적 상징이 되었다. 그러나 그러한 루쉰 규정은 루쉰 자신과 부합되기 보다는 오히려 루쉰을 왜곡했다. 중국에서 이러한 현상은 1980년대 초까지 계속되었다.

이러한 마오쩌둥주의적 루쉰 규정을 벗어난 루쉰상의 정립은 일본의 다께우찌 요시미竹內好가 1944년 루쉰의 주된 측면을 문학자로 파악하고 사상가 계몽가를 부차적인 것으로 간주하는 견해를 제출하였다. 그는 사상가로서의 루쉰은' 하나의 모순' 이고 '하나의 혼돈' 일 뿐이다[2]고 하였다. 중국인들 자신에 의해 비非마오쩌둥주의적 루쉰 상의 정립이 시작된 것은 1980년 중반에 들어서의 일이다.

루쉰은 수많은 글을 남겼다. 소설 3권, 산문회고록 1권, 산문시 1권, 잡문 16권 도합 약 650여 편 135만자, 중국 고전문학을 연구한 저작 약 80만 자, 외국작품 번역 소개로 소설과 동화가 9권, 단편소설과동화가 78편, 희곡이 2권, 문예이론서가 8권, 단편논문이 50편 도합 약 310만 자, 그리고 서신 왕래가 많았는데 2천2백 명 사람들의 편지를 읽고 3천5백 통의 답장을 썼다. 수집된 편지가 1천 3백여 통 90여 만 자이다.

루쉰의 업적과 면모가 다양하였던 만큼 루쉰을 한마디로 규정하기는 어렵지만 그의 생애에서 우리가 읽을 수 있는 교훈은 "전투적 지식인의 초상" 이란 말로 집약 할 수 있다.

2. 루쉰 생애

루쉰魯迅의 본명은 주수인周樹人이고, 자字는 예재豫才이며, 절

2 竹內好《魯迅》서광덕 역 문학과 지성사 16쪽

강성浙江省의 소흥紹興에 있는 몰락해가는 사대부 가정에서 태어났다. 루쉰은 1918년《신청년新青年》에 《광인일기狂人日記》를 발표할 때 사용한 필명筆名[3]이다. 그는 어린 시절에 시서경전詩書經傳의 교육을 받았고, 더 성장한 후에 또 잡지, 소설 및 야사의 기록을 읽는 것을 좋아하였으며, 중국의 역사 문화를 깊이있게 이해하였다. 소년시절의 그는 시골의 맑고 신선한 공기를 숨쉬며 농촌 아이들의 진솔함과 농민들의 고난을 느꼈을 뿐만 아니라, 집안 살림의 어려움을 체험하였다. 1898년 루쉰은 집을 떠나 남경南京에서 양무파가 설립한 강남수사학당(江南水師學堂; 일종의 해군학교)에 들어갔으며, 뒤이어 육사학당(陸師學堂 ; 일종의 육군학교) 부설 광무철로학당礦務鐵路學堂으로 옮겼다. 여기에서 변법유신사상變法維新思想을 접하기 시작하였고, 엄복嚴復이 번역한 《천연론天演論》의 진화론 영향을 받아들였다. 1902년 루쉰은 관비官費로 일본으로 유학 가서, 먼저 동경에서 홍문학원弘文學院에 입학하였다. 민족의 나약함과 약점이 많은 국민성 문제를 사고하기 시작했으며, "나는 나의 피를 조국에 바친다."[4]는 심정에 충만하게 된다. 후에 센다이의학전문학교仙台醫學專門學校에 들어가, 졸업 후에 귀국하여 병든 사람들의 고통을 치료해주려고 하였다. 1906년 초 학교에서 러 · 일전쟁의 슬라이드 필름에 기록된 중국인들의 형상을 본 후, 국민들의 어리

3 루쉰은 필명이 150여개나 된다. 이는 당시 시대상황이 불안하였다는 것을 말해준다. 자신의 글을 숨기려는 의도가 많았기 때문이다.

4 靈臺無計逃神失, 風雨如磐闇故園. 寄意寒星荃不察, 我以我血薦軒轅.(내 마음 큐피드의 화살 피할 길 없는데, 비바람이 검은 장막처럼 조국을 뒤덮었네. 찬 별에 부치는 나의 뜻 조국은 몰라주어도, 사랑하는 조국에 붉은 피 바치리.)

석고 나약하며 무감각함에 비통을 느끼게 되어, 의학을 포기하고 문학을 하기로 작심하고, 문학으로써 국민들의 병든 정신을 치료하고자 하였다. 동경으로 돌아와 문예운동을 제창하기 시작했고, 잡지《신생新生》을 창간하려고 했지만 성공하지 못하고, 동생 주작인周作人과 함께 두 권의《역외소설집域外小說集》을 번역하여 출판하였다. 또한 반항과 독립정신을 제창한 논문인《문화편향론文化偏至論》과《악마파 시의 힘摩羅詩力說》을 발표하였다.

1909년 루쉰은 귀국하여 먼저 항주杭州와 소흥紹興에서 교편을 잡았다. 1911년에 신해혁명辛亥革命이 발발勃發하게 되자 그는 고향인 소흥에서 적극적으로 혁명 선전활동에 참가하였다. 후에 교육총장인 채원배蔡元培의 요청에 응하여, 남경南京 교육부에서 재직하게 된다. 오래지 않아 정부를 따라 북경으로 옮겨가게 된다. 귀국 후 1917년까지 루쉰은 신해혁명의 승리와 실패를 경험하였고, 흥분으로 인해 실망하고 고민하였으며, 비록 때로는 분노하여 투쟁하였지만, 가혹한 정치적 탄압으로 인해 숨이 막힐 지경이었다. 그는 북경의 소흥회관에서 고서古書를 수집하고, 기록하는 일이 더욱 많아 졌다. 중국의 역사와 사회에 대해 사색하고 학술 연구와 창작을 위하여 필요한 준비를 하였다.

1918년 루쉰은 이대교李大釗등과 함께《신청년新青年》잡지 편집활동에 참가하였고, 같은 해 5월《신청년》에 중국문학사에 획기적인 의미를 지니는 중국 최초의 진정한 현대소설인《광인일기狂人日記》를 발표하여, 현대소설의 형식으로써 봉건문화의 "사람잡아먹는 인간吃人"의 본질을 폭로하였다. "5 · 4 운동"의 퇴조기에 이르러 루쉰은 20여 편의 단편을 썼고,《납함吶喊》과《방황彷徨》의 두 소설집을 출간하였으며, 또한 산문시《야초草野》및 대량의 잡문을 썼는데, 대부분《화개집華盖集》에 수록되어 있다. 루쉰은 교육부에서 재직활동을 하면서 북경대학과 북경고등사범학교 등에서 강의를 하였다. 어사사語絲社와 미명사未名社를 지지, 조직하여 간행물을 출판하고 서적을 편집하였다.

1925년 북경여자사범대학 사건과 1926년 "3·18" 참사가 발생하자, 루쉰은 직접 학생운동을 진압하는 북양정부北洋政府와 대치하게 되고, 지명수배의 위협을 받게 되어 거처를 옮길 생각을 가지게 되었다. 같은 해 8월에 남하하여 하문대학厦門大學 국학원國學院 교수로 부임하게 된다. 하문대학에서 루쉰은 산문집《조화석습朝花夕拾》을 완성하였고《한문학사강요漢文學史綱要》10편을 편정編定하였다. 반 년 후에 중산대학의 초빙에 응해, 1927년 1월 광주廣州로 내려가 문과주임 겸 교무주임을 맡았으며, 광주에서 투쟁의 격렬함을 목격하였다. 1927년 "4·12" 정변 이후에 또 광주에서 "4·15" 대학살 사건이 발생하자, 루쉰은 학교당국을 향해 붙잡힌 학생들을 구할 것을 요구하였으나 결과가 없자, 이에 분개하여 모든 직무를 사직하였다.

1927년 9월에 루쉰은 광주를 떠나, 10월에 허광평許廣平과 함께 상해에서 동거하기 시작하였다. 반월간인《어사語絲》를 주관하여 편집하고, 욱달부郁達夫와 함께《분류奔流》를 편집하였으며, 유석柔石등과 함께 조화사朝花社를 조직하였다. 여기서《조화주간》과《조화순간》을 출판하였고,《문원조화文苑朝花》를 간행하였으며, 창조사創造社, 태양사太陽社와 혁명문학에 대한 논쟁을 펼쳤다. 1930년 3월 중국좌익작가연맹이 성립되고, 루쉰은 발기인의 대열에 올라 "좌련左聯" 의 지도업무에 참가하였다. 또한 각종 반제애국反帝愛國과 민주자유 쟁취의 투쟁에 몸을 던졌고, 공개 또는 비공개로 각종 간행물의 편집 작업에 참가하였으며 신흥 목판화木版畵 운동을 이끌었다. 8권의 잡문집雜文集과 역사소설집인 《고사신편故事新編》을 출판하고, 반동 정부와 끊임없는 격렬한 투쟁을 진행하였다.

1936년 10월19일 루쉰은 상해에서 세상을 떠났다. 그는 죽을 때까지 중국사회의 모순과 정면으로 대결하며, 보수적인 우파 지식인들과 투쟁하고 동시에 관념적인 소아병적인 인사들과도 투쟁하였다. 그 투쟁의 주된 도구는 잡문이었다. 후기 루쉰의 소설은 몇 편 되지 않을 뿐만 아니라 한결같이 패러디적 역사소설이어서 종래의 루쉰 소설과는 상당히 구별된다. 반면에 후기 루쉰의 산문은 양적으로 엄청날 뿐만 아니라 그의 투쟁을 담는 가장 적절한 도구가 되고 있다. 루쉰은 죽기 직전까지 투쟁했다. 일제의 침략에 직면하여 어떻게 문예계의 통일전선을 결성할 것인가 하는 문제를 놓고 마지막 투쟁을 벌이다가 지병인 폐병으로 숨을 거두었다.

3. 루쉰의 창작

루쉰《납함吶喊》, 《방황彷徨》, 《고사신편故事新編》등 소설집 세 권이 있다. 《납함》은 1923년 8월, 북경신조사北京新潮社에서 출판하였고, 1918년에서 1922년까지 창작한《광인일기狂人日記》, 《공을기孔乙己》, 《약葯》, 《아큐정전阿Q正傳》등 15편의 소설이 수록되어 있다 ;《방황彷徨》은 1926년 8월 북경의 북신서국北新書局에서 출판하였는데, 루쉰이 1924년부터 1925년까지 창작한《축복祝福》,《술집에서在酒樓上》,《고독자孤獨者》,《죽은을 슬퍼하며傷逝》등 11편의 소설이 수록되어 있다;《고사신편故事新編》은 1936년 1월, 상해 문화생활 출판사에서 출판하였다. 고대 역사와 신화를 제재로 투쟁현실과 결합하여 옛이야기를 빌어 오늘날을 비유한, 세속을 훈계하는 역사소설 8편이 수록되어있다. 1922년에 쓰인《보천補天》과 1936년에 쓰인《분월奔月》을 제외하고는 모두 1934년 이후에 쓰인 작품이다. 비록 34편의 소설 밖에 없어서 저명한 다작가들의 1,2년 만에 쓰는 작품 수에 미치지 못하나, 이 34편의 소설로 루쉰은 중국 소설사에 영원히 변하지 않는 공훈을 세웠으며, 중국현대소설의 하나의 높은 봉우리를 이룩하였고, 중국 현대문학사에 있어서 하나의 기적이라고 할 수 있다.

《납함吶喊》과《방황彷徨》은 중국현대소설 발단의 지표指標일 뿐만 아니라, 또한 중국현대소설 성숙의 지표이다.《납함》과《방황》이 중국현대소설의 발단이라고 말하는 것은,《납함》속의《광인일기》가 중국문학사상 최초로 현대적 형식을 이용하여 창작한 백화소설이기 때문일 뿐 아니라, 두 소설집이 중국현대소설에 있어 새로운 재제題材를 개척했고, 새로운 인물을 그려냈으며, 새로운 사상 주제를 드러내 보였기 때문이다.

루쉰은 중국 수천 년의 문학사상 처음으로 진지한 필법으로 불행하게 고생하는 농민과 저층 지식분자의 영혼세계를 깊이 있게 파고 든 작가이다. 그의 소설 재제는 주로 두 가지의 사회영역으로

부터 나온다; 하나는 중국 봉건 종법宗法사회의 농촌과 농민생존의 한 장면이다. 예를 들면, 《약藥》,《풍파風波》,《아큐정전阿Q正傳》,《축복祝福》,《이혼離婚》등이 있다; 다른 하나는 "갈림길"과 "막다른 길"에서 발악하는 옛 중국의 새롭지만 늙은 지식분자의 각종 정신과 얼굴모습이다. 예로써, 《공을기孔乙己》,《술집에서在酒樓上》,《고독자孤獨者》,《죽음을 슬퍼하며傷逝》등이 있다. 그가 묘사하는 인물은, 농민이든 지식분자든 간에 "병태적인 사회로부터의 많은 불행한 사람들"로 사회저층의 모욕당하는 사람과 손해 보는 사람들이다. 그러나 루쉰이 주목하고 보여주는 것의 핵심은 결코 이러한 작은 인물들과 보통 인물들의 소박한 생활 속의 고통이 아니라, 그들이 정신적으로 받는 해독害毒과 영혼의 비애悲哀이며, 국민사상심리와 정신적 무감각·비틀림·학대 등 봉건적인 문화를 심각하게 파헤쳤다. 《약藥》에서 화라오수안華老栓 일가의 정신적 우매함, 《고향》에 나오는 룬투閏土의 정신적 무감각, 《축복》의 샹린 아주머니祥林嫂의 정신적 공포,《아Q정전》속 아Q의 "정신 승리법",《공을기》주인공 공을기의 정신적 비틀림,《술집에서》의 뤼웨이푸呂緯甫의 정신 실패,《고독자》의 웨이롄수魏連殳의 영혼 고독 등과 같은 것들이다. 그는 "슬퍼도 불행해 하지 않고, 분노하여도 싸우지도 않는다."는 무감각을 표현함으로써, 국민의 영혼 깊은 곳의 고통을 드러내 보였고, "치료주의를 이끌어냄"으로써 "국민성 개조"를 날카롭게 제기하였다. 그는 문학의 형식을 빌려 중국 농민들의 정신해방과 중국 지식분자들의 역사운명과 나아갈 길의 문제를 사고하고 탐색하였고, 중국현대소설의 두 큰 재제(농촌과 지식분자)를 개창

하였을 뿐만 아니라, 또한 문학사상 영향이 대단히 깊은 "국민성 개조"라는 주제를 파헤침으로써 중국 민주주의 혁명, 더 나아가 중국역사에 하나의 영혼의 거울을 제공하였다고 할 수 있다.

루쉰의 소설 예술은 독특하다. 그는 "표현의 깊이"와 "격식의 독특함"으로써 중국 현대 소설의 일인자가 되었다. 세계문학에 대해, 그는 "많은 사람을 얻고, 그 장점을 취하라"라고 하였고, 그의 소설세계는 외국 현실주의의 영향을 받아 서방현실주의나 상징주의의 요소가 있지만, 더욱 중요한 것은 중국 전통 희극과 전통 회화를 거울로 삼은 것이다. 루쉰식의 "백묘白描"수법을 창조하였다. 그는 냉정하게 인생을 살피고 매섭게 사회를 분석하는 분석가의 정신세계를 가지고 있으며, 예리한 필치로 봉건 제도의 내장內臟과 인간에게 내재된 영혼을 직접 드러내었다.

4. 아Q정전阿Q正傳

《아Q정전》은 루쉰의 대표작으로, 중국 현대소설의 고전이면서, 세계에 가장 일찍 소개된 중국 현대문학작품이고, 중국 현대문학이 세계문학 속에 우뚝 설 수 있도록 한 작품이다.

《아Q정전》은 1921년 12월 4일부터 1922년 2월 12일까지 9주 동안 9장으로 나누어 북경《신보晨報. 부간副刊》에 연재되었다. 파인巴人이라고 서명되었다. 발표된 후에, 마오둔茅盾은 "현재 거의 모든 문예를 사랑하는 청년의 입에서 '아Q'라는 두 글자를 일찍이 말하지 않은 적이 없다. 우리는 거의 모든 곳에 이 두 글자를 응용한다…" 반향은 대단히 강렬했다. 발표한 지 오래지 않아,《아Q정전》은 영어, 러시아어, 일어, 불어 등 각 나라의 문자로 번역되었다. 현재 세계 대부분의 국가에 번역본이 있다.

《아Q정전》은 신해혁명 전후의 매우 폐쇄적인 강남 시골 웨이쫭未庄을 배경으로 하여, 몹시 가난한 아Q가 짜오趙대감에게 뺨을 맞으면서 짜오씨 성의 자격을 잃어버렸고, 조수재趙秀才의 대나무 몽둥이를 맞으면서 구혼과 노동을 팔 기회를 잃었다. 가짜양놈의 상장喪杖하에서는 혁명의 행운도 잃었다. 마지막으로 파총把總어르신의 도살용 칼 아래에서는 생존의 권리마저도 잃어버렸다. 이것은 추호의 생존권도 없고, 모든 것에서 실패하는 비참한 운명이다. 하지만 더욱 비참한 것은 아Q가 자신의 실패하는 운명과 노예지위에 대하여 남들이 믿기 어려울 정도의 변호辯護와 꾸밈을 취하게 된다. "정신승리법精神勝利法"으로 자신의 무가치한 생존을 지탱해 나가거나, 자신이 실패와 모욕을 당하게 되는 현실을 감히 직시하지 못하고," 눈을 감고" 스스로를 속이고 남을 속이며, 스스로 비웃고 스스로 해명한다. 자신은 이미 성씨와 본적조차 정확히 말할 방법이 없으면서, 오히려 항상 "우리는 예전에－너 보다는 잘 살았어! 너는 뭐야!" 라며 과거에 취해 있었다. 자신은 이미 아내조차 얻을 방법이 없으면서, 오히려 "내 아들놈은 잘 살거야!" 라고 공언했다. 실컷 괴롭힘 당하고, 얻어맞고 박해를 받아도, 그는 "내가 아들놈에게 맞는다고 해두지, 지금의 세상은 뭐 같지도 않아!" 라고 생각하며 회피하고선, "만족스럽게 이겼다." 심지어 자신의 두 뺨을 때리면서, "때리는 사람은 자기이고 맞는 이는 남" 이라고 생각하면서 마음을 편안하게 가졌다. 혹은 잊어버림과 둔함으로 실패와 모욕을 없애려 하였다. 아Q는 우아줌마吳媽에게 구애하였으나 조수재의 대나무 몽둥이에 얻어맞았는데 문을 뛰쳐나와서는 잊어버리고는 오히려 떠들썩한 집안을 구경하러 다녔다. 방금 가짜양놈의 몽둥이에 얻어맞고는, "평생 두 번째 모욕"을 받고, "탁탁 소리를 낸 후", "일이 잘 해결된 것처럼", 그렇게 모든 것을 잊어버리고는 오히려 "약간 기뻐했다" 심지어 사형선고를 받고도 그는 여전히 죽을 때가 된 것을 몰랐고, 오히려 동그라미를 바르게 그리지 못한 것을 후회하고 있었으며, 목을 베어 사람들에게 보여줄 때도 사람들의 갈채를 많이 받으려고 궁리하니, 그야말로 둔할대로 둔하다고 할 수 있다. 그리고 함부로 거만하게 행동하기도 하고 스스로 비하하기도 한다. 한편으로는 웨이쫭未庄사람과 도시사람을 경시하였다.(웨이쫭사람은 "찰칵"하는 소리를 내며 목을 베는 것도 보지 못하였으며, 마작을 하는 것을 보지 못하였다. 또 웨이쫭사람의 모습으로 도시 사람을 평가하기를 "창떵(長凳)"을 "탸오떵(條凳)"이라고 부른다던지, 생선을 튀길 때 채썬 파를 올리는 것은 이단(異端)이다); 다른 한편으로는 남에게 뒤지기를 기꺼이 원하고 남에게 부림을 당하고, 사람들에게 지고, 그는 "나는 벌레 같은 놈인데도 놓아주지 않는단 말이냐?" 라고 하며 스스로 비하함으로 용서를 구했다. 그러나 다시 곧 생각하기를, 나는 충분히 스스로를 경시하고 천하게 여길 수 있는 일인자야, "장원은 제 일인자가 아닌가?" 하며 마침내 제일이 되었다고 생각하며 승리했다. 이러한 정신승리법을 주된 성격으로 한 전형적인 이미지는 루쉰이 "국민성"을 해부한다는 주제를 바로 실현 시킨 것이다.

루쉰이《아Q정전》을 지은 것은 "현대 우리 국민의 영혼을 써 낸다" 그리고," 대부분은 국민의 약점을 폭로하고 싶다"라고 매우 분명히 표명한 적이 있다. 아Q에게서 자신의 운명도 장악하지 못하고, 또한 출구를 찾지 못하고 깨우치지 못하는 농민의 성격 특징을 뚜렷이 나타내고 있다. 그들은 외재적인 실패로 인해 마음속으로는 자신을 속이고 남을 속이는 것을 숨겨, 정신의 공상적인 승리로 벗어날 길을 찾았고, 망각으로 자신을 마취하려 하였다. 그러나 이런 아Q의 정신 승리법은 설령 근대 제국주의의 침략 앞에 연이어 실패하는 중국의 굴욕적인 지위의 산물이자, 민족자존심, 자신감을 상실하게 할지라도, 민족의 낙후와 지배당하는 것을 숨기는 것에 안주하려는 민족정신인 것이다. 루쉰은 민족역사 · 현실에 대한 장기적인 관찰과 연구에서 이것이 민족이 각성하고 진흥하는 것에 매우 심각한 걸림돌이라는 것을 발견하여 심각한 자아 해부로, 국민들을 일깨우고, 민족 중흥의 희망과 길을 찾고자 했다. 이것이 바로 아Q라는 형상을 만들게 된 요지와 역사적 가치인 것이다. 동시에 루쉰이 만든 아Q는 또한 세계문학사상 영구한 예술적 생명력을 지닌 소수의 문학 전형중의 하나로, 아Q의 정신승리법은 또한 인류의 일종의 정신적 약점에 대한 발견과 해부이다. 그것이 표현한 것은 중국 국민의 심리뿐만 아니라 인류 사회 일종의 보편적인 심리구조이기도 한 것이다. 아Q는 잔혹한 실패 속에서 황당한 승리를 찾고, 스스로를 속이고 남을 속이면서 자신이 강건해지려고 하지 않으니, 이것은 근대 중국의 모습이기도 하지만 반드시 중국민족만이 독특하게 지니는 것이라고 할 수도 없는 것이다. 불평등, 불합리, 부조화적인 사회관계와 환경에서, 사람들은 또한 이러한 현상을 바꿀 수 없을 때, 사람들은 모두 별 도리 없이 스스로 비웃고 스스로 변명하는 것에 빠져, 마음속의 환영幻影에 잠시 동안의 심리적인 평형을 얻게 될 가능성이 아주 높다. 바로 이러한 각도에서, 외국 평론가들은 아Q를 "역시 전 세계인의 '보통사람'으로 생각하게 되었다. 이것은 아Q의 형상이 세계적인 의의를 지닌 전형임을 말하고 있다. 그 외에, 루쉰이 아Q의 형상을 창조할 때의 구체적인 역사 배경을 보면, 아Q의 형상은 또한 루쉰이 문학으로 중국 민주 혁명의 노선 문제를 생각하고 참여한 구체적인 표현이기도 한 것이다. 루쉰은 아Q를 만들어 내면서 또한 하나의 뚜렷한 특징을 가지고 있다. 아Q라는 인물을 중대한 역사 사건 속에 두었다는 것이다. 루쉰은 특별히 아Q의 혁명을 그렸고, 신해혁명辛亥革命속의 아Q를 묘사하였는데, 그것은 계급 복수의 원시충동에서 나왔으며, 처음으로 웨이쫭未庄거리에서 외치는 "반란"의 고함소리이다. 그러나 가짜양놈은 아Q가 혁명하는 것을 허락하지 않았다. 웨이쫭의 혁명은 가짜양놈과 조수재趙秀才 둘 사이의 약속일뿐이고, 정수암靜修庵에 있는 "황제만세만만세皇帝萬歲萬萬歲"라고 적힌 용패를 산산조각 내는 것 일뿐이며, 선덕로(宣德爐 : 명나라 선덕 연간에 만든 구리 향로)를 강탈하는 것에 지나지 않는다. 실제로는 결코 어떠한 변화도 없는 것이다. 아Q의 혁명에 관해서는, 오히려 어떠한 사상세례思想洗禮도 받지 못했으며, 단지 개인의 욕망으로부터 시작되었을 뿐이다. 혁명이라고 생각되는 것은 – "무엇이든 원하는 대로" – 빼앗긴 재물을 되찾을 수 있고, 평소에 원수진 사람에게 복수할 수 있고, "웨이쫭의 한 패거리의 같은 남녀"를 자신에게 무릎 꿇고 용서를 빌게 할 수 있으며, 원하는 대로 여자를 고를 수 있는 것이다. 아Q의 혁명에 대한 이러한 이해는, 단지 혁명의 방식으로써 아Q의 정신승리법을 연출한 것에 불과하고, 혁명의 근본에 대해서는 아무것도 모른다. 루쉰은 특별히 아Q의 혁명을 묘사하였는데, 이것은 그의 또 다른 작품《풍파風波》와 같이 신해혁명 동안의 농촌과 농민에 대한 사고이고, 신해혁명의 역사적 교훈으로 볼 때 일종의 총괄이며, 신해혁명의 미비함에 대한 비판인 것이다.

요컨대, 아Q는 중국 현대문학에서 가장 성공적인 예술 전형일 뿐만 아니라, 세계문학에서도 중요한 전형이다. 그는 시간을 초월하고 공간을 초월하는 가치를 지니고 있다.《아Q정전》은 깊고 넓은 역사와 현실주의를 지니고 있다.

| 참고서목 |

《판화 아Q정전》루쉰 저 박운석 역 지식산업사

《루쉰전》왕스징 저 신영복 유세종 역 다섯수레

《루쉰》전형준 엮음 문학과 지성사

《노신소설전집》루쉰 저 김시준 역 한겨레

《루쉰, 욕을 하다》팡시앙뚱 저 장성철 역 시니북스

《루쉰》 다케우치 요시미 서광덕 역 문학과 지성사

《투창과 비수》 유세종 전형준 편역 솔

《지구전론. 신민주주의론》마오쩌둥 저 이승연 역 두레

魯迅筆名

原名 : 周樟壽

字 : 豫山, 豫亭, 豫才, 預才。

: 庚辰, 俟堂, 戛劍生, 文章誤我, 戎馬書生, 會稽山下之平民, 日出國中之游子。

曾用名 : 阿張,長樹(均乳名), 長庚, 長根, 元期, 唐元期, 周樹人, 周裕齋,周松濤。

筆名 :

戛劍生　樹人　庚辰　自樹　索子　索士　之江索士　周樹人
令飛　周悼　訊行　黃棘　樹　周豫才　周建人喬峰　周作人
周樹　啓明　魯訊　唐俟　俟　訊　庚言　神飛
風聲　尊古　巴人　俟堂　某生者　小孩子　宴之敖者　敖者
雪之　L。S　冥昭　杜斐　野火　楮冠　楮冠病叟　華約崧
中拉　旅瀘　葛何德　封余　許霞　許遐　旅瀘記者　L
洛文　唐丰瑜　冬華　長庚　宴敖　隋洛文　樂賁　它音
佩韋　阿二　丰瑜　明崧　不堂　白舌　遐觀　會稽男子魯訊
何家干　羅憮　動軒　干　何干　孺牛　丁萌　游光
豐之余　葦索　旅　越客　桃椎　虞明　苟继　尤靈
余銘　家干　元艮　子明　白在宣　一尊　張承祿　趙令儀
倪朔爾　欒延石　張祿如　鄧当世　宓子章　翁隼　士繇　崇巽
黃凱音　常庚　燕客　白道　夢文　曼雪　孟弧　公汗
董季荀　霍冲　杜德机　莫朕　中頭　史賁　康伯度　朔爾
焉于　趙僑　張沛　華圉　仲度　茹蕁　苗挺　及鋒
直　樂雯　隼　阿法　史癖　敬 - 尊　且介　庚
敖　越山　直入　庚郁　洛　姜珂　越丁　旁

齊物論　樂文　韋士繇　曉角　EL,　ELEF　令斐　豫
豫才　Lu Sin　飛　周喬峰　名知　名心印　周玉才　關道淸
JIYC-ИH

《中國現代文學作者筆名錄》
徐迺翊 欽鴻 編
湖南文藝出版社(1988)

루쉰魯迅 연보

1881년 9월 25일 쩌장浙江 샤오싱紹興 출생.

원명은 쪼우수런周樹人. 자字는 위차이豫才.

1896년 부친 별세.

1898년 난징南京의 장난수사학당江南水師學堂 기관과에 입학.

1899년 광무철로학당礦務鐵路学堂 채광과採礦科로 전학.

1902년 3월 일본에 유학.

1904년 센다이 의학전문학교仙臺醫學專門學校 입학. 6월 조부 사망.

1906년 3월 노일전쟁의 시사환등時事幻燈을 보고 중국인의 정신 개조를 결심하고 의전 중퇴.

7월 귀국하여 결혼. 아우 쭤런作人과 함께 일본으로 가서 문학에 심취.

1909년 〈역외소설집域外小說集〉 출판.

8월 귀국. 화학교사.

1911년 11월 샤오싱사범학교 교장.

1912년 1월 교육부에서 근무.

1918년 처녀작 〈광인일기〉를 《신청년》에 발표.

1919년 〈공을기孔乙己〉·〈약藥〉 집필.

1920년 〈명일明日〉·〈작은 사건一件小事〉·〈풍파〉 등 발표.

1921년 〈고향〉 집필. 〈아Q정전〉을 북경에서 발행된 신문 《신보晨報》 부간副刊에 연재.

1923년 소설집 《납함吶喊》·《중국소설사략》 출판.

1924년 〈축복〉·〈주루酒樓에서〉 등 집필. 잡지 〈어사語絲〉 창간.

1925년 〈고독자〉·〈상서傷逝〉 집필. 평론집 《열풍》 출판.

1926년 소설집 《방황》 출판.

1927년 평론집《분墳》, 산문시집《야초野草》 출판.

1930년 중국좌익작가연맹의 중심인물로 프롤레타리아 문학 이론 주장.

1933년 〈루쉰 자선집〉 출판.

1934년 해외문학 소개 잡지《역문譯文》 창간.

1936년 역사소설집《고사신편故事新編》 출판.

7월 〈게테 콜비츠 판화 선집〉 편찬 출판.

10월 19일 오전 5시 25분 영면永眠.

22일 만국공묘萬國公墓에 안장.

1937년 유저遺著《야기夜記》·《서간魯迅》·《차개정잡문且介亭雜文》·《동이집同二集》·《동말편同末編》 등 출판.

1938년《루쉰 전집》 20권 출판.

1951년《루쉰 일기》 출판.

1956~1958년《루쉰 전집》 10권,《루쉰 역문집》 10권 출판.